MATTHEW PRITCHARD

Die Toten von Almería

GOLDMANN
Lesen erleben

Buch

Danny Sanchez, Journalist halb britischer, halb spanischer Herkunft, geht in Almería ungewöhnlichen Geschichten nach. Und davon gibt es eine merkwürdige Häufung: Da ist der schreckliche Fund einer Toten auf einer Müllkippe, dazu das Rätsel um einen verschwundenen englischen Touristen. In beiden Fällen führen ihn Hinweise schließlich zu der vor Jahren abgebrannten Klinik Santa Cristina und zu einem Friedhof, wo Danny auf das Grab eines totgeborenen Mädchens stößt. Ein Mädchen, das in Santa Cristina zur Welt gekommen war. Immer tiefer wühlt Danny in der Vergangenheit und stößt dabei auf ein Jahrzehnte zurückliegendes Verbrechen, auf Folter, Mord und die Machenschaften einer eiskalten Machtelite. Die Folgen reichen bis in die Gegenwart – mit tödlichen Konsequenzen. Womöglich auch für Danny ...

Autor

Matthew Pritchard, geboren in der englischen Grafschaft Hampshire, arbeitete viele Jahre als Journalist in Spanien. Dabei entstand schließlich die Idee für seine Krimiserie um den halb spanischen, halb britischen Reporter Danny Sanchez. Danny arbeitet für eine englischsprachige Zeitung in Almería und kommt dabei Verbrechen auf die Spur. Seinen ersten Fall löste er in *Die Stunde des Puppenspielers*.

Matthew Pritchard

Die Toten von Almería

Danny Sánchez ermittelt

Aus dem Englischen
von Michaela Meßner

GOLDMANN

Der Verlag weist ausdrücklich darauf hin, dass im Text enthaltene externe Links vom Verlag nur bis zum Zeitpunkt der Buchveröffentlichung eingesehen werden konnten. Auf spätere Veränderungen hat der Verlag keinerlei Einfluss. Eine Haftung des Verlags ist daher ausgeschlossen.

Dieses Buch ist auch als E-Book erhältlich.

MIX
Papier aus verantwortungsvollen Quellen
FSC® C014496

Verlagsgruppe Random House FSC® N001967

1. Auflage
Deutsche Erstveröffentlichung Juli 2016

Umschlaggestaltung: UNO Werbeagentur, München
Umschlagfoto: FinePic®, München
Redaktion: Susanne Bartel
AB · Herstellung: Str.
Satz: omnisatz GmbH, Berlin
Druck und Bindung: GGP Media GmbH, Pößneck
Printed in Germany
ISBN: 978-3-442-48399-0
www.goldmann-verlag.de

1. Teil

Die Verschwundenen

1

Danny musste nicht erst nach dem Weg fragen – man konnte den Ort drei Meilen gegen den Wind riechen.

Und zwar buchstäblich.

Was für ein beschissener Ort zum Sterben, dachte er und steckte seine Kamera und den Laptop in die Umhängetasche. In den letzten Jahren hatte er über Dutzende von Leichenfunden berichtet, aber das hier war sein erster auf einer Mülldeponie. Naserümpfend öffnete er die Tür seines verbeulten Escort. Wenn es hier im Oktober schon so stank, wie war das erst mitten im spanischen Hochsommer?

Die Straße zur Mülldeponie war zu beiden Seiten fast zwanzig Meter hoch flankiert von steilen, schräg abfallenden Hängen aus rotbrauner Erde. Blechbüchsen und flatternde Plastikstreifen lagen am Rand der asphaltierten Straße verstreut, die vor einem schweren Rollgitter aus Metall endete. Hinter ihm lagen ein zweistöckiges Verwaltungsgebäude sowie etliche Entladebuchten für Müllwagen. Ein rüstiger Beamter der Guardia Civil im grünen Overall bewachte das Tor. Seinem Gesichtsausdruck nach war er verärgert oder beunruhigt. Möglicherweise auch beides.

Nichts davon verhieß Gutes für Teresa del Hoyo.

Die Dreiundzwanzigjährige war vor einer Woche als vermisst gemeldet worden, seither strahlten die Medien unentwegt ihre Personenbeschreibung aus: eins fünfundsechzig groß, siebenundfünfzig Kilogramm schwer und schlank, schulterlanges braunes Haar mit lila Strähnchen und einem

Zopf auf der linken Seite; Ohren, Nase und linke Augenbraue waren gepierct, sie trug eine Adidas-Trainingsjacke, Slim-fit-Jeans von Levi's und schwarze Converse. Am vierten Oktober war sie gegen drei Uhr nachmittags zu einer Bar im Stadtzentrum gegangen, in der sie als Kellnerin jobbte, hatte die Arbeitsstelle aber gegen acht Uhr verlassen, nachdem sie einen Anruf von einem Münzfernsprecher erhielt. Seither fehlte jede Spur von ihr.

Die GPS-Ortung ihres Handys hatte die Polizei zu einem rosafarbenen VW Beetle geführt. Er wurde in einer Vorortstraße im Küstenstädtchen Roquetas de Mar gefunden, der Autoschlüssel steckte noch. Auf dem Beifahrersitz lag das Handy. Wie das Fahrzeug dorthin gekommen war, war ein Rätsel. Keiner von Teresas Freunden und Familienangehörigen hatte eine Idee, warum sie in diese Stadt gefahren sein könnte.

Die Guardia Civil hatte Spürhunde und Helikopter eingesetzt, um die öden Weiten und die ausgetrockneten Flussbetten bei Roquetas abzusuchen, doch von der jungen Frau keine Spur gefunden. Unterdessen hatte Teresas Familie im Fernsehen die Öffentlichkeit unter Tränen dazu aufgerufen, sie bei der Suche zu unterstützen, und im Stadtzentrum hatte man eine Kerzenmahnwache abgehalten.

Danny sprach mit den spanischen Journalisten, die vor dem Tor zusammenstanden, aber niemand wusste mehr als das, was alle wussten: Irgendwo auf der Mülldeponie hatte man die Überreste einer jungen Frau entdeckt. Als Danny auf den Beamten der Guardia Civil beim Eingang zuging, schüttelte der Mann den Kopf und sagte kurz und knapp: »Kein Kommentar.«

Ein Übertragungswagen rückte an, und die Crew stellte ein Kamerastativ auf, während die Moderatorin in einem Spiegel ihre Frisur und den aufgetragenen Lippenstift prüfte. Danny suchte nach einer Möglichkeit, einen Blick auf den Leichenfundort zu werfen, als Paco Pino auftauchte. Er rutschte rechts vom Tor einen steilen Abhang hinunter, eine Lawine aus Steinen und Erde hinter sich herziehend. Der hünenhafte Fotograf zählte nicht gerade zu den Wendigsten, die letzten zehn Meter legte er halb stolpernd, halb schlitternd zurück und drückte dabei zärtlich die beiden Kameras der Marke Canon, Modell 5D MK III, an sich, die um seinen Hals hingen.

»Hast du von da oben was sehen können?«, fragte Danny zur Begrüßung.

Paco schraubte das Teleobjektiv von einer Kamera und schüttelte den Kopf. »Aber ich konnte mit einem der Arbeiter sprechen. Er sagt, die Leiche liege weit draußen auf der Müllhalde.«

»Wie wurde sie entdeckt?«

»Wenn die Laster den Müll abgeladen haben, wird er anschließend mit einem hydraulischen Greifer durchsucht. Sie waren heute am frühen Morgen gerade mit einer Fuhre beschäftigt, als sie aus den Zähnen des Greifers einen menschlichen Arm baumeln sahen. Es war eindeutig, dass es der Arm einer Frau war, also riefen sie die Guardia Civil.«

»Das klingt nicht gut für Teresa del Hoyo, was meinst du?«

Paco zuckte die Achseln und zündete sich eine Zigarette an. »Sie wird seit über einer Woche vermisst. War doch klar, dass das nur so ausgehen konnte, oder?«

Danny dachte über die Worte nach, während er sich selbst eine anzündete und zusammenzuzählen versuchte, wie viele seiner Vermisstenstorys der letzten zwanzig Jahre gut ausgegangen waren. Nicht viele.

»Nehmen wir mal an, es ist die Del Hoyo, wie willst du die Geschichte verkaufen?«, fragte Paco mit einem Blick auf die

Journalistengruppe vor dem Tor. »Die britische überregionale Presse interessiert das nicht, und die spanische hat ihre eigenen freien Mitarbeiter. Wir könnten es bei ein paar Zeitschriften versuchen.«

»Du denkst an *Gente de Hoy*?«

»Ich weiß, du hältst es für unter deiner Würde, für die zu schreiben, Danny, aber besser als die zahlt keiner.«

Danny drückte seine Zigarette aus. Beides stimmte.

»Wir sollten erst herausfinden, ob es Teresa ist, ehe wir uns Gedanken machen, wie wir die Story an den Mann bringen«, sagte er. »Ich sehe mir mal an, was die Spusi mit der Leiche anstellt.«

Die beiden Männer liefen hundert Meter die Straße zurück und kletterten auf einen mit Kakteen und Büscheln von Espartogras bewachsenen Hügel. Der Maschendrahtzaun auf dem Hang war nur hüfthoch. Von seiner anderen Seite konnten Danny und Paco das Tal überblicken, es zog sich eine halbe Meile lang und bestand zur Gänze aus der Müllhalde – zu ihrer Rechten lagen das Pumpwerk, die Brückenwaage, die Waschanlage für die LKW und das Verwaltungsgebäude; auf der anderen Seite, etwas weiter unter ihnen, befand sich die eigentliche Müllhalde. Auf einer riesigen Fläche wurden verschmierte, stinkende Plastiksäcke von Bulldozern zu Haufen zusammengeschoben, bis ein riesiger, welliger Abfallwulst entstand, der jeden Tag mit Erde überdeckt wurde.

Möwen kreisten hoch oben am Himmel und schossen herab. Sie waren das Einzige, was sich in dem Tal regte. Alles andere war jener Erstarrung anheimgefallen, die allen Tatorten innewohnt. Ein Bulldozer stand reglos mitten im Müll, die Schaufel auf halber Höhe. Arbeiter und Verwaltungspersonal standen rauchend in Grüppchen beisammen, den Blick auf die Stelle der Halde gerichtet, die mit Absperrband markiert war. Die vier Männer von der Spurensicherung trugen weiße Plastikanzüge und Gesichtsmasken, standen knietief im Abfall und untersuchten einen hydraulischen Greifer, der von einem Mobilkran herunterhing.

Paco machte Aufnahmen, während Danny das Spurensicherungsteam durch ein Fernglas in der Hoffnung beobachtete, etwas über den Fortgang der Ermittlungen zu erfahren. Zwischen den Zähnen des Greifers war der Leichentorso zu sehen. Die Haut war blass, die untere Körperhälfte offenbar in schwarzes Plastik gewickelt.

»Das ist Teresa del Hoyo«, sagte Paco, als er die Szene durch ein Zoomobjektiv fotografierte. »Sieh dir nur das Haar an.«

Paco hatte recht. Die Leiche lag mit dem Gesicht nach unten im Greifer, ihr Kopf umgeben von langem, zottigem, braunrotem Haar mit einer deutlich sichtbaren lila Strähne.

»Was meinst du, wie zum Teufel ist diese Frau auf einer Müllhalde gelandet?«, fragte Paco.

»Ich könnte mir vorstellen, dass man sie in einen dieser großen Müllcontainer geschmissen hat, wie sie auf dem Land stehen.«

»Was für ein idiotischer Ort, um eine Leiche abzuladen. Da findet man sie doch mit an Sicherheit grenzender Wahrscheinlichkeit.«

»Die haben sich wohl gedacht, dass niemandem etwas auffällt. Hier werden täglich Hunderte von Tonnen Abfall angeliefert. Ihre Leiche hätte unter Umständen tagelang im Container liegen können. Die werden nur zweimal die Woche abgeholt.«

Paco schnalzte mit der Zunge, er wirkte nachdenklich. »Das erinnert mich an eine Geschichte, über die ich mal berichtet habe«, sagte er. »Da ging es um einen Kerl, der an einer Überdosis gestorben war und den seine Drogenkumpels in einen Müllcontainer geworfen hatten. Damit wollten sie vermeiden, dass die Polizei ihre Drogenhöhle entdeckt. Könnte ein ähnlicher Fall sein, was meinst du? Das Mädchen hatte schließlich auch mit Drogen zu tun.«

»Stimmt. Aber die Mutter behauptet, Teresa sei seit mindestens anderthalb Jahren clean gewesen.«

Die beiden Männer blieben auf ihrem Beobachtungsposten, bis die nackte Leiche aus den Zähnen des Greifers befreit und anschließend mit dem Gesicht nach oben auf eine Trage gelegt wurde. Teresas Haut war fahl und von zahlreichen Prellungen übersät. Am Hals über dem Schlüsselbein verlief ein breiter gezackter Schnitt.

»Damit ist meine Theorie von der Überdosis hinfällig«, sagte Paco beim Fotografieren der Toten.

Ein Krankenwagen kam, Teresa del Hoyo wurde in einen Leichensack gelegt und weggefahren. Die beiden Männer gingen zurück zu Pacos Auto.

Das Durcheinander im Kofferraum war ein deutliches Zeichen dafür, dass Paco Journalist war. Es war ein Chaos aus alten Zeitungen und Zeitschriften, leeren Cola-Flaschen, Chipstüten und Kamerataschen. In den Stauraum hinter dem Radlauf waren ein Schlafsack und ein Kissen gequetscht.

»Was weißt du über Teresas Vergangenheit?«, fragte Paco, während er sich aus einer Thermoskanne Kaffee einschenkte.

Danny klappte seinen Laptop auf. »Der ganze Kram, den man sich erzählt, von wegen schwierige Jugend und so, das stimmt alles: Als Teenie ist sie mindestens zweimal von zu Hause ausgebüxt und wurde genauso häufig wegen Drogenbesitzes festgenommen. Im Jahr 2009 kam sie für drei Monate hinter Gitter.«

»Wissen wir, warum?«

»Irgendeine Drogenmissbrauchsgeschichte. Heroin, sagt meine Quelle. Nachdem sie clean war, wurde sie nicht mehr rückfällig und hat die Drogen in ihrem Leben durch Aktivismus ersetzt. Ich weiß mit Sicherheit, dass sie der Izquierda Unida angehört, konnte aber noch keine klare Antwort darauf bekommen, was für eine Rolle sie in der Organisation gespielt hat.«

Paco ließ ein dröhnendes Gelächter vernehmen. »Das wundert mich nicht!«

Danny unterdrückte ein Lächeln. Paco war ein überzeugter Anhänger der spanischen sozialistischen Arbeiterpartei und fühlte daher eine Mischung aus Mitleid und Verachtung für die Izquierda Unida, die linke politische Koalition, die bis auf den heutigen Tag die Heimat der Kommunistischen Partei Spaniens war. »Was ist mit deinen Informanten?«, fragte Danny. »Konntest du was in Erfahrung bringen?«

»Na ja, hier mal was und da mal was. Aus verlässlicher Quelle ist mir bekannt, dass Teresa selten alleine schlief, wenn du weißt, was ich meine. Es geht das Gerücht, sie hätte abtreiben lassen.«

»Was zum Teufel hat das damit zu tun?«

»Nichts. Aber du weißt ja, wie die rechts orientierten Medien die Story aufmotzen werden, sobald ihr Tod bestätigt ist: Eine drogensüchtige kommunistische Babymörderin hat den unvermeidlichen Preis für ihren freizügigen Lebenswandel gezahlt. Und wenn Teresa es wirklich so getrieben hat, wie mein Informant behauptet, dann stehen die Chancen gut, dass sie jemandem Grund zur Eifersucht gegeben hat. Du weißt ja, wie das in diesen Fällen ist, Danny: Zu neunundneunzig Prozent stammt der Mörder aus dem Bekanntenkreis der Frau.«

»Woher hast du diese Informationen?«

»Mein Cousin hat früher mit einem Exfreund von Teresa Fußball gespielt. Ich habe seine E-Mail-Adresse.«

»Und dieser verbitterte Exfreund hat natürlich nicht den geringsten Grund, Lügengeschichten über sie zu erzählen?«

Paco zuckte die Achseln. »Ich habe nicht gesagt, dass das stimmt. Aber wenn ich mit ihm sprechen konnte, wird das auch anderen gelingen. Früher oder später geht das an die Presse.«

»Hat ihr Ex ein Alibi?«

»Du meinst, mal abgesehen davon, dass er sich in Australien aufhält?«

»Was ist mit ihrem jetzigen Freund? Hast du was über den?«

»Er heißt Samuel Herrero. Und hat ebenfalls ein wasserdichtes Alibi. Er ist Toningenieur. In der Nacht, in der Teresa verschwand, hat er bei einem Konzert in Madrid gearbeitet. Die beiden haben sich über die Kommunistische Jugend kennengelernt.«

»Okay, ich fahr jetzt mal bei dem Büro der Izquierda Unida in Almería vorbei. Mal sehen, ob ich dort Pepe Juárez treffe. Er kann mir bestimmt etwas erzählen.«

Paco schüttete den restlichen Kaffee weg. »Und ich mach mich auf den Weg zur Stierkampfarena in Roquetas und fotografiere die Stelle, an der sie Teresas Auto gefunden haben. Bin gespannt, ob ich durch meine Polizeikontakte bis zur Verwahrstelle komme, wo ihr Wagen steht. Warum stürzt du dich nicht auf die Familie Del Hoyo?«

Danny schüttelte den Kopf. »Hab ich schon versucht, da geht keiner ans Telefon.«

»Dann fahr zur Wohnung und lauere ihnen davor auf.«

»Ich bin auf dem Weg hierher dort vorbeigekommen. Vor dem Eingang des Gebäudes kampierten schon drei Reporter.

Keine Chance, mit den Familienmitgliedern allein zu sprechen.«

Paco kramte in seiner Tasche und zog ein Stück Papier heraus. »Dann versuch es hiermit. Das ist die private Handynummer ihrer Schwester. Sie hat im Fernsehen am meisten gesagt, vielleicht findest du ja heraus, was sie zu erzählen hat.«

»Wie ich Carmen del Hoyo einschätze, wird sie von einem Überraschungsanruf nicht gerade begeistert sein.«

Paco runzelte die Stirn, als hätte er die Antwort von Danny schon erwartet. »Wenn wir das als Exklusivstory verkaufen wollen, dürfen wir im Umgang mit den Gefühlen der Familienmitglieder nicht allzu zimperlich sein«, sagte er und warf einen misstrauischen Blick auf das Journalistenpack, das immer noch vor den Toren der Müllhalde beisammenstand. »Wir müssen schnell sein. Wir sind nicht die Einzigen, die die Geschichte an Zeitschriften verkaufen wollen.«

Danny steckte die Nummer ein. Paco hatte recht: Teresa del Hoyo und ihr Tod waren jetzt Handelsware. Wer am schnellsten die Bilder und Informationen zu einem Paket schnüren konnte, würde exklusiv verkaufen können. Die anderen hätten nur ihre Zeit verschwendet.

»Ich versuche mein Glück bei der Schwester«, sagte Danny. »Aber wenn die Story an *Gente de Hoy* gehen sollte, möchte ich nicht meinen Namen unter dem Artikel stehen sehen.«

»Geht klar. Aber was ist mit *Sureste News*? Musst du nicht für die darüber berichten?«

»Für die werde ich später was zusammenschustern. Die Zeitung hat für mich nicht mehr höchste Priorität.«

Paco klopfte Danny auf die Schulter. »So ist es gut. Wo wir gerade von Prioritäten sprechen: Marsha hat gestern über eine Stunde lang mit Lourdes geskypt.«

Danny rieb sich den Nacken. »Worüber haben sie geredet?«

»Keine Ahnung. Sie haben die meiste Zeit Englisch gesprochen. Aber nach allem, was ich von Marshas Spanisch verstehen konnte, muss ich sagen, sie lernt schnell dazu. Das ist gut, nicht wahr?«, sagte Paco, als Danny nichts darauf erwiderte.

»Klar. Natürlich.«

»Deine Miene spricht eine andere Sprache.«

»Hör zu, wir haben viel zu tun. Ich möchte jetzt nicht über die Sache mit Marsha reden.«

»Das tust du nie. Aber wenn du nicht zu ihr gehst, wird sie zu dir kommen. So einfach ist das. Sie ist eine klasse Frau, Danny.«

»Weiß ich.«

»Dann zeig verdammt noch mal ein bisschen Begeisterung«, sagte Paco und schlug ihm auf den Arm. »Wie auch immer, das Zusammenziehen ist ja der spaßigere Teil. Danach kommt das Heiraten und Kinderkriegen.«

»Mein Gott, jetzt mach mal eine Pause, okay?«

Paco stieg lachend ins Auto und zog den Sicherheitsgurt über seinen wohlgerundeten Bauch. Dann streckte er seinen großen kahlen Kopf aus dem Fenster und ließ den Wagen sanft anfahren. »Früher habe ich ein Vermögen für den Friseur und modische Kleidung ausgegeben, Danny. Dann bekamen wir die beiden Mädchen, mein ganzes Haar fiel aus, und ich ging in die Breite. Du kannst dich auf was freuen, *amigo*.«

2

Die Provinz Almería hat im Jahresdurchschnitt etwa dreihundert Sonnentage, aber heute war keiner davon. Der Mittagshimmel war von der Farbe wässriger Milch, und der Wind wehte Staub in Dannys Gesicht, als er durch die engen Gässchen im Stadtzentrum von Almería ging. Erfolglos hatte er versucht, mit Carmen del Hoyo zu sprechen. Dreimal ging nach mehrmaligem Klingeln der Anrufbeantworter ran, beim vierten Mal wurde das Telefon ausgeschaltet. Danny unterdrückte ein Gähnen. Er hatte jetzt vierzehn Monate lang jede von Gott gegebene Stunde gearbeitet.

Vor einem Jahr hatte alles begonnen, als der Redakteur von *Sureste News*, jener britischen Tageszeitung, für die Danny arbeitete, sich krankschreiben ließ und nie wieder auftauchte. Danny wäre der offensichtliche Ersatz gewesen, aber statt ihn zu befördern, beschloss die Verlagsleitung, ganz ohne Redakteur weiterzumachen und die Belegschaft gleich noch um Danny und drei weitere Mitarbeiter zu kürzen, die dann als Freie eingestellt wurden, was für sie den Verlust des bezahlten Urlaubs und den Wegfall des Krankengeldes zur Folge hatte.

Das einzig Positive daran war, dass Danny sich nicht länger verpflichtet fühlte, seine Storys als Erstes *Sureste News* anzubieten. Er und Paco machten jetzt mindestens zwei Geschichten im Monat für eine Agentur, die an die spanische *prensa rosa* verkaufte, reißerische Klatschmagazine die an Supermarktkassen verkauft wurden.

Danny hatte zwar Erfahrung im Sensationsjournalismus,

aber Blätter wie *Gente de Hoy* lagen fast schon jenseits seiner Schmerzgrenze. Marsha war der Ansicht, er solle seine Ziele höher stecken – vielleicht ein Sachbuch über Spanien schreiben oder einen Korrespondentenjob bei einer der britischen überregionalen Zeitungen annehmen –, aber Marsha hatte eigentlich immer Ideen, was Danny in seinem Leben besser machen könnte.

Pepe Juárez traf sich mit Danny vor dem Gebäude, in dem die Jugendfraktion der Izquierda Unida saß. Wie gewöhnlich hatte der Politiker in seinen besten Jahren durch die Auswahl seiner Kleider eine smarte Wirkung erzielen wollen, aber auf halber Strecke aufgegeben: die Krawatte war schief gebunden und wies Kaffeeflecken auf, das Hemd hatte Falten und war geflickt, und der Wind zerzauste das graue Haar zu einer wilden Frisur.

Juárez begleitete Danny die Treppe hinauf in einen großen Raum mit Sofas und Tischen. Die Wände waren mit Postern geschmückt, auf denen das rote Hammer-und-Sichel-Logo der OCE prangte, der Spanischen Kommunistischen Partei. Ein paar junge Männer und Frauen saßen in der Mitte auf Sofas, unterhielten sich leise miteinander, trockneten Tränen und trösteten sich gegenseitig. Als Juárez Danny als Reporter vorstellte, blickten sie erwartungsvoll auf.

»Stimmt es, was sie sagen?«, fragte ein junger Mann mit kurz geschorenem Haar und Flesh-Tunnel-Ohrringen. Seine Augen waren gerötet vom Weinen, aber er klang wütend. »Haben sie Teresa auf einer Müllhalde gefunden?«

»Es ist zu früh, die Aussage zu bestätigen.«

»Aber im Radio hieß es, es handle sich um die Leiche einer jungen Frau. Was ist damit?«

»Ich bin mir sicher, dass die Polizei im Laufe des Tages eine Erklärung abgeben wird.«

»Schreiben Sie bloß nichts Schlechtes über Teresa«, sagte der junge Mann plötzlich und starrte Danny an, die Hände zu Fäusten geballt.

»Warum sollte ich das tun?«

Niemand antwortete, aber als Juárez Danny zu dem Büro führte, in dem Teresa gearbeitet hatte, zischte einer der Männer: »Verfluchte Aasgeier!«

Danny blieb gelassen. Die Erfahrung hatte ihn gelehrt, dass bei Vermisstenfällen oft ein Moment eintritt, in dem die profane Tätigkeit der Berichterstattung über den Vermissten – die Interviews und zitierten Aussagen, die Pressekonferenzen und Deadlines – mit dem realen Schaden kollidiert, den das Ereignis im Leben der anderen Menschen anrichtet. Es war nicht das erste Mal, dass Hinterbliebene ihren Schmerz an einem Reporter auszulassen versuchten.

Danny folgte Juárez in ein kleines Büro mit zwei Schreibtischen. Wie in dem anderen Raum waren auch hier die Wände mit Postern mit Slogans der Organisation und Widerstandsparolen tapeziert.

»An welchem Schreibtisch hat Teresa gearbeitet?«, fragte Danny.

Juárez deutete auf den am Fenster. Dann sah er Danny an. »›Hat‹? Sie meinten wohl ›Wo arbeitet sie?‹, nicht wahr? Oder wissen Sie doch schon etwas Definitives?«

»In Gegenwart der anderen wollte ich nichts dazu sagen – es ist nicht meine Aufgabe, irgendetwas zu bestätigen oder zu leugnen –, aber es sieht nicht gut aus.«

Juárez nahm seine Brille ab und begann, sie mit seinem Schlips zu putzen. »Tut mir leid«, sagte er und zog ein paarmal die Nase hoch. »Aber wenn man sich vorstellt, an was für einem widerwärtigen Ort man die arme Teresa abgeladen hat. Wenn es Ihnen nichts ausmacht, würde ich gerne in der

Gegenwartsform von ihr sprechen, bis die Polizei alles bestätigt hat.«

Danny legte ihm eine Hand auf die Schulter. »Tut mir leid, Pepe. Ich wollte nicht taktlos sein. Also, woran arbeitet Teresa hier?«

»An verschiedenen Projekten. Sie ist eine ganz besondere junge Dame, ein echter Gewinn für die Partei. Es ist ihr auf ziemlich beeindruckende Weise gelungen, ihrem Leben nach all den Problemen, mit denen sie zu kämpfen hatte, eine neue Richtung zu geben.«

»Womit hat sie sich zuletzt beschäftigt?«

Juárez deutete auf eines der Poster an der Wand. Eine lockere Collage körniger Schwarz-Weiß-Fotos mit männlichen und weiblichen Gesichtern. Auf dem Poster stand der Slogan: *¡Las monjas no son las únicas mártires de El Cerrón!* – Die Nonnen sind nicht die einzigen Märtyrerinnen von El Cerrón! Er prangte in roten Lettern auf dem unteren Drittel. Mit Photoshop war Blut über die Gesichter gespritzt worden, oben auf dem Plakat flatterte die rot-gelb-maulbeerfarbene Flagge der Zweiten Spanischen Republik. »In den letzten sechs Monaten hat Teresa sehr aktiv an der Kampagne mitgearbeitet. Wir versuchen, die Leichen der republikanischen Politiker zu finden, die 1939 von den *fachas* ermordet und in einem Massengrab vor der Stadt El Cerrón beerdigt wurden.« Juárez zeigte auf eines der männlichen Gesichter auf dem Poster. »Der Mann hier war der Bruder ihres Großvaters, sie hat also ein ganz persönliches Interesse an der Sache. Ich nehme an, Sie wissen, was dort passiert ist?«

Danny nickte. Sich in lange Gespräche über den Bürgerkrieg verwickeln zu lassen, das war das Letzte, was er jetzt wollte. Über siebzig Jahre waren seit der Beendigung des Konflikts vergangen, aber die Spanier waren immer noch schnell dabei, die alten ideologischen Barrikaden zu verteidigen – und keiner war schneller als Pepe Juárez. Deswegen hatte er auch das Wort *facha* verwendet, eine abschätzige Bezeichnung der Unterstützer Francos, die noch aus den 1930er Jahren stammte.

Ein ramponierter alter Computer und ein CRT-Monitor nahmen den meisten Platz auf Teresas Schreibisch ein. Danny fragte, ob er sich den Inhalt der Schubladen ansehen dürfe.

Juárez nickte. »Die Polizei hat das schon getan. Aber die Beamten schienen sich keine allzu große Mühe dabei zu geben. Ihr Interesse an Teresas Privatleben war deutlich größer.«

»Ach ja? Was wollten sie wissen?«

»Trinkt sie viel? Nimmt sie Drogen? Mit wem geht sie ins Bett?«

»Was haben Sie gesagt?«

»Die Wahrheit. Dass Teresa als junges Mädchen ein recht wildes Ding war, sich später aber gefangen hat und jetzt schon mindestens ein Jahr lang clean ist, was Alkohol und Drogen angeht. Und dass es verflucht noch mal niemanden etwas angeht, mit wem sie schläft. Aber sie fragten weiter, wie das damals gewesen sei, als sie als junges Mädchen ausriss. Ich hatte den Eindruck, die Polizei glaubte, sie wäre einfach wieder davongelaufen. Erst als Teresas Auto mit ihrem Handy darin auftauchte, schienen sie die Sache ernst zu nehmen.«

Die unterste Schublade des Schreibtischs war leer, die oberste vollgestopft mit Papieren, Stiften, Unterlagen und Akten. Die zuoberst liegende Mappe war orange und trug mit Kugelschreiber die Aufschrift: *El Cerrón – Neues Projekt.*

Darin befand sich die Kopie eines Schwarz-Weiß-Fotos. Sie zeigte zwei Männer und eine Frau, die vor einer großen dreistöckigen Villa standen. Die Fassade des Gebäudes war von hohen Türmen mit Spitzdächern und von Palmengruppen flankiert.

Der Mann und die Frau in der Bildmitte waren im Stil der Vierzigerjahre gekleidet. Da sie so nah beieinanderstanden, hielt man sie automatisch für ein Paar, aber in ihrer Körpersprache lag wenig Wärme oder Vertrautheit: Sie standen zwar Seite an Seite, berührten einander jedoch nicht, die Arme hingen herunter. Die Frau war Mitte zwanzig, machte aber einen verlebten, gebrochenen Eindruck, der ihre Jugend Lügen strafte. Der Mann sah älter aus. Er starrte direkt in die Kamera, blickte streng, als wäre ihm nicht wohl dabei, fotografiert zu werden.

Der zweite Mann stand rechts im Bild. Er trug die weiße Militäruniform der Falange, der spanischen faschistischen Partei. Der Kragen seiner Jacke war bis zum Hals zugeknöpft, über seine Brust liefen zwei Lederriemen. Die Arme hielt er vor seinem Oberkörper verschränkt, sein Gewicht ruhte auf dem hinteren Fuß, der Kopf war stolz nach oben gereckt. Das Haar war aus der Stirn gekämmt, der Mund trug einen Ausdruck leichter Belustigung. Die Art und Weise, wie er sich präsentierte, war nicht sehr sympathisch – Danny hatte das Gefühl, dass er zu den Männern gehörte, die lieber *über* andere lachten als *mit* ihnen. Unter dem Bild stand geschrieben: *Santa Cristina, Almería, España, 1949.*

»Ist das Teresas Handschrift?«, fragte Danny.

Juárez nickte.

Auf der Rückseite des Fotos standen ein Name, Gordon Pavey, und eine Festnetznummer in Almería, beides ebenfalls in Teresas Handschrift.

»Was ist Santa Cristina für ein Ort?«, fragte Danny. »Und wer ist Gordon Pavey? Der Name klingt britisch.«

Juárez zuckte mit den Schultern. »Die Fotokopie muss etwas mit dem Projekt zu tun haben, an dem Teresa arbeitet. Aber ich habe keine Ahnung, wer Pavey sein soll.«

Danny deutete auf den anderen Schreibtisch im Raum. »Wer arbeitet da?«

»Lidia. Vielleicht weiß sie etwas, aber im Moment ist sie nicht hier.«

Danny bat um die Erlaubnis, eine Kopie von dem Bild zu machen. Juárez begleitete ihn zu einem Kopiergerät im anderen Zimmer und versprach, ihm Lidias Telefonnummer zu beschaffen, sobald er einen Augenblick Zeit hätte.

Danny war schon wieder auf der Straße, als Paco Pino anrief.

»Ich habe gerade mit einem Kontaktmann von der Polizei gesprochen. Sie haben die Leiche von der Müllhalde ins Instituto de Medicina Legal gebracht. Die Familie Del Hoyo wird sie dort identifizieren. Am besten machst du dich gleich auf den Weg.«

Es regnete, als Danny die Rechtsmedizin erreichte. Ein paar Minuten später fuhr die Familie Del Hoyo in einem Polizeiauto vor. Die Mutter wirkte klein und zerbrechlich, als sie, eingehängt am Arm ihres Mannes, den Bürgersteig überquerte. Teresas Schwester Carmen bildete das Schlusslicht der Gruppe. Sie schüttelte verächtlich den Kopf, als Paco Pino von der eintreffenden Familie Fotos machte, ihre Hand ging nach oben, um ihr Gesicht zu verbergen.

Die Türen schlossen sich hinter ihnen. Danny und Paco stellten sich unter die Markise einer Bar auf der anderen Straßenseite und sahen dem fallenden Regen zu. Danny wusste, dass sie einige Zeit würden totschlagen müssen, also wählte er die Nummer von Gordon Pavey.

Er landete sofort auf einem Anrufbeantworter. »Willkommen bei der Pension Allen«, sagte eine Frauenstimme. »Leider bleibt unsere Pension bis Mittwoch, den zwölften Oktober, aus privaten Gründen geschlossen. Für Reservierungen nutzen Sie bitte unseren Onlineservice.«

Eine Pension? Das könnte bedeuten, dass Pavey nicht von hier stammte. Danny machte sich eine Erinnerungsnotiz, es am nächsten Tag noch einmal unter der Nummer zu versuchen.

Es war früher Nachmittag, das Wetter war trübe. Danny sah hinauf zu den beleuchteten Fenstern des Instituts für Rechtsmedizin und versuchte zu erraten, in welchem Raum sich die Familie Del Hoyo wohl gerade aufhielt.

Paco Pino war nicht der Einzige, der Kontakte zur Polizei hatte. Während Danny und er warteten, parkte ein junger Fotograf sein Moped auf der anderen Straßenseite. Fünf Minuten später sprangen zwei weitere Reporter aus einem Auto.

Die spanische Presse war sieben Mann stark, als Danny die Sirene eines Krankenwagens vernahm, ein fernes Heulen, das durch die hohen, engen Schluchten des Stadtzentrums hallte. Der Ton wurde immer lauter. Passanten blieben stehen, drehten sich um und starrten unter ihren Regenschirmen hervor, als die Ambulanz auf den Gehsteig vor der Rechtsmedizin fuhr und ihre Schweinwerfer neonblaue Pfützen auf den nassen Asphalt spuckten.

Die spanischen Journalisten bestürmten die Sanitäter und bombardierten sie mit Fragen, während diese die Transportliege ausluden und damit ins Gebäude eilten. Alle Reporter zückten ihre Handys. Zehn Minuten später wurden die Vordertüren mit einem Knall aufgestoßen, und die Liege mit Teresas Mutter, eine Sauerstoffmaske auf dem kreidebleichen Gesicht, wurde herausgerollt. Ihr folgten Teresas Vater und ihre Schwester.

Danny wurde von Fotografen und Reportern angerempelt, als er versuchte, Carmen del Hoyo Fragen zu stellen, aber sie hielt ihren Vater unbeirrt an den Schultern fest und schob ihn durch das Gedränge. Als sie sich der Rückseite des Krankenwagens näherten, kam ein Reporter ihr zu nah, und Carmen del Hoyo schubste ihn so heftig, dass er stürzte und in eine Pfütze fiel. Die Türen des Krankenwagens wurden zugeknallt, und er raste mit heulenden Sirenen davon.

»Ist die Mutter tot?«, fragte ein Reporter.

»Ach was, die hat ganz sicher noch geatmet.«

»Ich muss schon sagen, genau der richtige Ort für einen Zusammenbruch«, sagte ein Fotograf, lachte und deutete mit dem Kopf auf das »*Gerichtsmedizin*«-Schild an der Wand. »Sie hat Glück gehabt, dass sie nicht gleich für eine Autopsie auf dem Seziertisch gelandet ist. Hast du ihre Gesichtsfarbe gesehen?«

Es gab Tage, an denen Danny seinen Job über alles liebte.

Heute war keiner davon.

3

Als Carmen del Hoyo die Tür der Toilettenkabine verriegelt hatte, öffnete sie die vier Knöpfe ihrer Bluse, schob den Stoff ein wenig zur Seite und betrachtete mit Hilfe eines kleinen Make-up-Spiegels die roten Quaddeln auf ihrem Rücken.

Genau wie beim letzten Mal, dachte sie: Nesselausschlag.

Aber dann fiel ihr ein, dass es nicht so war wie beim letzten Mal, denn diesmal war Teresa nicht weggelaufen oder hatte sich tagelang mit Drogen vollgepumpt.

Teresa war tot.

Carmen setzte sich auf den geschlossenen Toilettendeckel. Ihre Hände hingen schlaff nach unten, die Ungeheuerlichkeit der Tatsache überwältigte sie.

Ihre kleine Schwester war tot. Nichts würde je wieder so sein wie früher.

Ihr Blick trübte sich, als ihr die Tränen in die Augen schossen, aber sie schüttelte sie ab. Es würde ihr nicht guttun zu weinen. Einer in der Familie musste stark bleiben, vor allem jetzt, da es Mama so schlecht ging. Die Rolle war Carmen zugefallen, wie immer, und es gab noch so viel zu tun: Als Erstes musste sie Teresas Totenschein zum Zivilregister bringen, dann zum Bestattungsinstitut fahren und den genauen Wortlaut für den Grabstein angeben. Danach würde Carmen noch schnell in der Leichenhalle vorbeischauen und mit den Vorbereitungen für Teresas Beerdigung beginnen. Wie es die Tradition verlangte, durfte die Tote nicht allein gelassen werden, bis sie bestattet war. Aber die Beerdigung konnte nicht vor dem folgenden Nachmittag stattfinden, was bedeutete, dass ihr und dem Rest der Familie eine weitere schlaflose Nacht bevorstand.

Sie massierte sich die Schläfen. Die letzte Woche hatte sie über die Maßen erschöpft. Sie hatte Gewicht verloren und wirkte verhärmt und alt. Einer der Ärzte im Krankenhaus hatte angeboten, ihr etwas zu verschreiben, das ihr beim Einschlafen helfen würde. Sie hatte sein Ansinnen höflich, aber entschieden abgelehnt: Chemische Substanzen waren keine Antwort – auf welches Problem auch immer.

Wie wahr das war, hatte die Familie Del Hoyo weiß Gott gelernt.

Vor einer Woche, als ihre Mutter Carmen angerufen hatte, um ihr mitzuteilen, dass Teresa vermisst wurde, hatte sie versucht, sie zu beruhigen und an all die Male erinnert, die ihre Schwester früher schon verschwunden war. Aber als am nächsten Tag Teresas verlassenes Auto mit dem Handy darin gefunden wurde, war Carmen unverzüglich die zehn Stunden von Barcelona nach Almería mit dem Wagen gefahren.

Seither hatte sie kaum geschlafen. Es hatte so viel zu tun gegeben: Gespräche mit der Polizei, Telefonanrufe der Medien, die Organisation eines Hilfeaufrufs im Internet und einer Mahnwache mit Kerzenlicht. Die Wohnung ihrer Eltern war rund um die Uhr Treffpunkt für Angehörige und Freunde gewesen, alle wollten verzweifelt helfen, als könnten sie durch ihre ständige Aktivität irgendwie dazu beitragen, dass Teresa wieder lebend zurückkam.

Carmen hatte in der Zeit viel gebetet. Zuerst Novenen zum heiligen Judas Thaddäus, in denen sie ihn anflehte, Teresa möge wohlbehalten zu ihrer Familie zurückkehren. Aber als Teresa immer länger verschwunden blieb, hatten ihre geflüsterten Gebete andere Dinge erfleht: ihre Schwester möge nicht gelitten haben, ihr Ende möge kurz und schmerzlos gewesen sein.

Die Gebete waren offenbar nicht erhört worden. Als die Familie zur Identifizierung des Leichnams ins Rechtsmedizinische Institut gekommen war, hatte der Gerichtsmediziner großen Wert darauf gelegt, ihnen nur Teresas Gesicht zu zeigen. Der Gedanke daran ließ Carmen nicht mehr los. Welches Grauen war unter dem weißen Laken, das den Rest von Teresas Körper bedeckte, verborgen gewesen? Sie musste es unbedingt wissen und hatte darauf bestanden, eine Kopie des Autopsieberichts zu erhalten, sobald dieser erstellt war.

Aber sie würde diesen elenden Ort nie vergessen, würde nie vergessen, wie es dort ausgesehen und gerochen hatte. Jetzt wusste sie, dass in der Hölle weder Feuer noch Schwefel brannte: Die Hölle war weiß und kalt und steril, es gab dort blutverschmiertes Porzellan, poliertes Metall und geflüsterte Worte unvorstellbaren Schmerzes, die sich mit dem Gestank nach Ammoniak vermischten.

Der Gedanke, Teresas Seele müsste vielleicht eine Ewigkeit an so einem Ort ausharren …

Carmen kamen wieder die Tränen, aber diesmal waren sie Ausdruck ihrer Wut. Sie hatte ihre Schwester geliebt, aber es ließ sich nicht leugnen, wie selbstsüchtig und doppelzüngig Teresa geworden war, seit die Drogen ihr Leben bestimmten.

Der Autopsiebericht würde interessant werden. *Mamá* behauptete, Teresa sei bis zu dem Zeitpunkt ihres Verschwindens zu den Treffen der Narcotics Anonymous gegangen, aber Carmen wusste, was geschehen war: Teresa hatte einen Rückfall gehabt. Als Carmen das erste Mal mit der Polizei sprach, hatte sie den Beamten ganz klar gesagt, dass Drogen hinter der Sache steckten. Keiner kannte die Tiefen, in die Teresa stürzen konnte, besser als Carmen.

Und selbst wenn Teresa zu diesen Treffen gegangen war, hatten sie ihr offenbar nicht besonders viel gebracht. Carmen hatte sich im Internet über die NA informiert, hatte alles über den Quatsch mit den zwölf Schritten gelesen, das ganze Gefasel über Selbstannahme und Schuldfreiheit. Wie sollte das jemals funktionieren? Schuld war die körperliche Manifestation der Sünde, ohne sie gab es keine Möglichkeit der Erlösung. Nur Buße und Reue konnten den Schmerz lindern.

Das hatte Carmen bei ihrem letzten Treffen auch Teresa gesagt, sie hatte ihr erzählt, dass die Kirche Drogen- und Alkoholprogramme anbot, die speziell dafür ausgebildete Priester durchführten. Wenn sie es ernst meinte mit der Abstinenz, warum sollte sie die Angelegenheit dann wohlmeinenden Amateuren überlassen? Teresa hatte ihr zugehört und dann dieses verächtliche kleine Lachen ausgestoßen, das ihr in Gesprächen über Religion immer entfuhr.

Carmen hatte viel über den Streit nachgedacht, der dem Ganzen gefolgt war. Hatte sie ihre Schwester enttäuscht? Wäre sie überzeugender gewesen, wenn sie sich besser beherrscht hätte? Aber Beherrschung war noch nie Carmens Stärke gewesen, vor allem dann nicht, wenn man sich über ihre Überzeugungen lustig machte.

Sie nahm eine Dose mit Feuchtigkeitscreme aus ihrer Handtasche und trug etwas davon auf die entzündete Haut ihrer Schulter auf. Worte aus dem Buch Jesaja gingen ihr durch den Kopf: *Fürchte dich nicht, ich bin mit dir; weiche nicht, denn ich bin dein Gott. Ich stärke dich, ich helfe dir auch, ich halte dich durch die rechte Hand meiner Gerechtigkeit.* Carmen versuchte, positiv zu denken.

Wenigstens *mamás* Prognose war nicht allzu schlecht. Die Ärzte sagten, sie habe einen leichten Schlaganfall erlitten –

eine Folge des übermäßigen Stresses in der letzten Woche. Und doch hatten sie sich ärgerlicherweise sehr bedeckt bei der Antwort auf die Frage gehalten, welche Folgeschäden der Anfall nach sich ziehen könnte. Was, wenn *mamá* nicht länger laufen könnte? Oder wenn sie einen Arm nicht mehr bewegen könnte? Dann würde sie nicht mehr kochen können, und das würde bedeuten, dass Carmen ihr Leben in Barcelona aufgeben und wieder zurück nach Hause ziehen müsste, um sich um ihre Eltern zu kümmern. Papa wäre in dieser Hinsicht keine große Hilfe. Anfang der Woche hatte Carmen ihn bei dem Versuch beobachtet, ein Ei zu kochen. Die Küche stank immer noch nach angebranntem Metall und versengten Eierschalen.

Die schwere Tür zur Damentoilette wurde quietschend aufgestoßen, und Carmen hörte Schritte vor der Kabine. Jemand klopfte an die Tür.

»Alles in Ordnung da drin, *hija*?«

Es war eine Schwester: Carmen konnte die blaue Hose und die weißen Turnschuhe unter der Toilettentür erkennen.

»Ja, mir geht's gut«, sagte sie.

»Warum kommen Sie nicht heraus? Ihr Priesterfreund ist hier, er möchte Sie sprechen.«

Priester? Carmen schüttelte den Kopf über die Ignoranz der Schwester. Dann lächelte sie. Sie war froh, dass Monsignor Meléndez da war.

Es war ein Akt wahrer christlicher Nächstenliebe, dass ein so bedeutender Mann am Leid ihrer Familie Anteil nahm – Carmen hatte einige der Papiere in seiner Aktentasche gesehen, sie trugen sowohl den Stempel der Erzdiözese als auch der Bischofskonferenz –, aber Monsignor Meléndez hatte erklärt, warum Teresas Tod so bedeutsam für ihn sei: Er sei ein enger Freund von Pfarrer Javier gewesen, der vor Carmens

Umzug nach Barcelona ihr Diözesanpriester gewesen war. Er war im Vorjahr verstorben, daher hatte Monsignor eine Sonderreise unternommen, um die Familie zu trösten. Er sagte, das sei das Mindeste, was er in einer so schwierigen und herausfordernden Zeit tun könnte.

Carmen prüfte ihre Frisur im Badezimmerspiegel. Dann ging sie zurück in den Warteraum vor der Intensivstation.

Monsignor Meléndez, ein Mann mittleren Alters von großer und breiter Statur, trug einen Römerkragen und einen Anzug aus dunklem Stoff. Seine äußerliche Erscheinung entsprach genau der Vorstellung, die Carmen gern von einem Priester hatte: streng und doch heiter, ein Mann, dessen tiefe Weisheit Vertrauen und Sicherheit einflößte.

»Da bist du ja, Carmen«, sagte er und reichte ihr eine Tasse Kaffee und ein Sandwich. »Ich war so frei und habe dir aus der Cafeteria etwas zu essen mitgebracht. Wie fühlst du dich?«

»Etwas besser.«

»Und deine Mutter?«

»Es scheint ihr gut zu gehen. Mein Vater ist schnell nach Hause gefahren, um zu duschen, also halte ich hier die Stellung.«

»Das sind erfreuliche Neuigkeiten. Ich habe dich in den letzten Tagen in meine Gebete eingeschlossen.«

»Das war sehr freundlich von Ihnen, Monsignor.«

»Nicht der Rede wert, mein Kind. Wann wirst du deine Schwester beerdigen?«

»Morgen um zwei. Werden Sie an der Feier teilnehmen können?«

»Das würde ich gerne, aber ich fürchte, meine Pflichten hindern mich daran.«

Sie setzten sich nebeneinander auf die Plastikstühle. Carmen trank den Kaffee, aber knabberte nur an dem Sandwich herum.

Meléndez' Ausdruck wurde ernst, als er sah, dass Carmen nichts aß. »Ich sehe, du machst dir noch immer Sorgen, Carmen.«

Sie legte das Sandwich zurück in die Verpackung. »Es tut mir leid, Monsignor, aber ich muss ständig an meine Schwester denken, vor allem an den Ort, an dem sie gefunden wurde. Glauben Sie, es war eine Strafe, dass man ihre sterblichen Überreste in den Müll geworfen hat? Was bedeutet das für ihre Seele?«

Meléndez seufzte, als hätte er die Frage schon befürchtet. »Auch ich habe mir über das Seelenheil deiner Schwester Gedanken gemacht.«

»Und?«

»Wie du weißt, begegnet ein jeder Mensch am Ende seines Lebens den vier letzten Dingen: dem Tod, dem persönlichen Gericht und dann dem Himmel oder der Hölle. Erinnerst du dich an unser Gespräch über den Begriff der Konkupiszenz?«, fragte er. »Das ist das Erbe der Wunden, die von der Ursünde stammen. Die Konkupiszenz untergräbt unseren Willen und gestattet es unseren Emotionen, den Ketten des Intellekts zu entfliehen. In diese Falle ist deine Schwester offenbar getappt. Aber Teresa war getauft. Ich denke, ihre Seele ist jetzt im Fegefeuer.«

»Und wie lange wird sie dortbleiben?«

»Das hängt davon ab, wie tief die Narbe auf ihrer Seele ist …«

Meléndez' Worte fielen in ein tiefes Schweigen. Nicht zum ersten Mal hatte Carmen das Gefühl, dass er ihr etwas verheimlichte.

»Meinen Sie ihren Drogenmissbrauch? Bitte, Monsignor,

falls es irgendetwas gibt, das ich tun kann, dann sagen Sie es mir.«

Er machte ein Gesicht, als bedaure er es, die Sache überhaupt erwähnt zu haben.

»Da gibt es tatsächlich etwas. Aber in einer so schwierigen Zeit wollte ich eigentlich nicht mit dir darüber sprechen.«

»Bitte, Monsignor. Sie haben schon so viel für mich getan. Sagen Sie mir, was es ist.«

Er rutschte auf dem Stuhl herum und nahm Carmens linke Hand in beide Hände. »Wir hatten ja schon darüber gesprochen, dass deine Schwester in der Wahl ihrer Freunde recht unbedacht war. Einige haben sie zu Lastern verführt: Drogen, Alkohol, Fleischeslust. In ihrem Bekanntenkreis gab es auch eine Anzahl an Leuten, die aktiv versucht haben, der heiligen katholischen Kirche zu schaden und sie zu verleumden. Mir wurde gesagt, deine Schwester sei mit Vladimir López befreundet gewesen. Ich glaube kaum, dass dieser Name dir etwas sagt, der Mann gehört zu einer großen Gruppe von Kirchenhassern. Sollte Teresa unter den Einfluss dieses Mannes geraten sein … nun ja, dann können wir nicht sagen, zu welch verruchten Taten er sie möglicherweise verleitet hat. Wie du weißt, gibt es, einmal abgesehen von dem Begehen so offensichtlicher Verbrechen wie Mord und Vergewaltigung, keine reinere Definition von Verruchtheit als den Versuch, die Arbeit einer Institution, die sich der Besserung der Menschen auf dieser Erde widmet, zu unterminieren und zunichtezumachen.«

Carmen hatte mit offenem Mund zugehört. Wie konnte Teresa nur so dumm gewesen sein? »Was muss ich tun, Monsignor?«

Er lächelte gutmütig. »Ich wollte, ich könnte dir das genau sagen, mein Kind, aber ich fürchte, die Antwort auf deine

Frage musst du selbst suchen. Aber als Erstes würde ich dir vorschlagen herauszufinden, wie tief Teresa in diese kirchenfeindlichen Intrigen verstrickt war. Sprich mit ihren Freunden. Sieh dir ihre privaten Aufzeichnungen an, ihre Korrespondenz. Oder überprüfe ihren Computer auf Hinweise, in was sie verwickelt war.«

»Und wenn ich etwas finde?«

Seine heißen, trockenen Handflächen drückten Carmens Hand ein wenig fester, als er sagte: »Wenn Teresa mit solch hinterhältigen Machenschaften zu tun hatte, dann wäre es eminent wichtig, mich sofort zu unterrichten, noch bevor du mit anderen darüber sprichst. Das Seelenheil deiner Schwester könnte davon abhängen. Gottes Gnade ist unendlich, aber sein Zorn kann schrecklich sein.«

»Ich werde tun, was immer ich kann.«

»Ich weiß. Du bist ein Mensch von Treu und Glauben, Carmen«, sagte er und tätschelte ihre Hand. »Eine wahre Gläubige. Eine *gute* Katholikin. Vielleicht reicht das ja aus, um deine Schwester vor der ewigen Verdammnis zu bewahren. Aber wenn wir schon über diese Dinge sprechen, muss ich dir auch etwas zur Presse sagen. Ich bin mir sicher, ich brauche dir nicht zu erzählen, was für Schakale diese Medienleute sind: Sie versuchen, aus dem Elend anderer Profit zu schlagen, und werden dir die Worte im Mund umdrehen, wenn es ihren Zielen dient. Falls du herausfindest, dass Teresa versucht hat, verleumderische Gerüchte über die Kirche zu verbreiten, darfst du ihnen nicht den geringsten Hinweis darauf geben, ganz egal, wie sehr man dich bedrängt.«

»Machen Sie sich keine Gedanken, Monsignor. Wenn die mich belästigen, bekommen sie das hier zu spüren.« Mit der rechten Hand öffnete sie ihre Handtasche und holte eine kleine rote Sprühdose heraus.

»Was ist das?«, fragte Meléndez.

»Pfefferspray. Ich habe es im Internet gekauft. Eine junge Frau, die allein in einer Stadt wie Barcelona lebt, ist gezwungen, Vorsichtsmaßnahmen zu ergreifen.«

Meléndez betrachtete die Sprühdose und lächelte.

4

Danny Sánchez lebte auf einem etwa einen Morgen großen *cortijo* am Rande einer der kleinen, dörflichen Gemeinden vor Almería-Stadt. Durch die Lage kam er in den Genuss der Vorteile beider Welten: Er konnte nachts draußen zwischen Oliven sitzen, in denen die Zikaden zirpten, wusste aber, dass das nächste Shoppingcenter und Multiscreen-Kino nur zehn Autominuten entfernt waren.

Er wachte früh am Morgen auf, machte sich einen Kaffee und setzte sich in den Hof. Bald würde es in den nahen Bergen schneien, aber der Kaffee und die Morgenzigarette im Freien waren sein tägliches Ritual, egal bei welchem Wetter. Heute nahm er seine Flamencogitarre mit und hielt den Kopf so, dass der Rauch ihm nicht in die Augen stieg, während er ein paar schnelle *falsetas* spielte, bevor er in den wirbelnden, hypnotischen Takt einer *bulería* wechselte. Er liebte es, Flamenco zu spielen: Es fühlte sich an, als hielte er Spaniens zuckenden Herzschlag in Händen.

Danny würde bald seinen Vierzigsten feiern. Dass ihm dieser Pseudoeckpfeiler in naher Zukunft bevorstand, hatte ihn gründlich darüber nachdenken lassen, was er im Leben erreichen wollte und in welche Richtung es gerade lief.

Paco Pino fand, dass er zu viel grübelte. »Es gibt nur vier Dinge im Leben, die wirklich wichtig sind: Familie, Freunde, Futter und Fußball – aber nicht unbedingt in dieser Reihenfolge.«

Pacos Lebensweisheit hatte Danny zum Lachen gebracht,

aber er wusste genau, dass das Rezept auf sein eigenes Leben nicht anwendbar war: Sport hatte ihn nie interessiert, Essen war etwas, das er meist hinunterschlang, während er etwas anderes tat, und es war schwer zu sagen, ob die Tatsache, dass seine Mutter jetzt in Spanien lebte, als Vor- oder Nachteil zu werten war.

Und dann gab es noch Marsha.

Danny war seit etwas weniger als einem Jahr mit ihr zusammen. Sie führten eine Fernbeziehung, die begonnen hatte, als Danny in England über einen Serienkiller schrieb. Marsha hatte alles, was man sich von einer Freundin wünschen konnte: Sie war klug, ohne das immer zeigen zu müssen, kultiviert, ohne überheblich zu sein, und sie hatte Sinn für Humor, was sich darin zeigte, dass sie Dannys Witze mochte und ihn zum Lachen bringen konnte. Himmel, sie mochte sogar Black Sabbath, so eine Freundin hatte er noch nie gehabt.

Natürlich war nicht alles perfekt. Dannys Angewohnheit, das Müsli mit den Händen direkt aus der Packung zu essen, war schon sehr früh ein Reibungspunkt gewesen. Genauso wie Marshas Entschluss, in Dannys Büro für Ordnung zu sorgen, als dieser bei der Arbeit war. Dabei hatte sie sein chaotisch wirkendes, aber effektives Ablagesystem zerstört, an dessen Perfektionierung Danny jahrelang gefeilt hatte.

Außerdem war es nicht sehr günstig, dass Marsha jetzt eine enge Freundin von Pacos Frau Lourdes war, zumal Lourdes schon seit Langem der Ansicht war, Danny müsse unbedingt einen Hausstand gründen. Sobald sie Marsha das erste Mal gesehen hatte, beschloss Lourdes, dass sie »die einzig Wahre« sei. Und seit Jüngstem bombardierte Lourdes Danny, wann immer sie ihn sah, mit Sätzen, die ganz offensichtlich von Marsha stammten: »Die Frau musst du festhalten, Danny«, »Schenk ihr deine Liebe oder du verlierst sie.«

Marsha tat es mit einem Lachen ab, wenn ihr Danny davon erzählte, aber ihm schienen die Sätze so etwas wie Rauchsignale zu sein, die aus einem verborgenen Winkel in Marshas Psyche aufstiegen. Ihre Beziehung war bisher ganz angenehm dahingeplätschert, Danny lebte in Spanien, Marsha in England. Sie sahen einander etwa alle sechs Wochen eine ganze Woche lang, in der restlichen Zeit kommunizierten sie an jedem zweiten oder dritten Abend via Skype miteinander. Aber Danny wusste, dass ein In-welche-Richtung-bewegen-wir-uns-hier-eigentlich?-Gespräch längst überfällig war.

Um acht Uhr morgens begann Danny seine Arbeit mit der Durchsicht der Zeitungen. In allen Ausgaben war der Mord an Teresa del Hoyo der Aufmacher.

Paco Pino hatte recht gehabt. Während Spaniens linksgerichtete Presse sich auf die Entdeckung von Teresas Leiche auf der Mülldeponie konzentrierte, brachten die eher rechts orientierten Publikationsorgane in ihren Berichten auch Teresas Drogenmissbrauch sowie ihre »herausragende Rolle in scheinlegalen Protesten« und »nonkonformistischen Aktivitäten« zur Sprache. Viele der Zeitungen schlossen ihren Artikel mit der Erinnerung daran, dass die vierzehn 1939 ermordeten Republikaner von den Militärtribunalen legal exekutiert worden waren, weil sie zuvor an einem Massaker an Nonnen und Rechten teilgenommen hatten.

Um Viertel nach acht rief Paco Pino an. »Der Artikel für *Gente de Hoy* ist so gut wie sicher, wir müssen nur genug Einzelheiten über ihr Privatleben zusammenkratzen. Ich habe gestern ein paar Aufnahmen vom Innenraum von Teresas Auto gemacht. Auf dem Fahrersitz waren ein paar Blutspritzer, aber die Blutgruppe stimmt nicht mit der von Teresa überein. Mein Polizeiinformant vermutet, dass jemand anders ihr Auto nach Roquetas gefahren und dort stehen gelassen hat, jemand, der verletzt war. Auf dem Lenkrad und dem Armaturenbrett wurden Fingerabdrücke sichergestellt, aber die Polizei hat noch keine Übereinstimmung in ihrer Datenbank gefunden. Wie bist du gestern mit Pepe Juárez klargekommen?«

Danny fing an zu erzählen, aber Paco fiel ihm ins Wort.

»Was auch immer du tust, verrenn dich bloß nicht in den Quatsch mit dem Massengrab und den toten Nonnen. Denk dran, wir schreiben für *Gente de Hoy*, wir brauchen also nur Leichtverdauliches für Leute mit zweistelligem IQ.«

»Weiß dein Polizeiinformant, wie Teresa starb?«

»Der Staatsanwalt ist offenbar ein richtiges Arschloch. Er traut sich nicht, mir neue Einzelheiten zu stecken, sagte aber, ihr Tod sei, ich zitiere, höchst unangenehm gewesen. Der Staatsanwalt hat eine Nachrichtensperre verhängt, es dürfen keine Details veröffentlicht werden, also muss die Autopsie irgendetwas Wichtiges ergeben haben. Er selbst hat nichts von Bedeutung erwähnt. Nur dass sie während der Leichenöffnung eine DNA-Spur des Angreifers sichergestellt haben und die jetzt durch die Datenbanken jagen. Sollte der Täter vorbestraft sein, ist es nur eine Frage der Zeit, bis sie ihn festnehmen. Erkundige dich mal, was dein Forensiker mit den Fotos anfangen kann, die ich gestern von der Leiche gemacht habe.«

Professor Juan Cassella unterrichtete forensische Pathologie an einer britischen Universität. Danny hatte ihn vor Jahren kennengelernt, und Cassella hatte ihm immer großzügig seine Zeit und sein Wissen zur Verfügung gestellt.

»Hatten Sie schon Gelegenheit, einen Blick auf die Fotos zu werfen, die ich Ihnen gestern Abend geschickt habe?«, fragte Danny, als Cassella abnahm.

»Sagten Sie, die Frau sei Dienstagnacht verschwunden?«

»Ja.«

»Nun, sie ist auf keinen Fall schon seit einer Woche tot. Ich würde sagen, dass sie zu dem Zeitpunkt, als die Aufnahmen gemacht wurden, vier Tage tot war, allerhöchstens.«

»Dann hat sie jemand zuerst gefangen gehalten?«

»Nach den Einzelheiten, die Sie mir über den Fall mitgeteilt hatten, halte ich das für höchst wahrscheinlich. Müsste ich die Autopsie durchführen, würde ich nach Fesselungsspuren an den Hand- und Fußgelenken suchen – oder nach anderen Anzeichen dafür, dass sie irgendwo länger festgehalten wurde.«

»Was können Sie mir sonst noch sagen?«

»Nach den Fotos von der Leiche auf der Transportliege zu urteilen hat die Verwesung schon eingesetzt. Der Leib ist von Gasen aufgebläht, und es sieht so aus, als würden die Körperflüssigkeiten aus den Körperöffnungen austreten. Aber mich irritiert die Marmorierung der Haut beziehungsweise ihr nur schwaches Auftreten. Die Marmorierung wird durch Bakterien im Blut hervorgerufen, vom Sulfhämoglobin, das von bläulicher Farbe ist, während das Hämoglobin rötlich ist. Wie Sie auf den Fotos sehen können, ist die Marmorierung nur am Oberkörper, an den Armen und am Kopf erkennbar, während die Beine recht blass sind. Aus der Wunde am Hals würde ich schließen, dass sie ausgeblutet wurde und sich ihr Kopf dabei unterhalb ihrer Füße befand. Hätte man ihr die Halsschlagader durchtrennt, wäre der Blutverlust schon in sehr kurzer Zeit immens gewesen.«

»Sie ist also verblutet?«

»Das ist sehr wahrscheinlich. Aber anhand einer bloßen Fotografie lässt sich das nicht sicher sagen.«

Danny bedankte sich bei dem Professor und legte das Telefon weg. Ausgeblutet? In was zum Teufel war die junge Frau hineingeraten? Er wählte Carmen del Hoyos Handynummer, und diesmal wurde der Anruf sofort entgegengenommen.

»Ja?«, sagte eine Frauenstimme.

Danny wollte schon erklären, wer er war, aber Carmen del Hoyo schnitt ihm das Wort ab.

»Wo zur Hölle haben Sie die Nummer her, Señor Sánchez? Könnt ihr Hyänen von der Presse uns nicht einen Augenblick in Ruhe lassen? Ist Ihnen eigentlich klar, dass ich heute noch meine Schwester beerdigen werde, während meine Mutter auf der Intensivstation liegt und um ihr Leben kämpft? Was ich zu sagen habe, habe ich schon gestern Abend vor den Fernsehkameras gesagt. Wagen Sie es bloß nicht, hier noch einmal anzurufen.«

Danny ging ins Haus, schaltete die Fernsehnachrichten ein und zündete sich eine Zigarette an, während er darauf wartete, dass das Interview mit Carmen del Hoyo noch einmal ausgestrahlt wurde. Er musste nicht lange warten.

Carmen del Hoyo war ein ganz anderer Frauentyp als ihre Schwester. Sie war breiter und stärker gebaut und kleidete sich konservativ. Ihre Frisur passte eher zu einer zwanzig Jahre älteren Frau. Altbacken war das Wort, das Danny für sie wählen würde, wenn er gemein sein wollte. Carmen lebte in Barcelona, daher war sie erst nach Teresas Verschwinden nach Almería gekommen, hatte aber seither in der Familie die Rolle der Wortführerin inne.

Das Fernsehinterview war in Wirklichkeit nichts anderes als ein in die Kamera verlesenes Statement. Dabei stand Carmens Vater mit Tränen in den Augen hinter ihr und trug eine leichte Unterwürfigkeit zur Schau, die Eltern aus der Arbeiterklasse in Spanien ihren Kindern mit Universitätsausbildung oft entgegenbringen. Carmens Ansprache war voller Gemeinplätze: In dieser schmerzvollen Zeit bräuchte die Familie ihre Privatsphäre, und sie hätten alle vollstes Vertrauen in die Polizei, dass sie Teresas Mörder überführen werde.

Danach versuchte Danny noch einmal, bei der Pension anzurufen, in der Gordon Pavey abgestiegen war. Diesmal antwortete eine Engländerin.

»Pension Allen, Ms Allen am Apparat. Womit kann ich Ihnen behilflich sein?«

Danny stellte sich vor und fragte die Dame, ob sie sich an einen Pensionsgast namens Gordon Pavey erinnern könne.

»Sind Sie etwa auch einer von seinen Freunden?«, antwortete Ms Allen mit vor Zorn erhobener Stimme. »Ich habe Ihnen doch schon gesagt, dass ich nicht weiß, wo er ist, aber ich wette, er hat sich irgendwo volllaufen lassen und dann die Zeche von dem Geld bezahlt, das er mir noch schuldet.«

»Sind Sie später zu Hause, Ms Allen?«, fragte Danny. »Das hört sich ganz danach an, als müssten wir uns mal unterhalten.«

~

San José ist ein kleines Fischerdorf im Herzen des Cabo-de-Gata-Naturparks. Sally Allens Anwesen lag auf einem Hügel über einer halbmondförmigen Bucht, in der ein steifer Westwind fast zwei Meter hohe Brecher gegen die Küste blies.

»Vertrauen, Mr Sánchez«, sagte Sally Allen. »Darum geht es: Vertrauen. Ich meine, von den Jungen erwartet man so ein Verhalten fast schon, aber doch nicht von einem Mann wie Gordon Pavey. Da fragt man sich, wie das mit dieser Welt noch weitergehen soll.«

»Sie sind sich also sicher, dass Mr Pavey Sie um die Miete geprellt hat?«, fragte Danny in der Hoffnung, dass die Frau ihm diesmal eine Antwort geben würde. Sich mit Ms Allen zu unterhalten war, wie gegen einen starken Wind anzuschreien.

Ironischerweise musste Danny genau das tun, denn sie hatte darauf bestanden, sich ins Freie zu setzen.

Ms Allen war eine vollschlanke Frau in den frühen Sechzigerjahren, die sich gerne an der frischen Luft aufhielt und bei deren Akzent man sofort an Ölzeug und Gummistiefel denken musste. Vielleicht ihre Alltagskleidung in England. Hier und heute hatte sie sich für Flip-Flops, Khaki-Shorts und einen Seemannspullover entschieden.

»Ganz genau«, sagte sie. Zur Unterstreichung ihrer Aussage deutete sie mit ihrer Teetasse zur gegenüberliegenden Pension, ein langes weißes Gebäude, das in vier Apartments aufgeteilt war. »Ich bin in diesem Geschäft schon so lange tätig, dass ich genau weiß, wenn jemand in einer Nacht-und-Nebel-Aktion verschwindet. Solche Scheißkerle, die sich auf Kosten von anderen ein gutes Leben machen, gibt es von Marbella bis Mallorca.«

»Wissen Sie, warum Mr Pavey in Spanien war?«

»Ich glaube, er recherchierte für ein Buch oder so was Ähnliches. Er verbrachte viel Zeit damit, im Internet zu surfen. Und ich wusste, dass er zu irgendeinem historischen Archiv unbedingt Zugang bekommen wollte. Aber ich denke, das war nur ein Ablenkungsmanöver von Mr Pavey, damit ich glaubte, er würde länger bleiben, als er vorhatte.«

»Was macht Sie da so sicher?«

»Er tauchte am Mittwoch, dem achtundzwanzigsten September, hier auf und machte eine Anzahlung über zweihundert Euro. Ich fragte ihn, wie lange er denn bleiben wolle, und er sagte mir, das wisse er noch nicht. Also erwiderte ich, der Tagessatz liege bei hundert Euro, womit er einverstanden war. Donnerstag, Freitag und Samstag war es ein Kommen und Gehen. Am Sonntagmorgen fuhr er dann mit seinem Leihauto fort und ward nicht mehr gesehen. Montagabend wurde ich langsam misstrauisch, also ging ich in sein Apartment, und wissen Sie, was ich fand? Eine schäbige alte Tasche und ein paar Klamotten. Aber sein Pass und sein Geldbeutel waren nirgendwo zu finden. Und jetzt sagen Sie mir, Mr Sánchez, welchen Schluss hätte ich Ihrer Meinung nach daraus ziehen sollen? Mittlerweile war er mir sechshundert Euro Miete schuldig.«

»Haben Sie die Polizei gerufen?«

Sie winkte nur ab. »Damit die ganze Stadt erfährt, dass man mich leicht übers Ohr hauen kann? Aber nicht doch! Die Polizeistation ist unsere Klatschzentrale.«

»Aber Sie haben doch sicher die Kreditkartendaten von Mr Pavey?«

Für einen kurzen Augenblick schlich sich Argwohn in Ms Allens Blick, dann polterte sie wieder los. »Das meinte ich mit Vertrauen. Ich sperre die Pässe der Leute nicht in einen Safe. Ich zwinge sie nicht zu Vorauszahlungen. Ich *vertraue* ihnen«, sagte sie und rollte dabei das r, »vertraue ihnen, dass sie bezahlen, was sie mir schuldig sind, wenn sie abreisen. Natürlich bin ich vorsichtiger, wenn Leute sich für Wochen oder Monate hier einmieten, aber außerhalb der Saison muss man nehmen, was man kriegen kann. Ein paar Tage Vermietung ab und an sind besser als nichts. Das werden Sie sicher verstehen.«

Ihr Lächeln bettelte um Mitgefühl. Danny erwiderte es und lenkte das Gespräch auf eine andere Frage, die er sich zuvor notiert hatte: *Hat sie ihn bar bezahlen lassen?* Das würde auch ihre Weigerung erklären, deshalb zur Polizei zu gehen: Denn dann tauchte Paveys Miete nicht in der Buchhaltung auf.

»Außerdem sieht es so aus«, sagte sie, »als hätte Mr Pavey bereits Probleme mit den Behörden. Zumindest hat der Priester, der hier war, das angedeutet.«

Danny hielt mitten im Schreiben inne. »Der Priester?«,

fragte er. »Welcher Priester?« Die Angewohnheit der Frau, vom Hölzchen aufs Stöckchen zu kommen, nervte ihn allmählich.

»Ja. Monsignor Meléndez. Es war ihm sehr wichtig, seinen Titel zu nennen, so als könnte er mich damit beeindrucken. Ich hab ihm gleich gesagt, dass ich konfessionslos erzogen wurde und stolz drauf bin.«

»Und was wollte der Monsignor?«

»Dieser Pavey hat offensichtlich Dokumente aus einem historischen Archiv gestohlen, und der Priester versuchte, sie zurückzubekommen.«

»Woher wusste der Monsignor, dass er ihn in Ihrer Pension finden würde?«

»Mr Pavey hat anscheinend jemandem in diesem blöden Archiv meine Kontaktdaten gegeben.«

»Wann ist er hier gewesen?«

»Am Donnerstag nach Paveys Verschwinden.«

»Und was hat er gesagt?«

»Anfangs hat er noch übers ganze Gesicht gestrahlt, war sehr höflich, fast schon salbungsvoll. Aber als ich ihm dann klarmachte, dass Pavey kein Freund von mir ist, ließ er alle Zurückhaltung fallen und bat darum, das Zimmer sehen zu dürfen, in dem er gewohnt hat. Ich sagte ihm, das könne er gern tun, aber da gebe es nichts zu sehen. Dann zeigte ich ihm Paveys Tasche, und in diesem Moment brach der Streit los.«

»Tatsächlich?«

»Wie ich schon gesagt habe, zuerst lächelte er übers ganze Gesicht, aber als ich mich dann weigerte, ihm Paveys Habseligkeiten auszuhändigen, wurde er richtig fuchtig, sah mich ganz verkniffen an und ließ durchblicken, dass das rechtliche Folgen für mich haben könnte, wenn man Kirchenbesitz bei mir fände. Und dann fing er noch an, die

Bibel zu zitieren. Ich sagte ihm, Paveys Tasche gehöre mir, und mit dem ganzen papistischen Hokuspokus könne er mich nicht beeindrucken. Ich hatte noch nie viel für die Katholen übrig.«

»Dürfte ich mir Mr Paveys Tasche mal ansehen?«, fragte Danny.

Sally Allen stapfte ins Haus und kehrte mit einer Sporttasche aus Segeltuch zurück. In ihr befanden sich ein paar Kleidungsstücke, denen man ansah, dass sie schon getragen waren, andere wiederum waren noch sauber zusammengelegt. Auf der einen Seite hatte die Tasche ein Extrafach mit Reißverschluss. Danny machte sie auf. Ein Foto war darin, das auf eine zerknitterte gelbliche Karte geklebt war, sowie eine zusammengefaltete Quittung.

»Das Foto und die Quittung wollte Meléndez mitnehmen. Sie haben etwas mit Paveys Recherche zu tun«, sagte Ms Allen, als Danny beides herausnahm.

Ja, das passte, dachte Danny, nachdem er sich die alte Schwarz-Weiß-Fotografie angesehen hatte. Es war das Original der Fotokopie, die er in der Schublade von Teresa del Hoyos Schreibtisch gesehen hatte. Auf seiner Rückseite standen die gleichen Worte: *Santa Cristina, Almería, Spanien, 1949*.

»Und Sie sind sich sicher, dass dieser Monsignor Meléndez dieses Foto an sich bringen wollte?«, fragte Danny.

»Ja. Wie ich schon sagte, er behauptete, es gehöre der Kirche. Ich sagte ihm, das sei Unfug.«

»Warum?«

»Weil Pavey vom Flughafen direkt hierhergekommen ist und mir das Foto sofort gezeigt hat. Er wollte wissen, ob ich das Gebäude wiedererkenne. Und dann hat er mir die Quittung unter die Nase gehalten.«

Es war eine Quittung über achtzigtausend Peseten inklusive Mehrwertsteuer, ausgestellt von einem Marmorhandel in der Stadt Almería, Mármoles y Granitos Dario Paniagua e Hijos S. L. Sie trug das Datum vom dritten September 1995 und lautete auf einen Kunden namens H. Naseby.

Danny zeigte Sally Allen die Rechnung und fragte sie, ob ihr das irgendetwas sagen würde.

»Na ja, das ist doch der schlagende Beweis, dass Pavey einen Sprung in der Schüssel hat. Ich meine, wer läuft schon mit so was in der Tasche herum?« Dann runzelte sie die Stirn. »Aber der Name, der sagt mir tatsächlich was: Naseby.« Sie dachte einen Moment lang nach, dann schnippte sie mit den Fingern. »Ich weiß, wer das ist. Letzte Woche hat mich eine von den Schnepfen, mit denen Pavey befreundet ist, angerufen, eine gewisse Ms Naseby. Sie hat sich nach ihm erkundigt. Außerdem hat sie in meiner Abwesenheit auf meinem Anrufbeantworter mindestens hundert Nachrichten hinterlassen. Pavey hat offenbar keine Lust mehr, nach England zurückzukehren. Diese Ms Naseby hat sogar die Frechheit besessen, mir zu sagen, ich solle doch die spanische Polizei einschalten. Ich habe ihr geantwortet: ›Dann kommen Sie mal her und übernehmen das selbst, wenn Sie sich solche Sorgen machen.‹«

»Wollen Sie damit sagen, dass Mr Pavey von jemandem in England vermisst wird?«

Die jähe Dringlichkeit in Dannys Stimme ließ Sally Allen zögern. »Ich denke, das hat sie andeuten wollen. Ich habe nicht richtig hingehört.«

»Dann lassen Sie mich noch einmal klarstellen: Sie haben Mr Pavey an einem Sonntag zum letzten Mal gesehen, am zweiten Oktober, ist das richtig? Und wann fing das mit den Anrufen von Ms Naseby an?«

»Am Mittwoch. Oder vielleicht auch am Donnerstag. Aber dann bin ich nach England gefahren, zur Beerdigung einer guten Freundin. In der Zeit hat sie mir die Nachrichten hinterlassen.«

»Und jetzt sucht sie immer noch nach Mr Pavey?«

»Ich habe keinen blassen Schimmer. Aber ich habe nichts getan, das mir den Schlaf raubt«, sagte Sally Allen, doch die Wut war aus ihrer Stimme verschwunden.

»Wenn ich Sie wäre, würde ich mich auf alles gefasst machen und die Polizei anrufen«, sagte Danny. »Ich sag Ihnen mal was: Geben Sie mir das Foto und die Quittung, und ich halte Sie auf dem Laufenden, sobald ich etwas über Mr Paveys Verbleib in Erfahrung gebracht habe. Können Sie ihn mir beschreiben?«

»So Mitte fünfzig. Glatze, aber mit Bart. Er trug ein kariertes Hemd wie ein Holzfäller. Und hatte einen Akzent, als käme er aus den Midlands.«

Danny fuhr zu einem Café am Ende der Straße und wählte die Nummer von Mármoles y Granitos Paniagua e Hijos S. L. Das Gespräch wurde entgegengenommen, und während Danny darauf wartete, dass der Geschäftsführer ans Telefon kam, hörte er im Hintergrund das Kreischen von Maschinen.

Dario Paniagua behauptete, sich an die Quittung erinnern zu können. »Falls es die ist, die ich meine, sind Sie schon der Zweite, der nach ihr fragt.«

»Wer war die andere Person?«

»Ein Engländer. Er kam vor ein paar Wochen in die Werkstatt. An einem Mittwoch, wenn ich mich recht entsinne.«

Danny beschrieb ihm Gordon Pavey, und Paniagua bestätigte ihm, dass der Mann genau so ausgesehen hatte.

»Erinnern Sie sich an den damaligen Kunden? Señor H. Naseby?«

»Undeutlich. Das war 1995, ist lange her. Ein alter Mann, er hat die Bestellung übers Telefon aufgegeben, aus England.«

»Sprach er Spanisch?«

»Leidlich. Er hatte einen sehr starken Akzent.«

»Was hat Señor Pavey mit der Quittung gemacht?«

»Keine Ahnung.«

»Hat er durchblicken lassen, warum er sich für sie interessiert?«

»Nein.«

»Können Sie mir sagen, was 1995 in Auftrag gegeben wurde?«

»Es ging um einen Sockel und einen Grabstein aus Marmor, mit einem Engel und einer Inschrift. Aber wenn das so wichtig für Sie ist, warum machen Sie es dann nicht so wie der Engländer und schauen sich das Grab an? Wissen Sie, wo sich der *cementerio de los ingleses* befindet?«

5

Das wusste Danny, obwohl er noch nie dort gewesen war.

In ganz Spanien gibt es vielleicht ein Dutzend *cementerios de los ingeleses* – englische Friedhöfe. Die meisten wurden Ende des neunzehnten Jahrhunderts angelegt, als man den großen britischen Gemeinden in Spanien die Erlaubnis erteilte, ihre Toten nach ihren eigenen Traditionen zu bestatten. Auch wenn der Name anderes vermuten lässt, kann dort jeder mit protestantischer Herkunft bestattet werden. Die meisten der Friedhöfe werden mittlerweile nicht mehr genutzt, da die Hinterbliebenen ihre Angehörigen oftmals lieber einäschern oder sie zur Beerdigung per Flugzeug ins Heimatland zurückfliegen lassen. Manchmal sind die Friedhöfe eigene separate Einheiten, in Almería ist der englische Friedhof allerdings ein kleiner abgetrennter Teil des normalen städtischen Friedhofs.

Neben den Friedhofstoren gab es ein Empfangsgebäude, wo Danny sich nach der genauen Lage der Grabstelle erkundigte.

»Ich bin nicht der Erste, der danach fragt, stimmt's?«, sagte er, als die junge Frau hinter dem Schalter ihn merkwürdig ansah.

Sie schüttelte den Kopf. »Jahrelang ist niemand da gewesen, und jetzt wollen innerhalb von zwei Wochen plötzlich zwei Leute das Grab besuchen.« Danny befragte sie zu der anderen Person. Die Beschreibung passte auf Gordon Pavey.

»War er am Mittwoch, dem Achtundzwanzigsten, hier?«

»Ich arbeite sowieso nur von Mittwoch bis Freitag. Und es ist zwei Wochen her. Könnte also stimmen.«

Der städtische Friedhof war von gewaltigem Ausmaß und umfasste über achtzigtausend Gräber. Ein langer, gerader, von Tannen gesäumter Weg führte durch die Hauptanlage. Er endete an einem steinernen Tor mit Säulen, durch das man zu einem älteren Abschnitt mit Mausoleen und Familiengruften aus der Viktorianischen Zeit gelangte. Dahinter lag der englische Friedhof, ein von einer Mauer umgebenes, etwa achthundert Quadratmeter großes Stück Land, zu dem man durch ein Metalltor Zugang hatte.

Die Gräber lagen in unregelmäßigen Reihen auf von der Sonne verbranntem Rasen. Die meisten der Toten waren entweder Seemänner aus protestantischen Ländern oder Mitglieder der Gemeinschaft britischer Ingenieure, die Anfang des zwanzigsten Jahrhunderts die Bergbauunternehmen in Almería unterstützt hatten. Alle Grabsteine waren alt und moosbewachsen, nur einer nicht. Er wies zwar Verwitterungsspuren auf, war aber sichtbar jünger als die anderen.

Ein Engel aus weißem Granit saß auf dem Grabstein, die Hände zum Gebet gefaltet. An dem Stein war eine Gedenktafel angebracht. Trockenes Laub raschelte unter Dannys Füßen, als er niederkniete und mit dem Ärmel seiner Jacke die dünne Schicht aus Staub und Sand fortwischte, die sich auf der marmornen Oberfläche angesammelt hatte.

María del Mar Torres García

Geboren am 12. Januar 1949; gestorben am 12. Januar 1949.

Darunter stand eine Inschrift auf Spanisch.

A la pequeña ausente, le pido perdón.

Für die fehlende Kleine, möge sie mir verzeihen.

Danny kratzte sich die Bartstoppeln am Kinn. Warum zum

Teufel hatte man hier ein spanisches Neugeborenes beerdigt? Dass eine spanische Familie 1949 zum Protestantismus konvertiert war, schien eher unwahrscheinlich. Und warum hätte ein Engländer über fünfhundert Pfund dafür ausgeben sollen, um sechsundvierzig Jahre nach dem Tod des Kindes den Grabstein zu ersetzen?

Danny besah sich die Namen auf den anderen Gräbern. Es gab drei weitere Grabsteine für spanische Kinder. Alle drei waren Totgeburten gewesen und zwischen 1951 und 1960 gestorben.

Danny zündete sich eine Zigarette an und notierte sich Namen und Geburtsdaten. Er dachte über Gordon Pavey nach. Außerhalb der Saison gab es nur einen Flieger von England nach Almería, der zu nachtschlafender Zeit um sechs Uhr morgens in Gatwick startete und gegen neun Uhr dreißig Ortszeit landete. Falls die Dame in dem Pförtnerhäuschen sich nicht irrte, musste Pavey den Friedhof noch am gleichen Tag besucht haben, an dem er in Spanien angekommen war. Es schien, als wäre der Besuch des Grabes der einzige Grund für seine Reise gewesen.

Der Wind hatte aufgefrischt. Danny knöpfte sich die Jeansjacke zu und machte ein paar Aufnahmen von den Gräbern. Dann ging er zurück zum Pförtnerhaus. Als er die Glastür aufstieß, sah die junge Frau von ihrem Computerbildschirm auf. Sie lächelte ihn mitleidig an.

»Wissen Sie, warum in diesem Teil des Friedhofs spanische Kinder begraben sind?«, fragte Danny. »Ich dachte, hier dürften nur Protestanten beerdigt werden.«

»Ich nehme an, das liegt daran, dass die Kinder Totgeburten waren. Sie starben ungetauft und durften kein katholisches Begräbnis bekommen. Früher wurden solche Dinge etwas strenger gehandhabt.«

»Und das Beerdigungsregister für den englischen Friedhof befindet sich hier?«

Sie nickte.

»Kann ich es sehen?«

Sie lächelte, als hätte sie damit gerechnet. »Das wollte der englische Besucher auch sofort. Aber ich kann Ihnen nur die Eintragungen zeigen, die über fünfzig Jahre alt sind. Die anderen sind für die Öffentlichkeit noch nicht freigegeben.«

»Mich interessieren nur die Eintragungen vor 1961.«

Sie ging in einen Raum voller großer rechteckiger Register, die am Rücken mit rotem Stoff bezogen waren. Danny schlug das vom Januar 1949 auf und suchte nach dem Namen María del Mar Torres García. Mit dem Finger fuhr er bis zu dem Geburtsort: *El Cerrón, Clínica de Santa Cristina.* Er war bei den anderen drei Kindern derselbe. Sie alle waren in Santa Cristina geboren worden und gestorben.

»Hat der Brite Ihnen noch andere Fragen gestellt?«, wollte Danny wissen.

Sie kaute auf ihrer Lippe herum, als ringe sie mit sich, ob sie reden sollte, dann nickte sie, beugte sich vor und senkte ihre Stimme: »Er fragte mich, ob wir auf dem Friedhof jemals Gräber mit leeren Särgen gefunden hätten.«

Danny dankte ihr, verließ das Pförtnerhaus und ging zur nächsten Sitzbank, wobei er sich mit dem Stift gegen die Zähne klopfte. Gordon Pavey hatte sich also nach leeren Särgen erkundigt! Im Zusammenhang mit seinem Besuch am Grab eines totgeborenen Kindes konnte das nur eines bedeuten.

In den letzten fünfzehn Jahren waren leere Särge ein deprimierend häufiges Problem in Spanien geworden. *Los niños robados* wurde der Skandal genannt, die geraubten Kinder. Ein Fakt, der so schambesetzt war, dass die Gesellschaft ihn sich kaum eingestehen konnte: Während der Franco-Diktatur und in den ersten Jahren der Demokratie waren Abertausende von Kindern ihren leiblichen Eltern gestohlen und von Ärzten und der Kirche durch illegale Adoptionsverfahren weitergegeben worden.

Soweit Danny wusste, hatte der Prozess in den Jahren nach dem Bürgerkrieg begonnen, als Tausende von Kindern ohne Eltern zurückgeblieben waren, weil diese gestorben, ins Exil gegangen oder ins Gefängnis gewandert waren. Aber schon bald war die Nachfrage nach Kindern größer gewesen als das Angebot, daher ging das Regime dazu über, all jenen Frauen ihre neugeborenen Kinder zu stehlen, die außerstande waren, sich zu wehren: Frauen mit republikanischem Hintergrund, arme und ungebildete, alleinstehende Mütter.

Um die echten Eltern zu täuschen, wurden mitunter leere Särge bestattet, zum Beweis, dass die gestohlenen Kinder tatsächlich tot waren. Exhumierungen hatten gezeigt, dass diese Praxis auch in anderen Teilen Andalusiens angewandt worden war, warum also nicht auch in Almería?

Aber Danny war beunruhigt. Wer war dieser Pavey? War er ein Journalist? Das wollte Danny nicht hoffen. Es würde ihn gewaltig ärgern, sollte ein anderer auf seinem ureigenen Terrain eine solche Riesenstory ausgraben.

Noch auf der Bank sitzend, holte er seinen Laptop heraus und googelte die Klinik Santa Cristina. Gleich der erste Treffer enthielt einen Link zu einem Artikel, an den Danny sich noch erinnern konnte. Er war vor etwa sechs Jahren in den *Sureste News* erschienen. In der Verfasserangabe stand: *Diese Woche spricht Leonard Wexby mit Frank Dale über seine Erinnerungen an die Arbeit als Kameramann in der Zeit von Almerías großem cineastischem Boom.*

In der Einführung hieß es, Frank Dale sei zunächst als Teil der Filmcrew für *Lawrence of Arabia* nach Almería gekommen und habe sich später auf dem Land niedergelassen. Der tausend Wörter lange Artikel enthielt vorwiegend amüsante Anekdoten über die primitiven Bedingungen, unter denen die Crew in den Sechzigerjahren hatte arbeiten müssen, und ein paar Informationshäppchen über die Stars, mit denen Dale gedreht hatte: Peter O'Toole, Anthony Quinn, David Lean.

Nur eine Stelle weckte Dannys Aufmerksamkeit, ein Abschnitt ungefähr in der Mitte des Artikels, in dem Dales Arbeit an *The Unearthed* geschildert wurde, »ein gottserbärmlicher Horrorfilm«, der 1970 in Santa Cristina gedreht wurde, »einer gespenstischen Ruine mit Türmen, im Süden der Provinz gelegen«.

Leonard Wexby war früher einmal Feuilletonkorrespondent von *Sureste News* gewesen, hatte sich aber über seine unverschämten Budgetforderungen mit dem Herausgeber der Zeitung zerstritten und war gefeuert worden. Leonard stammte aus England, lebte aber nun schon seit über fünfundvierzig Jahren in Almería. Er war ein schreckliches Klatschmaul, aber nur wenige kannten sich in Geschichte und Brauchtum von Almería besser aus als er. Darüber hinaus besaß der alte Mann zu dem Thema eine riesige Sammlung von Büchern, Broschüren, Zeitungen und Fotografien.

»Daniel Sánchez, da schau einer an«, sagte Leonard, als Danny anrief. »Bist du dir auch wirklich sicher, dass es den Mitgliedern deiner hohen Kaste gestattet ist, dich unter die Parias zu mischen?« Leonard sprach das r im drittletzten Wort wie w aus.

Na wunderbar, dachte Danny, der ist betrunken. »Vielleicht interessiert es dich, dass *Sureste News* mich auch geschasst hat. Ich arbeite jetzt freiberuflich für sie.«

»Oh, darüber weiß ich alles, Danny, mein Junge. Nur weil du nicht länger an dieser Zitze saugst, geruhe ich überhaupt mit dir zu sprechen. Ich nehme an, du willst etwas von mir, also mach es kurz und spuck es aus.«

»Ich brauche ein wenig Hintergrundwissen für eine Story, Leonard. Wenn du den Namen Santa Cristina hörst, klingelt da etwas bei dir?«

»Ich höre sogar ein ganzes Festtagsgeläut. Was da oben geschehen ist, ist eine wahrlich faszinierende Geschichte.«

»Klär mich auf.«

»Besser nicht.«

»Warum?«

»Weil ich jetzt verfluchte achtundsechzig bin. Eigentlich sollten das die besten Jahre im Leben eines Menschen sein, und ich sitze mutterseelenallein in diesem verfluchten Haus fest. Ist dir klar, dass ich meinen Führerschein verloren habe? Diese Schweine von der Guardia haben mich betrunken am Steuer erwischt, zweimal in einem Monat. Beim zweiten Mal hab ich zu ihnen gesagt: ›Kommt mich doch mal zu Hause besuchen, dann könnt ihr sehen, was sturzbetrunken ist.‹«

»Kannst du mir irgendetwas erzählen, Leonard, oder verschwende ich gerade meine Zeit?«

»Jetzt mach hier mal nicht einen auf Schmierblattrüpel, Sánchez. Wie oft hast du den guten alten Leonard angerufen, seit man ihn an die Luft gesetzt hat? Ich kann es dir sagen: genau zwei Mal. Und in beiden Fällen wolltest du Informationen. Hat das Leben dich erst einmal auf den menschlichen Komposthaufen gespuckt, können die Leute gar nicht schnell genug wegrennen vor dem Gestank. Und jetzt kommst du auf einmal daher und hoffst auf freien Zugang zum Orakel.«

»Okay, wie wär's damit? Ich besuche dich, und du erzählst mir alles über Santa Cristina.«

»Geheuchelte Zuneigung, damit du auf meine Datenbank zugreifen darfst? Was bist du nur für eine Nutte, Sánchez.«

»Abgemacht?«

Danny hörte Eiswürfel in ein Glas fallen.

»Ich denke drüber nach. Aber wieso interessiert dich das eigentlich?«

Danny zögerte. Er verstand sich eigentlich gut mit Wexby, aber als Freie waren sie potentielle Rivalen.

»Deine plötzliche Zurückhaltung verrät mir, dass du an einer heißen Sache dran bist. Es ist wirklich seltsam, dass Santa Cristina plötzlich in aller Munde ist.«

»Wer hat dich sonst noch danach gefragt?«

»Das wüsstest du jetzt gerne, was?«

»Weißt du etwas oder nicht?«

»Schon. Aber du hast mir einen Besuch versprochen, und den bekomme ich auch, falls du irgendetwas von Bedeutung aus mir herausquetschen willst. Solltest du tatsächlich erscheinen, dann bitte nur in Begleitung von zwei Flaschen Bombay Sapphire und vielen Eiswürfeln. Ich steuere die Zitronen und das Tonic Water bei. Und versuch nicht, per Telefon mehr Infos aus mir herauszupressen. Wenn du wissen willst, was ich dir über Santa Cristina erzählen kann, dann musst du kommen und mit mir saufen.«

Leonard sagte noch etwas, aber alles, was Danny hörte, war ein dumpfer Schlag, bevor der Hörer aufgelegt wurde, gefolgt von einem Fluch. Dann war die Leitung tot.

Als Danny zum Friedhofstor ging, bemerkte er, dass ein mit Blumenkränzen beladener Leichenwagen langsam durch den Eingang fuhr. Ihm folgte eine merkwürdige Mischung von Trauergästen: Einige trugen Anzüge und dem Anlass entsprechende schwarze Kleider, während andere in Jeans, T-Shirt und Strandshorts daherkamen.

Danny trat respektvoll zur Seite, senkte den Kopf. Erst als die Kränze und Trauernden sich auf einer Höhe mit ihm befanden, wurde ihm klar, wessen Beerdigung das war – hier wurde Teresa del Hoyo zu Grabe getragen.

Carmen del Hoyo führte in formeller Kleidung die Gruppe der Trauergemeinde an, Arm in Arm mit ihrem Vater. Sie trug ein schwarzes Kostüm, ein Schleier bedeckte ihr Gesicht. Ein paar Meter hinter ihr folgten junge, leger gekleidete Leute. Das müssen Teresas Freunde sein, dachte Danny. Manche tuschelten miteinander, während sie vorbeigingen, als wären sie aufgebracht oder verärgert.

Draußen vor dem Friedhof warteten Fernsehcrews, Fotografen und Reporter, außerdem standen dort etwa achtzig Leute, die offensichtlich eigens zur Beerdigung gekommen waren, aber dann nicht gewagt hatten, den Friedhof zu betreten. Ihre Stimmen waren respektvoll leise, und doch war einigen von ihnen unverhohlener Ärger anzuhören.

»Was geht hier vor?«, fragte Danny einen der Reporter.

»Die Schwester hat für Aufregung gesorgt, weil sie darauf bestanden hat, dass Teresa auf ordentliche katholische Weise beerdigt wird. Offenbar ist der Rest der Familie nicht der Ansicht, dass Teresa sich das gewünscht hätte. Sie hätten in der Leichenhalle dabei sein müssen, die haben so richtig vom Leder gezogen.«

»Ein Streit zwischen wem?«

»Zwischen der Schwester und Teresas Onkeln. Wie es aussieht, hegt man in der Familie Del Hoyo keine große Liebe für die katholische Kirche. Dann haben sich noch ein paar von Teresas Freunden eingemischt, und die Schwester hat die Beherrschung verloren. Sie hat ein gewaltiges Donnerwetter losgelassen. Teresas Freunden hat sie sogar vorgeworfen, schuld am Tod ihrer Schwester zu sein. Ich sag's Ihnen, Danny, in der Sache steht man besser nicht auf der falschen Seite.«

6

Carmen del Hoyo sah zu, wie zwei Friedhofsarbeiter die Metallrampe an den dafür vorgesehenen Platz schoben. Teresas Grabnische lag im oberen Teil der Reihe, die Rampe ermöglichte es, den Mahagonisarg in die Höhe zu hieven.

Nachdem dieser in das dunkle Betonloch geglitten war, drehten sich die meisten der Trauergäste, die sich die Mühe gemacht hatten, Teresa zum Platz ihrer letzten Ruhe zu begleiten, um und gingen. Ein alter Mann, den Carmen als einen Nachbarn aus ihrer Kindheit wiedererkannte, nahm sie beim Ellbogen und versuchte, sie fortzuziehen, aber sie schüttelte den Kopf und blieb, wo sie war.

Die Arbeiter mauerten die Öffnung der Grabnische zu, und Carmen wollte sichergehen, dass der edle Marmorstein und die Blumengebinde, für die sie bezahlt hatte, auch ihren korrekten Platz fanden. Außerdem hatte sie keine Eile, mit jemandem von ihrer verfluchten Verwandtschaft zu sprechen …

Tags zuvor war Teresas Leiche ins städtische Leichenschauhaus gebracht worden, wo man sie in eines der drei *velatorios* gelegt hatte, jenen privaten Aufbahrungsraum, in dem die Angehörigen bis zur Stunde der Beerdigung bei dem Verstorbenen wachen konnten. Hunderte von Leuten waren gekommen, um von Teresa Abschied zu nehmen.

Und genau dort hatten die Probleme begonnen.

Carmen hatte immer angenommen, die blasphemischen Kommentare, mit denen ihre Onkel über Jahre die Kirche bedacht hatten, wären nur ein Ausdruck ihrer Großmäuligkeit gewesen – die Familie Del Hoyo hatte stets einen lächerlichen und etwas deplatzierten Stolz auf ihren sozialistischen Arbeiterklasse-Hintergrund zur Schau gestellt –, und konnte kaum glauben, wie sie auf die Mitteilung von Teresas Beerdigung reagierten.

Vor der Totenhalle fielen böse Worte. Carmen erklärte ihnen, Teresa müsse unbedingt auf heiligem Grund beerdigt werden, da sie ein sündhaftes Leben geführt habe, aber ihre Onkel lachten sie aus. Sie wollte mit ihnen darüber diskutieren, dass ihre Schwester sonst vielleicht der ewigen Verdammnis anheimfallen könnte, aber sie warfen die Köpfe in den Nacken und stießen Iah-Laute wie die Esel aus.

Also zählte Carmen ihnen Teresas Sünden auf: Drogen und Alkohol, Ausschweifung, Verwendung von Verhütungsmitteln, Gebrauch unflätiger Sprache. Daraufhin mischte sich einer von Teresas sogenannten Freunden ein, und in dem Moment rastete Carmen so richtig aus.

Zuerst fragte sie sie, für wen zum Teufel sie sich eigentlich hielten, dass sie sich in eine Familiendiskussion einmischten. Dann warf sie ihnen vor, es sei *ihre* Schuld, dass ihre Schwester tot sei – denn sie seien alle Junkies –, und verfluchte sie dafür, dass sie in zerrissenen Jeans und T-Shirts aufkreuzten, die nach Cannabis und Schweiß stanken.

Die anschließende Trauermesse war beschämend gewesen. Als sie begann, befanden sich etwa einhundertfünfzig Personen in und vor dem *velatorio*, aber nur ein Drittel davon machte sich die Mühe, die Aussegnungshalle zu betreten, um die Totenliturgie zu hören. Im Grunde legten die meisten Wert darauf, die Kapelle *nicht* zu betreten. Die Leute stritten sich immer noch mit Carmen, als Teresas Sarg in den Leichenwagen gehoben wurde. Gott sei Dank hatte Monsignor

Meléndez nicht am Begräbnis teilgenommen. Seine Absage tags zuvor hatte Carmen enttäuscht, doch jetzt wurde ihr bewusst, dass sie dadurch eine möglicherweise beschämende öffentliche Szene vermieden hatte.

Sobald die Marmorplatte zu Carmens Zufriedenheit angebracht war, ging sie zu ihrem Auto zurück, fuhr ins Krankenhaus und setzte sich wieder auf ihren Platz vor der Intensivstation.

Eine Stunde später, als sie auf ihrem Plastikstuhl schon halb am Eindösen war, wurden die Schwingtüren aufgestoßen, und zwei uniformierte Beamte der Guardia Civil kamen herein. Carmen erkannte sie: Es waren die Opferschutzbeamten, die mit Teresas Fall befasst waren.

Die Beamtin, Matamoros, ergriff als Erste das Wort. »Wir haben den detaillierten Autopsiebericht, den Sie angefordert haben«, sagte sie. »Aber bevor ich Ihnen den übergebe, Señorita del Hoyo, möchte ich mich vergewissern, dass Sie sich *absolut* sicher sind, diese Informationen haben zu wollen. Sie könnten Sie sehr verstören.«

Carmen nickte, und Matamoros öffnete den Reißverschluss ihrer Umhängetasche und reichte Carmen eine blaue Mappe, die viele bedruckte Seiten enthielt.

»Wie Sie hier sehen können, ist der Rechtsmediziner der Ansicht, Ihre Schwester sei, als ihre Leiche entdeckt wurde, bereits vier Tage tot gewesen.«

»Warum hat es so lange gedauert, bis man sie gefunden hat?«

»Wir nehmen an, dass Ihre Schwester in einem der großen Container, wie sie auf dem Land stehen« – Matamoros suchte nach dem richtigen Wort – »abgelegt wurde. Sie werden nur zweimal die Woche abgeholt.«

»Aber sie ist am vierten Oktober verschwunden. Wo war

sie in der Zeit dazwischen, wenn sie erst am siebten Oktober getötet wurde?«

»Das müssen wir noch herausfinden. Wenn es Ihnen nichts ausmacht, hätten wir noch ein paar Fragen an Sie.«

Jetzt schaltete sich Nuñoz ein, ihr männlicher Kollege: »Ihre Schwester war Vegetarierin, nicht wahr?«

»Ja, genau genommen Veganerin.«

»Sind Sie sicher?«

»Das bin ich. Sie aß nicht einmal Bonbons, weil die irgendeinen besonderen Stoff enthalten. Warum ist das so wichtig?«

»Wie Sie auf Seite zwei des Autopsieberichts nachlesen können, hat der Pathologe unter ihren Fingernägeln Tierblut gefunden. Getrocknetes Schweineblut, um genau zu sein. Haben Sie eine Vorstellung, wie es dorthin gekommen sein könnte?«

»Schweineblut?« Carmen unterdrückte einen fast hysterischen Lachanfall, dann presste sie die Fingerknöchel auf ihre Lippen. »Nein, ich habe keine Ahnung, wie das passiert sein soll«, sagte sie und begann, den Bericht durchzublättern.

Sie hatte gedacht, es würde den Schmerz lindern, wenn sie über die Einzelheiten von Teresas Tod Bescheid wüsste, aber als sie die kalten, klinischen Fakten der Autopsie sah – der Schokoladenrest, den man in Teresas Magen gefunden hatte, die Fesselungsmale an den Handgelenken und Knöcheln, die Spuren vaginaler und analer Vergewaltigung –, wurde ihr klar, dass es nicht im Geringsten half. Nichts würde helfen. Teresa war tot und hatte genauso schrecklich leiden müssen, wie Carmen es befürchtet hatte.

Auf Seite vier stand die toxikologische Auswertung. »Das kann nicht stimmen«, sagte Carmen, als sie sich die Liste der Negativnachweise ansah.

»Der Toxikologiebericht bestätigt, dass sie absolut clean

war«, sagte Nuñez. »Keine Drogen, kein Alkohol. Nicht einmal die Spur eines legalen Medikaments wie etwa Paracetamol. Es sieht so aus, als sei Ihre Schwester tatsächlich vollkommen von den Drogen losgekommen.«

»Wie Sie dieser Seite ebenso entnehmen können, haben wir eine DNA-Analyse des Spermas erstellen können, das einer der Vergewaltiger hinterlassen hat. Möglicherweise werden wir schon bald eine Verhaftung vornehmen können.«

Aber Carmen hörte nicht zu. Ihr Blick war schon zur Todesursache geglitten.

»Exsanguination«, sagte sie. »Was bedeutet das genau?«

7

Nachdem Danny aus dem Auto gestiegen war, zog er sich seinen warmen Mantel an. Die Gemeinde El Cerrón umfasst ein Gebiet von der Sierra bis zur See, aber die eigentliche Stadt ist das Tor zu den Bergen, auf einer Höhe von dreihundertsechsundsiebzig Metern über dem Meeresspiegel gelegen. Den Temperaturunterschied spürte man sofort.

Das Gemeindearchiv von El Cerrón war in einem riesigen alten Gebäude untergebracht, mit verwitterten Wappen an der Fassade und einer eisenbeschlagenen Tür. Das Hauptportal führte in eine Eingangshalle, geschmückt mit einer Rüstung und den Porträts spanischer Adliger. Der Mann an der Rezeption erklärte Danny, er müsse mit dem Kurator des Archivs reden, Guillermo Belasco. »Er leitet gerade eine Führung durch die Hauptkirche«, sagte er. »Aber wenn Sie sich beeilen, bekommen Sie die letzten dreißig Minuten noch mit.«

Die letzten dreißig Minuten? Danny dachte nach. Er hatte die Kirche von El Cerrón schon gesehen, an ihr war nichts Besonderes. Worüber zum Teufel konnte sich Belasco so lang und breit auslassen?

Die Antwort auf diese Frage erhielt Danny, als er die Touristengruppe auf dem kleinen Platz vor dem Haupteingang des Gotteshauses fand. Belasco erzählte nicht einfach nur die Geschichte der Kirche – er bezog auch die Geschehnisse vor Ort mit ein.

Belasco war ein untersetzter kleiner Spanier, der in seinem

beigefarbenen Anzug, Budapestern und der Fliege einen ordentlichen Eindruck machte. An seinem linken Arm hing ein Regenschirm, er sprach mit dem typischen Reiseführertonfall: Didaktisch und doch leicht desinteressiert zog er mit geschlossenen Augen vor einem Dutzend älterer Spanier und ein paar Touristen in Regenjacken und Wanderstiefeln seine Show ab.

»Die Roten starteten ihre kriminelle Attacke am Morgen des zweiundzwanzigsten Juli 1936. Sie schlugen ohne Vorwarnung und ohne Erbarmen zu«, sagte Belasco. »Linke Apologeten nennen sie immer noch Republikaner, aber die einfache Wahrheit ist, dass diese Leute nichts weiter waren als eine Brut von Dieben und Unzufriedenen, die versessen auf eine Gelegenheit lauerten, ihre Vorgesetzten zu ermorden. Mit Gewehren und Pistolen, die sie aus den Kasernen der örtlichen Guardia Civil gestohlen hatten, trieben die Roten vierzehn Personen zusammen, denen sie unterstellten, die Rechten zu unterstützen. Unter ihnen waren fünf Karmeliternonnen und Pfarrer Benítez, der Priester ebenjener Kirche hinter uns. Die Männer wurden mit hölzernen Dreschflegeln geschlagen, währenddessen man die Nonnen entkleidete und sie zwang, nackt vor der Menge herumzulaufen, bevor sie von den Kindern mit Steinen beworfen wurden. Anschließend trieb man alle vierzehn zu einem Brunnen, den es früher neben dieser Kirche gab, und warf einen nach dem anderen lebend hinein. Dann schmiss man noch Handgranaten hinterher, um die Schreie derer zum Schweigen zu bringen, die nicht ertrunken oder von den auf sie fallenden Körpern bewusstlos geworden waren.«

Einige der Zuhörer gaben ihrer Erschütterung und Bestürzung laut Ausdruck. Belasco legte eine dramatische Pause ein, dann drehte er sich um und deutete auf einen Teil der

Kirche, der eindeutig einen modernen Anbau zum originalen mittelalterlichen Gebäude darstellte.

»Nachdem die heroischen Kräfte des Generalíssimo Franco Spanien von den Roten gesäubert hatten, wurden die Leichen aus dem Brunnen geholt. Aus naheliegenden Gründen konnte das Wasser darin nicht länger genutzt werden, daher wurde entschieden, in der Kapelle, die Sie hier sehen, an die niederträchtigen Mordtaten zu erinnern, und die Leichen des Priesters und der Nonnen darin zu begraben. Aber die Marxisten kehren immer wieder zu diesem Heiligtum zurück, um es zu schänden«, sagte er, als er die Reisegruppe zum Kapelleneingang führte. »Sehen Sie sich das hier an«, sagte er und tippte mit der Spitze des Regenschirms an die Wand, um die Aufmerksamkeit der Gruppe darauf zu lenken. Die gesprayte Botschaft war zwar weggewischt worden, aber immer noch lesbar: *Construida Con Sangre Republicana*. Erbaut mit republikanischem Blut. »Unsere Kirchenbehörden kämpfen beständig darum, die Wände des Heiligtums frei von diesem Dreck zu halten«, sagte Belasco. »Aber das ist nicht das Schlimmste. Wissen Sie, dass diese Ungläubigen vor Kurzem sogar so tief gesunken sind, die Gräber auf dem örtlichen Friedhof zu schänden?«

In der Reisegruppe wurde getuschelt und sich empört, aber Danny konnte Belascos Kommentar nicht ernst nehmen: Wären Gräber geschändet worden, so hätte die Lokalpresse bestimmt darüber berichtet. Trotzdem machte er sich eine Notiz, Belasco später dazu zu befragen.

Dieser forderte die Reisegruppe nun auf, die Kapelle zu betreten und sich seinem Gebet anzuschließen, also rauchte Danny eine Zigarette und wartete, bis alle wieder herauskamen und sich zerstreuten. Als Belasco auftauchte, stellte Danny sich ihm vor.

Er schüttelte Danny die Hand, aber als er hörte, dass dieser Journalist war, wurde er sichtlich misstrauisch. »Worum geht es?«, fragte er, nachdem die beiden sich in Richtung Stadtarchiv in Bewegung gesetzt hatten.

»Ich wollte mich nach einem Briten erkundigen, der, wie ich glaube, vor Kurzem im Archiv war. Ich wüsste gerne, wonach er gesucht hat.«

»Ein Brite? Sie meinen Señor Pavey?«

»Sie erinnern sich an ihn?«

»Aber sicher doch«, sagte Belasco und wurde rot im Gesicht. »Ich werde Ihnen gerne alles über ihn erzählen, Señor Sánchez, wenn Sie mir im Gegenzug versprechen, die Wahrheit über ihn und seinen jämmerlichen Kommunistenfreund, diesen López, an die Öffentlichkeit zu bringen.«

»Sie meinen den Historiker Vladimir López?«

»Ich würde ihn nicht so bezeichnen«, höhnte Belasco. »Aber ich sehe es Ihnen an, dass Sie ihn kennen.«

»Ich glaube, hier in der Gegend gibt es keinen Reporter, der den alten Vladi nicht kennt. Was hat er denn diesmal angestellt?«

»Er und Pavey haben Dokumente gestohlen, die dem Archiv gehören.«

»Welche Dokumente?«

»Das genaue Ausmaß ihres Diebstahls muss noch bestimmt werden. Mich schaudert bei dem Gedanken, was sie alles entwendet haben könnten, wenn man bedenkt, dass sie sich zwei ganze Tage in dem Archiv herumgetrieben haben. Mit Sicherheit weiß ich, dass sie die Krankenakten einer Klinik gestohlen haben, die früher hier in El Cerrón existierte.«

»Warum sollten sie so etwas stehlen?«

»Die Klinik war im Besitz der Kirche, das Personal von ihr angestellt. Bei Señor Lopez' bekanntem Hass auf alles Heilige könnte ich mir vorstellen, dass er die Dokumente an sich gebracht hat, um weitere Verleumdungskampagnen und Propagandafeldzüge gegen die katholische Religion zu starten, so wie er es schon die letzten dreißig Jahren tut.«

»Warum wurde über den Diebstahl nicht berichtet?«

»Sobald ich entdeckt hatte, dass sie Dokumente aus dem Archiv entwendet hatten, war ich sofort für eine Pressemeldung, doch der Stadtrat sprach sich dagegen aus. Aber Sie können sicher sein, dass die Kirchenbehörden informiert wurden. Ich selbst habe in der Erzdiözese angerufen, die dann einen Monsignor schickte, der die Ermittlung in die Hand genommen hat. Ich für meinen Teil werde die Kirche drängen, gesetzliche Schritte gegen Señor López einzuleiten.«

Sie waren beim Archiv angelangt. Danny erkundigte sich bei Belasco nach dem Tag, an dem Vladi und Pavey hier gewesen waren.

In seinem Büro schlug Belasco einen Spiralordner auf und ließ einen fein säuberlich manikürten Fingernagel über die Zeilen gleiten. »Da haben wir's ja«, sagte er. »Señor Pavey kam das erste Mal am Donnerstag, dem neunundzwanzigsten September, und bat um Zugang zum Archiv. Ich sagte ihm, das sei unmöglich, da er nicht die nötigen akademischen Referenzen vorweisen könne.«

»Sind das nicht staatliche Dokumente?«

»Doch. Aber das hier ist keine Leihbücherei, sondern ein historisches Archiv. Vieles von dem, was wir aufbewahren, ist extrem empfindlich und muss fachmännisch behandelt werden. Wie auch immer, Señor Pavey tauchte am Nachmittag des nächsten Tages wieder auf, am Freitag, dem Dreißigsten, diesmal in Begleitung von Señor López. Wie Sie vielleicht wissen, bin ich gesetzlich verpflichtet, Señor López Zugang zum Archiv zu gewähren, und er hat das Recht, einen Assistenten mitzubringen. Am Samstagmorgen waren sie wieder da.«

»Und was haben sie sich im Archiv angesehen?«, fragte Danny.

»Sie hatten Zugriff auf eine Reihe in Boxen gelagerte Krankenakten, die mit der vorhin erwähnten Klinik zu tun haben.«

»Die wie hieß?«

»Klinik Santa Cristina.«

»Santa Cristina?«, sagte Danny und versuchte, sich seine Aufregung nicht anmerken zu lassen. »Könnten Sie mir noch mehr darüber erzählen?«

»Wie ich schon sagte, handelte es sich dabei um eine von der Kirche verwaltete Klinik. Sie lag etwa eine Meile vor der Stadt an der Straße, die in die Sierra führt. Das Gebäude brannte allerdings im Jahre 1969 bis auf die Grundmauern nieder. Die Ruinen blieben bis vor etwa sieben Jahren unangetastet so stehen, dann wurde das Gebäude mitsamt dem Grundstück an eine Unternehmensgruppe verkauft, die dort einen Golfplatz errichten wollte.«

»Und wo kamen die Krankenakten her?«

»Als der Bauunternehmer in den Ruinen aufzuräumen begann, wurde eine ganze Menge medizinischer Akten und anderer Dokumente der Klinikleitung entdeckt. Sie lagerten selbst nach all der Zeit noch in Metallkästen im Keller. Dort hatten sie das Feuer überstanden und auch kaum Schäden durch Zeit und Witterung erlitten. Natürlich konnte man solch sensible Daten nicht einfach dort liegen lassen, daher ordnete der Stadtrat ihre Überführung ins Stadtarchiv an. Allerdings war das Gebäude nach dem Brandschaden und der jahrzehntelangen Verwahrlosung in einem ziemlich gefährlichen Zustand. Wie auch immer, wir konnten nur etwa die

Hälfte der dort gelagerten Dokumente bergen, dann mussten wir aufgeben. Das Haus aus dem neunzehnten Jahrhundert gehörte früher einem reichen Landbesitzer und verfügte über ausgedehnte Kelleranlagen, die sich weit über seine Grundfläche hinaus erstreckten. Der Untergrund war tückisch, und es gab zahlreiche Stellen, an denen die Kellerdecke jederzeit ohne Vorwarnung einzustürzen drohte.«

»Dürfte ich die restlichen Dokumente der Klinik einsehen?«

»Ich fürchte, das ist unmöglich. Wie bereits erwähnt, habe ich den Diebstahl den zuständigen Kirchenbehörden längst gemeldet. Sie haben uns letzte Woche einen Monsignor vorbeigeschickt, und er hat alle mit dem Krankenhaus im Zusammenhang stehenden Akten in Verwahrung genommen.«

»Wann war das?«

»Ich habe den Vorfall am Montag, dem dritten Oktober, gemeldet. Monsignor Meléndez traf am Mittwoch hier ein. Aber erwarten Sie nicht von mir, dass ich Ihnen seine Kontaktdaten verrate. Er ist ein bedeutender Mann, und Sie haben kein Recht, ihn zu belästigen.«

»Warum haben Sie so lange gewartet?«, fragte Danny mit Blick auf seine Notizen.

»Wie meinen Sie das?«

»Wenn López und Pavey am Freitag und am Samstag hier waren, warum haben Sie dann erst am Montag gemerkt, dass etwas fehlt?«

Belasco nestelte an seiner Fliege herum. Er sah aus, als hätte er zu viel verraten und es eben erst gemerkt. »Ich lasse mich von Ihnen nicht einschüchtern, Señor Sánchez«, sagte er schließlich. »Wie ich dieses Archiv führe, geht Sie nichts an. Wenn Sie mich jetzt entschuldigen würden – ich habe noch eine Menge zu tun.«

»Eine letzte Frage«, sagte Danny, als er schon in der Tür stand. »In dieser Klinik Santa Cristina, gab es da eine Geburtsstation?«

»Natürlich. Ich bin selbst dort geboren, wie die meisten hier in der Gegend, die einem bestimmten Jahrgang angehören.«

Vor dem Archiv schrieb Danny eine SMS an Gregorio und fragte ihn, ob er etwas über einen Mann namens Monsignor Meléndez wisse. Gregorio war Journalist und arbeitete für COPE, eine spanische Medienorganisation, die sich in den Händen der Kirche befand. Anschließend kehrte Danny zu seinem Auto zurück, zog sein dickes Adressbuch hervor, streifte das Gummiband ab, das es zusammenhielt, und suchte in den losen Blättern und Visitenkarten, bis er schließlich Vladimir López' Handynummer fand. Er wählte sie, aber niemand hob ab. Mehrmals. Dann rief er Paco Pino an, um sich zu versichern, dass er auch López' richtige Nummer hatte.

»Was zum Teufel hat dieser versoffene alte Wichser mit Teresa del Hoyo zu tun, Danny?«, fragte Paco.

Danny erzählte ihm, was er von Belasco über López erfahren hatte. »Das hat alles Hand und Fuß, jetzt, wo ich so darüber nachdenke. Du erinnerst dich, wie Vladi vor Gericht dafür gekämpft hat, Zugang zum Stadtarchiv von El Cerrón zu bekommen, oder?«

»Ja schon. Aber was hast *du* in diesem verdammten Archiv verloren, Danny? Denk dran, die Story ist für *Gente de Hoy*, und die zahlen nur für drei Dinge: Sex, Skandale oder blutrünstige Verbrechen – am besten im Dreierpack.«

»Keine Sorge, der Artikel zum Mord ist schon fix und fertig. Aber es kann sein, dass ich hier über eine noch viel größere Story gestolpert bin.«

»Eine, in die Vladi López verwickelt ist?«

»Warum sagst du das so?«

»Weil alles, was López von sich gibt, erstunken und erlogen ist.«

»Zum Beispiel?«

»Zunächst mal sein kaputtes Bein. Ich bin mir sicher, du hast die Geschichte schon gehört, wie es ihm in Russland bei einem Stuka-Angriff weggebombt wurde, als er noch ein Kind war. Ich hingegen habe aus verlässlicher Quelle erfahren, dass er es erst Jahre später verlor, als ein mexikanischer Zuhälter ihm mit dem Messer in den Oberschenkel stach. Egal, hat er dich nicht einen ›faschistischen Hurensohn‹ genannt, als du das letzte Mal mit ihm gesprochen hast?«

»Stimmt, so was in der Art«, sagte Danny langsam, legte auf und sah aufs Telefon. Er hatte vergessen, dass sein letztes Gespräch mit Vladi im Streit geendet hatte. Vielleicht hatte der alte Mann Dannys Nummer erkannt und war deshalb nicht rangegangen.

Danny steckte sein Handy zurück. Über Vladimir López konnte er sich später noch Gedanken machen. Jetzt wollte er einen Blick auf Santa Cristina werfen.

8

Danny fuhr die Straße, die Richtung Norden aus El Cerrón herausführte, bergauf ins Gebirge. Alles begann, einen Sinn zu ergeben.

Die Beerdigungsakten vom englischen Friedhof, in denen vermerkt war, wo die toten Kinder zur Welt gekommen waren, waren der Grund, weshalb Pavey Einsicht in die Dokumente im Archiv von El Cerrón hatte nehmen wollen. Als er keine akademischen Referenzen vorweisen konnte, war er an seine Grenzen gestoßen. Deshalb hatte er wahrscheinlich nach jemandem gesucht, der ihm Zugang zum Archiv verschaffen konnte. Und das hatte ihn zu Vladi geführt.

Vladimir López war ein Unikum, Relikt eines längst vergangenen Spaniens. Vladi wurde 1937 geboren – oder »mitten hinein in den Freiheitskrieg«, wie er es gerne nannte –, seine Eltern waren prominente Mitglieder der Kommunistischen Partei Spaniens gewesen, was auch seinen ungewöhnlichen Namen erklärte: Vladi hatte ihn zu Ehren von Lenin erhalten. Als die Republikaner den Bürgerkrieg verloren, wurde er als Säugling nach Russland gebracht.

Wie die meisten Mitglieder der Exilgemeinde war Vladi in den späten Siebzigern nach Spanien zurückgekehrt und mit seiner direkten Art zu reden zu einem bekannten Mitglied der örtlichen politischen Szene geworden. In den Neunzigern hatte er begonnen, eine Reihe ziemlich wilder parteiischer Geschichtsbücher über die Nachkriegsära in den verschiedenen Gemeinden Almerías zu schreiben.

Als Vladi seine Aufmerksamkeit der Stadt El Cerrón zuwandte, war ihm der Zugang zum Stadtarchiv verwehrt worden. So hatte er sich gezwungen gesehen, einen langwierigen Rechtsstreit zu beginnen, um die nötigen Dokumente einsehen zu können. Als das Gerichtsverfahren eröffnet wurde, war Danny dem Mann zum ersten Mal begegnet. Über die Jahre war er immer wieder zu der Story zurückgekehrt, da der Fall sich schier endlos durch das kafkaeske Labyrinth des spanischen Rechtssystems dahinschleppte. Im Jahre 2008 gewann Vladi schließlich den Prozess und erhielt uneingeschränkten Zugang zum Archiv.

Im Internet waren noch immer viele Artikel über Vladis Sieg vor Gericht zu finden, und fast alle wurden von einem Foto begleitet, das den alten Mann umringt von lächelnden jungen Leuten zeigte. Sie standen vor einem gewaltigen Hammer-und-Sichel-Banner mit den Initialen der UJCE, des kommunistischen Jugendverbands.

Wahrscheinlich war das der Grund, warum Pavey zum Gebäude der Izquierda Unida gegangen war: Er hatte nach einem Weg gesucht, Kontakt zu Vladi aufzunehmen, und war dabei auf das Foto gestoßen. Aber was hatten Vladi und Pavey aus dem Archiv entwendet? Hatten sie Beweise gefunden, dass in Santa Cristina illegale Adoptionen stattgefunden hatten? Das würde auch das große Interesse von Monsignor Meléndez erklären.

Noch während der Fahrt wählte Danny López' Nummer. Er wurde sofort auf den Anrufbeantworter geleitet. Offenbar ignorierte ihn Vladi bewusst. Ihr Streit lag nun schon zwei Jahre zurück, aber der alte Mann hatte ein gutes Gedächtnis, und sein Zorn war legendär.

Vladis Buch über El Cerrón – das den reißerischen Titel *Blutbad in den Bergen: Faschistische Gräueltaten in der Sierra de Gádor* trug, war 2009 veröffentlicht worden. Danny hatte einen Artikel geschrieben, um auf das Buch aufmerksam zu machen, mit dem er sich bei den spanischen sowie den britischen Lesern von *Sureste News* einen Proteststurm einhandelte. Ihm wurde vorgeworfen, er habe prorepublikanische Neigungen, woraufhin er in der darauffolgenden Woche einen sechsundneunzigjährigen Veteranen der División Azul interviewte, der spanischen Freiwilligentruppe, die Franco entsandt hatte, um an der Seite von Hitlers Armeen an der russischen Front zu kämpfen.

Das Interview wiederum war der Anlass des Streits mit Vladi gewesen. Am Tag nach seiner Veröffentlichung rief der alte Mann Danny spät in der Nacht an und warf ihm vor, dem widerlichen Rattenfickernazi eine Bühne gegeben zu haben. Danny versuchte, ihm zu erklären, dass Unparteilichkeit nun mal ein Merkmal guten Journalismus sei, aber an diesem Punkt rastete Vladi schier aus.

»Klar doch, was hätte man auch anderes von dir erwarten können, wenn man bedenkt, aus welcher Familie du stammst«, sagte er. »Ich weiß alles über deinen Großvater und darüber, was in Málaga geschehen ist, Danny. Einmal ein *facha*, immer ein *facha*.«

Danny hatte ebenfalls die Beherrschung verloren und Vladi seinerseits mit ein paar ausgewählten Kraftausdrücken bedacht. Heute konnte er sich nicht mehr erinnern, wer von beiden als Erster aufgelegt hatte.

Danny fuhr durch die mit Pinien bestandenen Hügel und Täler der Sierra. El Cerrón lag unter ihm, die graubraunen Lehmziegel der Altstadt wichen neueren Baugebieten, die sich wie die Arme eines Seesterns in fünf verschiedene Richtungen streckten. Fünf Minuten lang folgte er der Straße den Berg hinauf, dann fuhr er um eine Kurve und kam in ein langes weites Tal, eine Meile lang und vielleicht eine halbe breit. Der perfekte Naturkessel aus sanft welliger Landschaft, an drei Seiten von steilem Fels umgeben. Die Nordseite des Tals bestand aus rotbraunen, etwas über zwölf Meter hohen Klippen. Die Steilwand war zurückgesetzt, in ihr verliefen vertikale schattige Rillen wie die Falten eines Rocks aus Fels.

Hier musste der Golfplatz entstehen, den Belasco erwähnt hatte, denn überall in der Erde steckten schiefe Vermessungspflöcke, und zu Dreiecken aufgetürmte Baumstämme säumten die Straße. Eine verblasste Bautafel verkündete die »unmittelbar bevorstehende Errichtung des Arroyo-Springs-Golf-Resorts«, aber falls man hier schon mit der Arbeit begonnen hatte, war seither viel Zeit ins Land gegangen. Alles war von Kakteen und Unkraut überwuchert.

Ein Metallzaun verlief am Grundstück, aber viele seiner Pfähle waren umgeworfen oder umgeweht worden. Danny folgte dem Zaun, bis er zu einem weißen Mietcontainer kam. Er parkte und stieg über einen auf der Erde liegenden Pfosten.

Sämtliche Fenster des Mietcontainers waren eingeschlagen und die weißen Wände mit Graffiti beschmiert. Danny warf einen Blick hinein und musste unwillkürlich die Nase rümpfen – es roch nach Feuchtigkeit, Moder und Urin. Der Raum schien vor allem bei Durchreisenden und jungen Leuten beliebt zu sein. In einer Ecke hatte jemand aus Pappkartons und Plastik ein provisorisches Bett gebaut, neben dem sich leere Konservenbüchsen stapelten; in der anderen Ecke lagen leere Wodka- und Whiskeyflaschen. Danny wischte den Staub von einem an der Wand angebrachten Schild. Auf ihm stand: Grupo Halcón Development S. L.

Er durchforstete ein Schreibtischwrack. Faltblätter mit Werbung für Arroyo Springs, »die Investmentgelegenheit Ihres Lebens«, quollen aus einer der offenen Schubladen. Das Bild auf der Vorderseite zeigte glückliche Golfspieler vor einem Hintergrund aus makellos gestutzten Rasenflächen, Greens und Bunkern, doch das Papier war wellig vor Feuchtigkeit und die Farben ausgebleicht vom Sonnenlicht.

Hinter dem Container lag eine Plakatwand, die der Wind umgeblasen hatte. Sie zeigte eine von einem Künstler gestaltete Ansicht des Golfplatzes, wie sie üblicherweise von Bauunternehmen in Auftrag gegeben wird, um einen Eindruck vom Endprodukt zu vermitteln. Auf dem Bild sah man das ganze Tal, verwandelt in einen Golfplatz, und auf den Klippen im Norden Hunderte von Gebäuden: zickzackförmige Wohnblöcke, Hotels, ein Shoppingcenter, eine Tankstelle. Danny blickte Richtung Norden. Er konnte die Hochebene sehen, aber von Gebäuden war keine Spur.

Als er zu seinem Auto zurückging, hörte er das leise Tuckern eines Motors und sah einen jungen Mann auf einem alten Kickstart-Moped, hinter sich auf dem Sitz eine mit Feigenkakteen gefüllte grüne Kiste.

Danny winkte ihm, und der Mann fuhr an die Seite. Er trug eine zerschlissene Trainingshose und ein T-Shirt, Gesicht und Arme waren von Sonne und Wind schmutzig rotbraun gebrannt. Ein alter Walkman hing an seinem Gürtel. Der Mann nahm die Kopfhörer ab, als er neben Danny stehen blieb.

»Ich suche nach der Ruine eines Gebäudes namens Santa Cristina. Wissen Sie, ob ich sie dort oben finde?«, fragte Danny und zeigte auf die Hochebene Richtung Norden.

Der Mann nickte. »Aber wenn ich Sie wäre, würde ich da nicht hochgehen.«

»Warum nicht?«

»Ist kein guter Ort.«

»In welcher Hinsicht?«

Der junge Mann zögerte, dann sagte er: »Früher gab es da oben eine Art Herrenhaus, aber das brannte nieder. Es war mal ein Krankenhaus, wie ich gehört habe. Viele sind da gestorben, daher geht niemand mehr rauf. Jedenfalls niemand, der noch bei Verstand ist.«

»Wollen Sie damit sagen, dass es dort spukt?«, fragte Danny und versuchte, ganz unbeschwert zu klingen. »Sie glauben doch wohl nicht an Gespenster?«

Das war die falsche Taktik. Der Mann glaubte sehr wohl daran, und Dannys Tonfall gefiel ihm nicht.

»Die *dama pálida* hat das Gebäude niedergebrannt, jeder weiß das. Mein Onkel hat sie mal gesehen«, sagte er schnell. »Er hat sie in der Abenddämmerung zwischen den Bäumen hindurchhuschen sehen. Sein Herz ist fast stehen geblieben. Sie herrscht immer noch über die Ruine. Wer sich nicht daran erinnert, wird es bereuen.«

Danny dankte dem Mann und ging zu seinem Auto zurück. Als er sich anschickte, Richtung Ebene zu fahren, sah er in den Rückspiegel: Der junge Mann saß auf seinem Moped, mitten auf der Straße, beobachtete ihn und schüttelte den Kopf.

Danny wusste alles über die *dama pálida* – die bleiche Frau –, er hatte einmal einen Artikel über sie geschrieben. Einer regionalen Legende nach war sie der Rachegeist einer Adligen aus dem neunzehnten Jahrhundert, stahl kleine Kinder aus der Wiege und verschleppte sie in die Berge, um sie dort zu ersticken. Danny hatte nicht gewusst, dass die Geschichte bei den Leuten immer noch so präsent war. Aber die Spanier waren nun mal ein abergläubisches Volk, und je älter die Legenden, desto verwurzelter waren sie offenbar.

Die Straße endete vor einer engen, knapp zwanzig Meter

breiten Schlucht. Hohe Metallzäune waren gezogen worden, die den Zugang zur dahinterliegenden Straße blockierten. Sie sahen aus, als wären sie viele Jahre alt, wie alles andere auch. In den Löchern im Stacheldraht hatten sich angewehte Vegetation und Müll verfangen, an dem mittigen Zaunpaneel war eine große rote Warntafel befestigt: *¡Prohibido entrar! ¡Peligro de muerte!* Zutritt verboten! Todesgefahr!

Alle Zaunpaneele waren in großen Betonblöcken verankert. Danny schob ein Endstück von der Lehmwand der Schlucht weg und öffnete den Zaun einen Spalt weit, sodass er hindurchschlüpfen konnte.

Die Straße dahinter war in einem schlechten Zustand. Der Asphalt war rissig und an manchen Stellen komplett abgetragen; Laster hatten tiefe Furchen in ihm hinterlassen. Ein vierkantiger kannelierter Pfeiler stand mitten in dem dichten Gestrüpp neben der Straße, auf ihm hockte ein Wasserspeier, das Gesicht von Zeit und Wetter unkenntlich gemacht. Zur Straße hin war an der Säule eine mit Schnörkeln verzierte rechteckige Platte angebracht. Nur drei Buchstaben waren noch lesbar: SAN.

Danny lief weiter die Straße hinauf, bis er einen Punkt erreichte, von dem aus er die gesamte Ebene überblicken konnte.

Schon aus hundert Meter Entfernung sah man die Ruine des Herrenhauses. Die Zeit und das Feuer hatten das Gebäude zerstört, aber die zerklüftete Silhouette ließ erahnen, wie Santa Cristina einmal ausgesehen hatte. Einer der Spitztürme stand noch. Der andere war eingestürzt.

Mit dem Fernglas sah Danny sich die Ruine genau an. Er konnte erkennen, wo sich das Feuer durch das Gebäude gefressen und die Mauern mit Rußspuren geschwärzt hatte.

Danny überlegte, ob er sich die Ruine aus nächster Nähe

anschauen sollte, erinnerte sich dann aber an das, was Belasco über die gefährliche Beschaffenheit des Bodens rund um Santa Cristina gesagt hatte. Er betrachtete das weite, mit vereinzelten Büschen bewachsene Brachland, das ihn von den Überresten des Gebäudes trennte. An einigen Stellen wirkte der Boden recht solide, aber an anderen war er abgesackt und hatte große Löcher mit gezacktem Rand hinterlassen, in die teilweise das Mauerwerk gestürzt war. Das nächste Loch war keine zehn Meter von Dannys Standort entfernt. An seiner Abbruchkante spross Vegetation, es sah tief und dunkel aus.

Ein jäher, schriller Schrei ließ Danny zusammenzucken, aber dann sah er, dass es nur ein Raubvogel war, der über ihm kreiste. Trotzdem. Wenn er ehrlich war, wirkte der Ort jetzt, da der Wind durch die nackten Zweige der wenigen Bäume pfiff, einsam und gespenstisch. Er zog den Mantel fester um sich und machte Aufnahmen von der Ruine. Dann drehte er sich um und ging zu seinem Auto zurück.

Gespenster machten Danny keine große Angst – aber ein langer Sturz in ein Loch an einem gottverlassenen Ort schon.

9

Carmen del Hoyo klopfte nun schon zum zweiten Mal an die Wohnungstür und legte ihr Ohr ans Holz. Es war keine Einbildung gewesen, da drinnen lief jemand herum, sie war sich ganz sicher. Sie klopfte erneut, diesmal entschlossener. Sie zitterte vor Wut. Immer noch dachte sie an das, was Nuñez, der Beamte von der Guardia Civil, ihr gesagt hatte.

»Exsanguination bedeutet, dass Ihre Schwester durch Verbluten ums Leben kam. Der Rechtsmediziner vermutet, dass der Mörder einen tiefen Schnitt zwischen Hals und Schulterblatt gesetzt und damit die Halsschlagader Ihrer Schwester durchtrennt hat, bevor er sie an den Knöcheln mit dem Kopf nach unten aufhängte. Wahrscheinlich, um den Blutverlust zu beschleunigen.«

»Wollen Sie damit sagen, dass meine Schwester so getötet wurde, wie man ein Schwein schlachtet?«

Nuñez nestelte an seinem Hemdkragen herum. »Ich würde mich nicht an so einem Bild festhalten, zumal es sich nur um eine Fallhypothese handelt. Außerdem ist wahrscheinlich, dass Teresa bewusstlos war, als es passierte. Wir haben Beweise, dass sie einen heftigen Schlag auf die Schädelbasis bekommen hat. Sie musste nicht leiden.«

»Wenn wir den Mistkerl schnappen, pressen wir die Wahrheit aus ihm heraus, das garantiere ich Ihnen persönlich«, sagte Matamoros, die Beamtin, und legte eine Hand auf Carmens Arm. »Aber jetzt, da Sie Bescheid wissen, sollten wir uns über die Presse Gedanken machen. Früher oder später wird die Information in den Medien erscheinen. Besser, Sie bereiten Ihre Eltern so schonend wie möglich darauf vor, sodass sie nicht von den schrecklichen Beschreibungen, die die Grenzen des guten Geschmacks überschreiten, überrascht werden.«

Carmen nickte stumm. Matamoros tat recht daran, das Thema zur Sprache zu bringen. Sobald die Details bekannt würden, hätte die Presse ihren großen Tag.

Arme Teresa. Geschlachtet wie ein Schwein und dann auf den Müll geworfen. Auf eine schlimmere Art und Weise hätte sie nicht sterben können, das war die größte Beleidigung überhaupt. Aber das Bild hatte ihr Meléndez' Worte in Erinnerung gerufen: Bedurfte es noch eines deutlicheren Beweises dafür, dass Teresa den Zorn Gottes auf sich gezogen hatte? Carmen hatte beschlossen herausfinden, in was zum Teufel ihre Schwester hineingeraten war.

Und genau aus diesem Grund wollte sie Teresas Freund einen Besuch abstatten – falls Freund überhaupt das richtige Wort war, um die flüchtigen körperlichen Beziehungen zu beschreiben, die ihre Schwester seit ihren Mittzwanzigern pflegte –, diesen Samuel Herrero.

Wieder hämmerte sie gegen die Tür.

Der junge Mann, der die Tür öffnete, sah aus wie alle Freunde von Teresa: verwahrlost und ungepflegt, mit Piercings und Tattoos an den unmöglichsten Stellen. Er wirkte, als wäre er gerade erst aufgewacht, linste unter einer Mähne aus verfilztem braunem Haar bervor und blinzelte Carmen an. Er war am Vortag in der Leichenhalle gewesen, fiel ihr ein. Einer von denen, die am lautesten gegen Teresas Beerdigung auf geweihtem Boden protestiert hatten.

»Ich bin Teresas Schwester«, sagte Carmen. »Ich möchte mit dir sprechen.«

Jetzt war er aufmerksam. Der trübe Blick fokussierte sich. Einen Moment wirkte er überrascht, dann warf er einen nervösen Blick zurück in die Wohnung.

Carmen wartete nicht, bis er sie bat einzutreten. Sie drängte sich an ihm vorbei ins Wohnzimmer.

Die Einrichtung erinnerte an eine Mischung aus Studentenbude und besetztem Haus, dabei lag die Wohnung in einer der teuersten Gegenden im Stadtzentrum. Sie musste den Eltern des Jungen gehören, unmöglich, dass dieser nichtsnutzige Clown die Miete für so eine Lage aufbrachte.

In dem Apartment roch es nach muffigen Klamotten, Patschuli und Räucherstäbchen. Über dem Sofa hing ein riesiges grelles Poster mit irgendeinem schwarzen Gitarristen aus den Sechzigerjahren. Auf dem Couchtisch stand eine durchsichtige Wasserpfeife aus Plastik, aber Carmen bezweifelte, dass sie benutzt wurde, um Tabak zu rauchen: Eine Bambusmatte daneben war übersät mit zerrissenen Papers und den Filtern von Zigaretten, die man abgerissen hatte, um den Tabak zu verwenden.

Herrero sah ihren Blick und sagte: »Tut mir leid, hier herrscht ein ziemliches Durcheinander.« Er begann aufzuräumen, indem er das Drogenequipment in eine hölzerne Box packte und diese in eine Schublade stopfte. Als er Carmens missbilligende Miene bemerkte, sagte er: »Hey, deine Schwester hat so was nie geraucht, die hat nicht mal was getrunken.«

»Mich interessieren weder du noch deine bescheuerten Drogen. Woran hat Teresa gearbeitet? Ich weiß, dass sie dir bei der Kommunistischen Jugend begegnet ist und sich die meiste Zeit mit verschiedenen Kampagnen beschäftigt hat. Hat sie in letzter Zeit an etwas gearbeitet, das mit der Kirche zu tun hat?«

»Nein.«

»Du lügst.«

»Nein, tu ich nicht.«

»Tust du verdammt noch mal sehr wohl.« Carmen spürte, wie sich ihre Fingernägel in die Handflächen gruben. Der ganze Schmerz der letzten Wochen kam wieder in ihr hoch. »Weißt du, wie Teresa gestorben ist?«, fragte sie, und ihre Stimme war nur noch ein Zischen. »Weißt du, was man meiner Schwester angetan hat? Sie wurde kopfüber an den Knöcheln aufgehängt, um auszubluten. Der Mistkerl hat meine Schwester abgeschlachtet, als würde er ein Schwein töten. Und vorher hat er sie ein paar Tage eingesperrt, fast verhungern lassen und wer weiß wie oft vergewaltigt. Und jetzt frage ich dich noch einmal: In was zur Hölle hast du sie hineingezogen?«

Einen Moment lang schienen Herreros Augen zu einer Pappschachtel zu wandern, die in einer Ecke des Raumes stand. Dann wich alle Farbe aus seinem Gesicht, seine Lippen zitterten, und er brach in Tränen aus.

Carmen verschränkte die Arme und beobachtete, wie er mitten im Raum schluchzend auf die Knie sank, das Gesicht in die Armbeuge gepresst.

Sie sah Männer nicht gerne weinen, denn das schienen sie nur dann zu tun, wenn sie emotional vollkommen zusammenbrachen. Wenn Frauen auch öfter und schneller weinten, dann doch nur, um Schlimmeres und Peinlicheres zu verhindern. Als sie es nicht mehr aushalten konnte, stieß sie einen Laut der Verachtung aus und fischte ein Päckchen Taschentücher aus ihrer Handtasche. »Hier«, sagte sie.

Herrero trocknete seine Augen und schnäuzte sich.

»Ich habe deine Schwester geliebt, Carmen«, sagte er, als er die Fassung wiedererlangt hatte. »Ich habe sie von ganzem Herzen geliebt.«

An der Aufrichtigkeit seiner Worte gab es keinen Zweifel: Carmen konnte sehen, wie sich etwas von ihrem eigenen rohen Schmerz in seinen Augen spiegelte.

»Das glaube ich dir«, sagte sie. »Aber das ändert nichts, oder? Sie ist tot, und ich muss wissen, warum. Kennst du einen Mann namens Vladimir López?«

Herrero wandte das Gesicht ab und verneinte.

»Bist du sicher?«

»Ja, ich bin mir sicher«, sagte er leicht verärgert. Wie jemand, der lügt und seine Lüge vertuschen will.

Carmens Wut kehrte zurück. Na gut, wenn er es ihr nicht sagen wollte, dann würde sie eben in Teresas Computer nachsehen.

»Ich möchte die Sachen meiner Schwester mitnehmen. Mein Vater hat mir erzählt, dass sie meistens mit ihrem Laptop gearbeitet hat. In der Wohnung meiner Eltern ist er nicht. Ist es vielleicht der da?« Sie deutete auf einen rosafarbenen Hewlett-Packard, der auf einem Tisch am Ende des Raumes stand.

Schlagartig änderte der junge Mann sein Verhalten. Er schniefte die Tränen fort und sagte mit weit aufgerissenen Augen: »Den können Sie nicht mitnehmen.«

»Warum nicht?«

»Das ist ... da ist viel von meinem Zeug drauf.«

Carmen stemmte die Fäuste in die Hüften.

»Dieser Laptop da ist das Eigentum meiner Schwester. Sollten Dateien drauf sein, die dir gehören, kopiere ich sie dir gerne auf eine Festplatte und bringe sie dir vorbei. Aber ich werde herausfinden, an was für einer Sache meine Schwester gearbeitet hat, bevor sie starb.«

Herrero durchquerte das Zimmer und schnappte sich den Laptop. »Den kannst du nicht mitnehmen«, sagte er.

Carmen sah ihn an. »Ich sag dir mal was, Samuel. Warum rufe ich nicht gleich bei der Polizei an und erzähle einfach *denen* von dem Laptop – und davon, dass ich überzeugt bin, dass sich darauf Informationen befinden, die zur Festnahme von Teresas Mörder beitragen könnten.« Sie holte ihr Handy aus der Tasche. »Die sind in null Komma nichts hier«, sagte sie und schnippte mit den Fingern, um ihre Aussage zu unterstreichen. Es war ihr ernst damit, sie durchsuchte ihr Handy schon nach Matamoros' Nummer.

Herrero wurde blass. Er sah zu der Schublade mit den Drogen hinüber. »Tu das das nicht«, sagte er schließlich. »Ich gebe dir das Ding.«

Carmen nahm den Laptop entgegen und ging, ohne sich zu verabschieden. Erst als sie mit dem Lift nach unten fuhr, merkte sie, dass sie zitterte. Es war so typisch für Teresa, dass sie ihr selbst aus dem Grab heraus noch das Leben schwer machen konnte.

Carmen war sieben Jahre älter als ihre Schwester. Ein schwieriger Altersunterschied. Als Teresa noch ein Kleinkind gewesen war, war Carmen schon alt genug, um Verantwortung für sie zu übernehmen – Windeln wechseln, füttern, ins Bett bringen – und um zu spüren, wie die Zuneigung ihrer Eltern plötzlich nur noch ihrer kleinen Schwester galt.

Als Teenager hatte Carmen, als sie wieder einmal stritten, was oft geschah, Teresa unter die Nase gerieben, sie selbst habe sieben Jahre lang die ungeteilte Liebe ihrer Eltern genossen, ehe ihre Schwester geboren wurde. »Das stimmt«, hatte die zehn Jahre alte Teresa gesagt, »aber was meinst du, wer ihre Liebe in all den restlichen Jahren bekommen hat?«

Darauf hatte Carmen nichts erwidern können. Mit Teresa hatte es eine ganz besondere Bewandtnis. Egal, was sie tat, egal, wie sehr sie ihre Eltern verletzte, es schien nie wirklich etwas auszumachen, auch dann nicht, als die Probleme ernster wurden.

Zunächst waren es Alkohol, laute Musik und Sex mit älteren Jungs gewesen. Carmen erinnerte sich noch gut an den Schock, als sie in einer Schublade im Schlafzimmer einen Stapel Pornohefte und einen riesigen Vibrator gefunden hatte – und da war Teresa erst sechzehn Jahre alt gewesen. Später waren noch Marihuana und Ecstasy hinzugekommen – und Teresas erste Versuche davonzulaufen. Ihre Eltern hatten ihr Grenzen setzen wollen, aber ihre Schwester hatte sich auf ihrer endlosen Suche nach Selbstauslöschung ihren eigenen Weg freigeboxt.

Sämtliche von Carmens düsteren Prognosen hatten sich am Ende bewahrheitet. Der Drogenkonsum stürzte Teresa in einen Abgrund, an dessen Boden der Sumpf des Heroins lauerte.

Als ihre Schwester das zweite Mal davonlief, hatten Carmen und *papá* vierzig Stunden lang die übelsten Gegenden in Almería nach ihr abgesucht und sie am Ende bewusstlos auf einer verdreckten Matratze im Hinterzimmer eines verlassenen Hauses im Zigeunerviertel der Stadt gefunden. Teresa war von der Taille abwärts nackt, ihre Beine immer noch leicht gespreizt, blaue Flecken an den Innenseiten ihres Vorderarms. Drei oder vier abgemagerte Männer lagen bei ihr, mehr oder minder weggetreten, umgeben von Spritzen, Löffeln und Kerzenstumpen in Blechbüchsen.

Als *papá* damals Teresas zerbrechlichen Körper hochhob, versuchte einer der Männer, ihn zurückzuhalten. Kurzerhand griff sich Carmen ein Zinntablett vom Tisch und zog es dem Mistkerl über den Kopf, so fest sie konnte.

Dieses Erlebnis war im Wesentlichen der Anlass für Carmens Entschluss gewesen, nach Barcelona zu ziehen. Sie hatte genug. Manchmal hatte es den Anschein gehabt, als wäre sie die Einzige, die Teresa so sah, wie sie wirklich war.

Sie lief zurück in die Wohnung ihrer Eltern. *Papá* war im Krankenhaus, also machte sie sich einen Kaffee und klappte Teresas Laptop auf.

Es war Zeit für Antworten.

10

Als Danny am nächsten Morgen mit der Arbeit begann, sah er die Skype-Nachricht, die Marsha ihm in der Nacht zuvor geschickt hatte. *Bist du da, Schatz? Wir müssen reden.*

Da war es also, das, wovor Danny sich so gefürchtet hatte: Wir müssen reden. Benutzte eine Frau diese besondere Kombination aus drei einfachen Worten, verhieß das nichts Gutes. Danny änderte seinen Status von online zu offline. Marsha war wie er Frühaufsteher, und er wollte heute Morgen auf keinen Fall in irgendwelchen heftigen emotionalen Scheiß hineingezogen werden.

Das Wetter draußen war scheußlich. In Südspanien ein Zeichen dafür, dass der Winter unmittelbar vor der Tür steht. Man geht zu Bett, während eine steife Brise die Palmen durchschüttelt, und findet sich beim Aufwachen mitten in einem Sturm wieder: Der Wind heult, die Temperaturen stürzen in den Keller, und man wird nie wieder die Meinung vertreten, in Spanien regne es vorwiegend in den Ebenen. Die Minimonsune waren eine der Hauptursachen für die Wüstenbildung in der Region, da sie den fruchtbaren Humus fortwehten. Die Ironie, dass der Regen alles nur noch trockener machte, war irgendwie typisch spanisch.

Um acht Uhr dreißig rief Danny ein letztes Mal bei López an. Es ging immer noch keiner ran, also trank Danny seinen Kaffee aus, griff sich seine Kamera und nahm die Schultertasche vom Tisch. Es nützte ja doch nichts, er würde nach Enix rausfahren und den alten Mann besuchen müssen. Es war nicht weit. Und sollte Vladi ihm immer noch grollen, hätte Danny im direkten Gespräch bessere Chancen, ihn milde zu stimmen.

Enix ist ein Dorf hoch oben im Vorgebirge, südwestlich von Almería-Stadt. Der Ort liegt zwar nah genug, um von den Stränden der Stadt aus gesehen zu werden, aber mit dem Auto braucht man zu ihm doch zwanzig Minuten, über eine Straße, die sich an Berghängen in orangenen, grauen und lilafarbenen Pastelltönen entlangschlängelt. Jede scharfe Kurve veränderte die Aussicht auf den Horizont: Mal sah man das graublaue Wasser der Bucht von Almería, mal die fernen Gipfel der hohen Sierra hinter Enix.

Danny mochte die Berge. Die Luft dort roch sauber und rein, und die Menschen lebten ein ruhigeres, eigenständigeres Leben als die an der Küste. Große schwarze Vögel kreisten am Himmel. Danny lehnte sich über das Lenkrad, um besser zu beobachten, wie sie mit der Thermik aufstiegen.

Vladis Haus lag am äußersten Rand von Enix, wo die Neubauten des Dorfes älteren Anwesen aus ockerfarbenem Stein wichen. Es war von einer hohen, senfgelb gestrichenen Gartenmauer umgeben. Mosaikfliesen im maurischen Muster zierten die beiden Torpfosten, der rechte trug ein Schild mit dem Namen des Anwesens: *La Casa de Pawlow*.

»Wissen Sie, warum ich es so genannt habe?«, hatte Vladi ihn gefragt, als Danny ihn zum ersten Mal besucht hatte.

»Das Pawlow-Haus – der Kampf um Stalingrad?«

Vladimir nickte zustimmend. »Sergeant Jakow Pawlow und seine fünfundzwanzig Kampfgenossen hielten in einer Häuserruine sechzig Tage lang erfolgreich die Stellung gegen alles, womit die Nazischweine sie bombardieren konnten: vom siebenundzwanzigsten September bis zum fünfundzwanzigsten November 1942.«

Danny grinste ihn schief an. »Und gegen welchen Feind wollen Sie Ihre Stellung verteidigen?«

»Na, gegen die Faschistenschweine, die mich zum Schweigen bringen wollen«, hatte Vladi ernst geantwortet.

Danny hoffte, dass der Mann heute in weniger streitlustiger Stimmung war.

Er parkte vor dem Tor, drückte auf die Hupe und rief Vladis Namen. Es gab ein Vorhängeschloss, aber keine Gegensprechanlage, nur Vladis verbeulter Jeep stand auf der Zufahrt. Danny hupte und rief noch einmal.

Nichts.

Er wollte gerade über das Tor klettern, als eine spanische Frau mit gestreifter Kittelschürze aus dem benachbarten Anwesen auftauchte und sich die Hände mit einem Geschirrtuch trocknete. Sie war in etwa so alt wie Danny und hatte ein breites, vom Wind verbranntes Gesicht.

»Kann ich Ihnen helfen?«, fragte sie.

»Ich bin auf der Suche nach Vladi. Wissen Sie, wo er ist? Sein Auto steht hier, aber er reagiert nicht.«

Einen kurzen Augenblick lang runzelte die Frau die Stirn, als könnte sie Dannys Worte nicht verstehen. Dann sagte sie: »Ich fürchte, das wird er auch nicht. Nicht mehr.«

»Wieso? Was ist passiert?« Der Gesichtsausdruck der Frau ließ darauf schließen, dass die Sache ernst war.

Sie legte ihm eine Hand auf den Arm. »Es tut mir leid, dass ich Ihnen die schlechte Nachricht überbringen muss, aber Vladi ist letzte Woche gestorben.«

»Gestorben? Wie?«

»Herzinfarkt.« Sie tätschelte seinen Arm und schien es aufrichtig zu bedauern, ihn so unangenehm überrascht zu haben. »Es tut mir wirklich leid, dass ich Ihnen das sagen musste. Haben Sie ihn gut gekannt?«

»Gut genug, denke ich. Aber wie kommt es, dass niemand davon weiß? Wann ist er gestorben?«

Sie wirkte unbeholfen. »Das ist ja das Problem: Niemand weiß das so recht. Er war ein Einzelgänger, hatte wenige Besucher. Die Polizei meint, es sei irgendwann letzte Woche passiert. Sehen Sie, mein Mann und ich, wir sind am Sonntag weggefahren und kamen erst am späten Mittwochabend zurück. Es war sehr dunkel in jener Nacht, daher haben wir nichts bemerkt, erst am Donnerstagmorgen, als wir die Vögel sahen.«

»Die Vögel?«

Sie nickte betrübt. »Ein ganzer Schwarm von Geiern und Bussarden ist in Vladis Garten herumgehüpft. In den Bergen ist das nie ein gutes Zeichen, also ist mein Mann über den Zaun gesprungen. Vladi ist direkt vor seiner Haustür zusammengebrochen. Natürlich hat uns das nicht wirklich überrascht. Er war ein starker Raucher, und getrunken hat er wie ein Fisch. Er konnte von Glück sagen, dass er vierundsiebzig wurde.«

»Wann war die Beerdigung?«

»Am letzten Samstag. Alles ging sehr schnell über die Bühne, ohne großes Gefackel. Vladi hatte keine Familie hier in der Gegend, und er hasste die Kirche, daher konnten wir keine Beerdigungsmesse abhalten oder ihn auf geweihtem Boden bestatten lassen. Er wurde verbrannt, seine Asche in der Bucht verstreut. Nur ich, mein Mann und ein paar andere aus dem Dorf waren dabei. Wir wussten nicht, wen wir sonst hätten kontaktieren sollen. Ich habe den Schlüssel zum Haus, falls Sie hineingehen möchten.«

Danny zündete sich eine Zigarette an, rauchte und wartete, dass sie mit dem Schlüssel zurückkam.

Armer Vladi. Er war ein zänkischer alter Bock gewesen,

aber Danny wäre gerne bei seiner Beerdigung dabei gewesen. Nur wenige Menschen verdienten es, unbetrauert zu sterben.

Aber wie oft schon hatte Danny in den letzten Jahren Versionen dieser Geschichte geschrieben, über einsame alte Menschen, die unbemerkt gestorben und deren Überreste erst Tage oder Wochen später entdeckt worden waren? Vladi hatte Glück gehabt, dass er im Garten gestorben war. Wie lange wäre sein Körper wohl verwest, hätte es ihn im Haus erwischt?

Danny dachte über sein eigenes Leben nach. Auch er lebte allein in einem abgelegenen Haus und hatte wenige Freunde. Aber Danny war schon immer ein Einzelgänger gewesen. Wenn man seine Kindheit kannte, war das nicht überraschend: Seinen Vater hatte Danny nie kennengelernt, und seine Mutter war sehr speziell gewesen. Sie kam und ging, wie es ihr gefiel, und ließ Danny bei der Großmutter zurück, der *abuela*, die ihn aufzog. Danny erwischte sich bei dem düsteren Gedanken, wer wohl zu seiner Beerdigung kommen würde.

Er warf die halb gerauchte Zigarette zu Boden und rief Pepe Juárez an, um ihn zu fragen, ob Teresa del Hoyo Vladimir López gekannt habe.

»Ob sie ihn *gekannt* hat? Die jungen Leute hängen geradezu an seinen Lippen – bei seinem unerschöpflichen Vorrat an Anekdoten über das republikanische Exil und seine Kindheit in Sowjetrussland ist Vladi immer überglücklich, wenn er sie mit spannenden Geschichten in Atem halten kann. Hätte ich für jedes Mal, das ich mir diese verfluchte Geschichte anhören musste, wie er zu seiner Gehbehinderung gekommen ist, einen Cent bekommen … Aber jetzt, wo du es erwähnst – ich glaube, Teresa und Vladi haben zusammen an einer Reihe von Projekten für die Partei gearbeitet. Frag mich bloß nicht, woran genau. Mir gegenüber war er immer sehr wortkarg. Ich nehme an, er hielt mich für so was wie einen Reaktionär.«

»Wann haben Sie López das letzte Mal gesehen?«

»Letzte Woche. Haben Sie nicht gehört, was bei der Versammlung passiert ist?«

»Nein.«

»Wie ich letztens schon erwähnte, machen wir gerade richtige Fortschritte bei unserer Suche nach dem Massengrab in El Cerrón. Deshalb haben wir uns mit den Nachkommen der vierzehn republikanischen Opfer getroffen. Wir wollten festlegen, was genau mit den sterblichen Überresten geschehen soll, falls es uns gelingt, sie zu finden. Wie es aussieht, haben jetzt zwei der Familien beschlossen, dass sie die Totenruhe nicht gestört sehen wollen, falls wir auf das entsprechende Grab stoßen sollten, was die Sache enorm verkompliziert. Vladi sollte eigentlich nach der Versammlung eine Rede halten, aber als er sich in die Debatte einmischte, lief die Sache aus dem Ruder. Dann nannte die Tochter eines der Opfer ihn einen *rojo*, und es gab kein Zurück mehr.«

»Was hat er geantwortet?«, fragte Danny. *Rojo* hieß Roter.

»Er sagte, er sei stolz, ein *rojo* zu sein, und dass die Frau eine Schande sei. Dann faselte er etwas davon, dass ihr Vater sich jetzt bestimmt am liebsten im Grabe umdrehen würde, aber das ja nicht könne, weil er mit dreizehn anderen irgendwo tot in einem Loch liege. Mittlerweile war Vladi so wütend, dass man ihn kaum noch verstehen konnte. Ich denke, er hatte vor der Versammlung schon was getrunken. Als wir ihn baten zu gehen, fing er an, mit seinem verfluchten Stockdegen herumzufuchteln. Ich schwöre Ihnen, der hätte fast ernst gemacht mit diesem verdammten Ding, aber dann konnten wir ihn rauswerfen.«

»An welchem Tag war das?«

»Am Vierten des Monats.«

»An dem Tag, als Teresa verschwand?«

Juárez hielt inne. »Ja, ich glaube schon. Darüber habe ich noch gar nicht nachgedacht.«

»Um wie viel Uhr verließ Vladi die Versammlung?«

»So gegen halb acht.«

Danny klärte Juárez gerade über die Einzelheiten von Vladis Ableben auf, als die Nachbarin mit dem Schlüssel zurückkehrte, also vereinbarte Danny mit Juárez ein Treffen für später.

Das Tor öffnete sich auf ein Stück Land, das einen halben Morgen groß und an drei Seiten von einer Gartenmauer umschlossen war. An der vierten verlief ein niedriger, mit stacheligen Kakteen bewachsener Hügel. Der Garten war ein einziges Durcheinander. Überall Kaktusfeigen, die riesigen paddelförmigen Triebe übersät mit zentimeterlangen Stacheln.

Als die Frau Danny den Weg entlang zum Haus führte, deutete sie an einer Stelle auf den Boden. »Hier haben wir ihn gefunden«, sagte sie.

Danny nickte und blieb stehen. Der Zustand von Vladis Jeep hatte seine Aufmerksamkeit geweckt. Zwei der drei Reifen waren platt, die Karosserie war von Staub bedeckt.

»Er hat das Fahren schon vor Jahren aufgegeben«, sagte die Nachbarin, als sie Dannys Blick sah.

»Wie hat er sich dann fortbewegt?«

»Wenn er wegmusste, nahm er den Bus.«

»Und wenn er am späten Abend nach Hause wollte? Dann fahren keine Busse mehr.«

»Er hat sich von Leuten mitnehmen lassen, denke ich. Oder ein Taxi gerufen. Das heißt, falls er sich die Mühe gemacht hat, ein neues Handy zu kaufen.«

»Was war mit seinem Handy?«

»Er hat es vor ein paar Wochen in die Toilette fallen lassen. Das weiß ich nur, weil er uns das verdammte Ding vorbeigebracht hat. Er dachte, mein Sohn könnte es vielleicht reparieren. Der arme Kerl hatte schon mindestens eine Minute daran rumgefummelt, als Vladi ihm endlich sagte, was damit passiert war.«

Danny hörte nur noch mit halbem Ohr zu. Er dachte an den Anruf aus der Telefonzelle, den Teresa empfangen hatte. Wegen dem sie am Tag ihres Verschwindens ihren Arbeitsplatz früher verlassen hatte. Laut Pepe Juárez war Vladi gegen halb acht aus der Versammlung gestürmt. Vielleicht hatte er ja Teresa del Hoyo angerufen und sie gebeten, ihn nach Hause zu fahren – da er kein Handy hatte, hatte er sich wahrscheinlich von einer Telefonzelle aus gemeldet.

Danny kramte in seiner Tasche und zeigte der Nachbarin dann ein Foto von Teresa del Hoyo. »Haben Sie diese junge Frau schon mal gesehen?«

Sie sah sich das Bild an. »Ich weiß nicht. Ich habe nie groß darauf geachtet, wer bei Vladi ein und aus ging.«

Danny hielt ihr ein Foto von Teresas pinkfarbenem VW-Beetle vor die Nase. »Was ist mit diesem Auto? Kommt Ihnen das bekannt vor?«

»Ja. Hier oben in den Bergen gibt es nicht viele solcher Autos.«

»Haben Sie es in letzter Zeit gesehen?«

»Vielleicht vor einem Monat. Ich kann mich nicht genau erinnern.«

Durch die Haustür gelangten sie ins Wohnzimmer. Die Einrichtung war genau so, wie Danny sie in Erinnerung hatte. Ein massiver alter Fernseher mit Holzgehäuse und ein Schreibtisch mit einer Schreibmaschine darauf – Vladi hatte den Übertritt ins digitale Zeitalter nie vollzogen. Alles war versifft und staubig und stank nach abgestandenem Zigarettenrauch.

»Warum stehen alle Fenster offen?«, fragte Danny die Nachbarin.

»Ich wollte mal gründlich durchlüften. Sie können sich keine Vorstellung davon machen, wie das gestunken hat. Früher oder später wird Vladis russische Verwandtschaft hier aufkreuzen. Ich würde sie nur ungern in so einen Schweinestall lassen.«

»Was ist mit dem Fenster geschehen?«, fragte Danny und deutete auf ein Stück Pappe, das man anstelle der Scheibe eingesetzt hatte.

»Das war Vladi. Wenn der alte Irre betrunken war, hat er häufig seine Schlüssel verloren und ist dann in sein eigenes Haus eingebrochen. Die Pappe ist von vor ein paar Monaten, als wir ihn im Garten herumstolpern sahen. Er versuchte, auf einem Blumentopf unter dem Fenster zu stehen und von dort hineinzuklettern – dabei war der Rahmen voller Glasscherben mit scharfen Kanten. Die Nacht hat er dann auf unserer Couch verbracht. Deshalb habe ich seitdem den Ersatzschlüssel, aber ich glaube, seither hat er die Hintertür immer offen gelassen.«

Über dem Schreibtisch hing eine Pinnwand aus Kork. Die meisten der vergilbten Zeitungsausschnitte an ihr hatten mit den Veröffentlichungen von Vladis Büchern und mit seinem Kampf um den Zugang zum Stadtarchiv von El Cerrón zu tun.

Das berühmte Foto von Vladi, das zu Beginn seines Kampfes vor Gericht geschossen worden war, hing in der Mitte. Es zeigte den alten Mann mit seinem schwarzen Barett, wie er einen Spazierstock aus Elfenbein Richtung Kamera schwang, als wäre er ein Florett. Danny wusste, warum der alte Mann diese Pose eingenommen hatte: Der Stock war tatsächlich ein Stoßdegen, wie er Danny einmal demonstriert hatte, indem er ihn wie einen Speer durch den Raum warf, sodass er am Ende zitternd in der Wand stecken blieb.

Die folgenden Jahre waren von gerichtlichen Auseinandersetzungen geprägt gewesen, Vladi und Leticia Encona, die Bürgermeisterin von El Cerrón, hatten sich einige Schlammschlachten geliefert. An der Pinnwand hingen zahlreiche Fotos der Frau. Jedes einzelne davon war auf die eine oder andere Art verunstaltet worden: mit Teufelshörnern, Bart, Vampirzähnen.

Leticia Encona war eine Legende, eine der rechtsaußen stehenden Lokalgrößen mit unorthodoxen Methoden, die ihre Ansichten zu allem und jedem kundtaten, von der Ungeheuerlichkeit der Einwanderung bis hin zur Möglichkeit, die Homosexualität durch Gebete zu heilen. Danny hatte Leticia Encona damals, während Vladis Gerichtsverfahren lief, einmal interviewt. Als er sie gefragt hatte, was Vladi denn so Fürchterliches in den Archiven entdecken könne, hatte sie sich – für sie typisch – unverblümt geäußert: »Scheiße stinkt am schlimmsten, wenn man darin herumrührt. Das gilt auch für die spanische Geschichte.«

Die rechte Seite der Pinnwand schien vor Kurzem frei gemacht worden zu sein und war jetzt mit Artikeln und Ausdrucken neueren Datums bedeckt. Alle standen im Zusammenhang mit dem Skandal der illegalen Adoptionen. Es gab Berichte zu Exhumierungen der Gräber angeblich tot geborener Säuglinge, die andernorts in Spanien stattgefunden hatten, und von den makabren Funden, die man dabei gemacht hatte – Sandsäcke, Backsteine, Tierkadaver –, sowie detaillierte Informationen zu den verschiedenen Kampagnen, die Verbände und Vereine für die Opfer des Skandals veranstalteten.

Auch Leticia Enconas erweiterte Familie war offensichtlich vor Kurzem in Vladis Fokus geraten. Auf einem neu aussehenden Stück Papier war ein Stammbaum abgebildet, darauf Leticias Vater, Amancio Encona (1916–1997), und ihr Sohn Santiago, geboren 1964. Amancio hatte eine noch lebende Schwester namens Herminia, die 1928 zur Welt gekommen war, und diese einen Sohn, Ramón Encona, der 1962 geboren wurde. Neben Ramóns Namen prangte ein großes schwarzes Fragezeichen.

Danny nahm die Zeitungsartikel und den Stammbaum von der Wand und steckte alles in seine Schultertasche. Als er zur Vordertür ging, blieb die Nachbarin stehen und fragte: »Wollen Sie nicht noch etwas anderes als Erinnerung mitnehmen? Ich habe keine Ahnung, ob und wann seine russischen Verwandten kommen, und es wäre doch eine Schande, das alles wegzuwerfen.«

Danny dachte einen Augenblick nach. »Ich hätte gerne seinen Stockdegen«, sagte er. »Könnte es ein besseres Erinnerungsstück geben? Ohne ihn ging er nirgendwohin.«

»Ich fürchte, da muss ich Sie enttäuschen«, sagte sie und schüttelte traurig den Kopf. »Den wollte mein Mann auch schon. Wir haben das ganze Haus von oben bis unten abgesucht – aber der Stockdegen war nirgends zu finden.«

11

Vor dem Haus rief Danny den Verbindungsmann für die Presse bei der Polizei an und bat ihn nachzuprüfen, ob Vladis Leiche einer Autopsie unterzogen worden war. Ja, erwiderte der Beamte, es habe eine gegeben, und es bestünde kein Zweifel, Señor López sei an einem schweren Herzinfarkt gestorben. Tatsächlich sei der alte Mann buchstäblich tot umgefallen: Der Rechtsmediziner habe an einer Seite von Vladimir López' Kopf eine Prellung festgestellt, die darauf hinwies, dass der Körper ohne eine Abwehrbewegung durch die Arme vornübergestürzt war. Die Leiche sei am Donnerstagmorgen, dem sechsten Oktober, gefunden worden, und die postmortale Untersuchung habe ergeben, dass der alte Mann zu diesem Zeitpunkt bereits zwischen vierundzwanzig und sechsunddreißig Stunden tot gewesen war.

Trotzdem. Danny hielt es für einen seltsamen Zufall, dass Teresa und Vladi zusammen an etwas gearbeitet hatten und beide innerhalb von Tagen zu Tode gekommen waren. Und für das Fehlen von Vladis Stock gab es auch keine Erklärung.

Wie auch immer Vladi in Wahrheit zu seiner Gehbehinderung gekommen war, es bestand kein Zweifel daran, dass sie echt gewesen war. Der alte Mann hatte ohne Stock nicht gehen können und immer seinen Stockdegen als Hilfe benutzt, so wie er auch immer dieselbe schäbige alte Strickjacke, die ausgebeulten Hosen und das schwarzes Barett getragen hatte. Ohne Stock hätte er noch nicht einmal in den Garten gehen können, wo er gestorben war, was bedeutete, dass der Stock eigentlich neben ihm hätte liegen müssen, als der Nachbar ihn fand. Es sei denn, in der Zwischenzeit war jemand in Vladis Haus gewesen.

Danny hatte verschiedene Hypothesen in Betracht gezogen. Falls Vladi Dokumente aus dem Archiv entwendet hatte, wäre es doch möglich, dass jemand sie zurückhaben wollte. Was, wenn Teresa del Hoyo ihn an jenem Donnerstagabend, an dem sie verschwand, nach Hause gefahren hatte und sie von einem oder mehreren Einbrechern überrascht worden waren? Schließlich hätte Vladi an diesem Donnerstag eigentlich den ganzen Abend außer Haus sein sollen und war überraschend früher nach Hause gekommen.

Und sollten Vladi und Teresa die Einbrecher überrascht haben, so gab es keinen Zweifel daran, wie Vladi sich verhalten hätte. Vor allem wenn er betrunken gewesen war: Er hätte seinen Stockdegen gezogen und angegriffen, ohne zu zögern. Der Stress und die Aufregung in dieser Situation könnten den Herzinfarkt des alten Mannes verursacht haben.

Danny fuhr zurück zum Büro der Izquierda Unida in Almería-Stadt. Im Obergeschoss saß etwa ein Dutzend junger Leute herum. Einige von ihnen druckten Anstecker, während andere an einem Poster mit einem Porträt von Teresa del Hoyo arbeiteten, neben dem der Slogan stand: *SCHLUSS MIT DEN FRAUENMORDEN!*

Danny trank mit Pepe Juárez einen Kaffee und erzählte ihm, was er über Vladis Tod erfahren hatte. Dann ging Juárez hinaus, stieg auf einen Tisch und hielt eine Ansprache vor den jüngeren Parteimitgliedern. Die Neuigkeiten wurden mit Fassungslosigkeit und Tränen aufgenommen. Als Juárez in sein Büro zurückkam, wurde er von einer jungen Frau begleitet, die er als Lidia vorstellte. Sie hatte sich mit Teresa del Hoyo ein Büro geteilt.

Lidia sah aus wie Lisbeth Salander: klein und zierlich, mit vielen Piercings, dunklem Eyeliner und Lippenstift. Sie nickte, als Danny sie fragte, ob sie sich an Gordon Paveys Besuch im Büro der Izquierda Unida erinnern könne.

»Ja, da gab es einen *inglés,* der hier war.«

»Wissen Sie noch, wann?«

»Er kam vor ein paar Wochen. An einem Donnerstag.«

»Am neunundzwanzigsten September?«

»Wenn Sie das sagen.«

»Können Sie sich noch daran erinnern, worüber er und Teresa gesprochen haben?«

»Sie unterhielten sich über das Stadtarchiv in El Cerrón und wie man Zugang zu ihm bekommen könnte. Der *inglés* sagte, er wolle mit Vladi sprechen.«

»Warum wollte Pavey Zugang zum Archiv in El Cerrón?«

»Ich weiß es nicht. Aber Teresa und Vladi wirkten sehr aufgeregt wegen etwas, das er ihnen erzählt hatte. Als der *inglés* das erste Mal hier war, waren die beiden bis weit nach Mitternacht hier und danach wie Pech und Schwefel. Am Freitagabend hat der *inglés* im Büro stundenlang irgendwelche alten Bücher mit Teresa und Vladi eingescannt. Danach habe ich ihn nicht mehr gesehen. Ich hatte den Eindruck, dass er sich mit Teresa und Vladi wegen irgendetwas überworfen hatte.«

»Und die Scans sind jetzt wahrscheinlich auf Teresas Computer?«

»Auf dem alten Ding? Nein, sie arbeitete meistens mit ihrem Laptop. Außerdem ging der Scanner kaputt, als sie ihn an dem Freitag benutzten.«

»Wo ist ihr Laptop jetzt?«

»Keine Ahnung. Ich nehme an, den hat ihre Familie. Aber etwas anderes hatte Teresa auf ihrem Bürocomputer gespeichert. Eine MP3-Datei. Der Engländer half ihnen dabei, sie ins Spanische zu übersetzen.«

Sie gingen hinüber ins andere Büro. Lidia fuhr Teresas PC hoch und fand die MP3-Datei.

Die Lautsprecher knackten beim Einschalten. Danny erkannte die Stimme des Interviewers sofort. Es war Leonard Wexby, der Frank Dale auf Englisch Fragen stellte. »Wo hat Teresa das her?«, fragte er. »Und warum interessierte sie das?«

»Der Engländer, Pavey, er hat die Datei mitgebracht.«

Danny bat darum, ihm eine Kopie auf seinen USB-Stick zu ziehen, und fuhr dann nach Hause.

Wahrscheinlich war Pavey im Internet auf Wexbys Artikel gestoßen, und als ihm auffiel, dass darin Santa Cristina erwähnt wurde, hatte er ihn um die Datei mit dem kompletten Interview gebeten. Das war es, was Leonard damit gemeint hatte, als er sagte, der Name Santa Cristina sei in letzter Zeit häufiger aufgetaucht.

Nicht zum ersten Mal in seinem Leben verfluchte Danny Leonard Wexby. Das alte Schlitzohr wusste offensichtlich etwas. Das Problem war, dass man ums Saufen nicht herumkam, wenn man aus Leonard Informationen herausholen wollte. Danny wusste aus bitterer Erfahrung, dass durch Wexby verursachte Kater Tage anhalten konnten und gegen die Wirkung von Paracetamol immun waren.

Als Danny nach Hause kam, ging er in sein Büro und schrieb den Artikel für *Gente de Hoy* über den Mord an Teresa del Hoyo zu Ende. Er beließ es bei den wesentlichen Fakten in chronologischer Reihenfolge, denn es war vorherzusehen, dass die Korrektoren der Zeitung ihm seinen Text sowieso zerhacken würden. Dem Schreiben fügte er noch die Bitte hinzu, keinesfalls seinen Namen unter den fertigen Artikel zu setzen, bevor er alles an Paco schickte.

Dann machte Danny sich ein Spiegelei-Sandwich und hörte sich die MP3-Datei an. Um die vierzehnte Minute herum wurde es interessant. Frank Dales Londoner Akzent füllte den Raum, wurde immer wieder von Wexbys Fragen unterbrochen.

»*... das Gebäude war etwa seit einem Jahr verlassen, als wir dort hinkamen*«, sagte Dales Stimme.

»*Wann war das?*«

»*Das dürfte der Herbst 1979 gewesen sein. Der Regisseur verliebte sich in den Ort, sobald er ihn sah. Für das Versteck eines verrückten Wissenschaftlers war er einfach perfekt. Der unheimliche Turm und die Berge dahinter.*«

»*Trotzdem sagten Sie, Sie hätten dort nicht gerne gearbeitet.*«

Man hörte Dale auf seinem Stuhl herumrutschen.

»*Ja, na ja ... Ich hatte dort ein unschönes Erlebnis.*«

»*Können Sie mir etwas darüber erzählen?*«

Das Klicken eines Feuerzeugs, Rauch wurde ausgeatmet.

»*Na gut*«, sagte Dale. »*Ich erzähle es Ihnen. Aber Sie werden es nicht glauben. Es fing damit an, dass wir nach Statisten suchten. Ich meine, normalerweise kriegt man die ansässigen Spanier gar nicht weg vom Set. Da können Sie mitten im Nirgendwo einen Film drehen, es wird immer Dutzende von Deppen geben, die Ihnen in die Aufnahmen laufen oder versuchen, was mitgehen zu lassen. Aber als wir vor Ort nach Statisten für eine Massenszene oben bei Santa Cristina suchten, wissen Sie, wie viele sich meldeten? Keiner. Kein Einziger.*«

»*Weshalb nicht?*«

»*Die Leute dort dachten, der Ort sei verflucht. Es gibt eine lokale Legende über einen Geist, die bleiche Frau. Sie soll sich nachts in die Häuser der Leute schleichen und deren*

Kinder ersticken. Die Spanier behaupteten, der böse Geist sei in eine Frau aus dem Ort gefahren, sie sei verrückt geworden und habe die Klinik niedergebrannt. Wie auch immer, eines Abends nach den Dreharbeiten – es war schon spät – saß ich mit zweien von den Helfern noch herum und trank etwas. Wir beschlossen, uns die Keller von Santa Cristina näher anzuschauen. Sie wissen ja, wie das ist mit jungen Burschen und Gespenstergeschichten, wir stachelten einander an und waren besoffen genug, uns nicht darum zu scheren, dass das Gebäude über uns zusammenkrachen könnte. Total hirnverbrannt, wenn man drüber nachdenkt. Im Keller stießen wir auf einen Raum, der nicht ganz so übel verwüstet war. Die Hälfte davon war voll mit Schutt aus den Räumen darüber. Es sah so aus, als wäre ein Büro runtergekracht. Es gab einen verbrannten Schreibtisch und Aktenschränke mit Papierkram. Das meiste davon war natürlich durch die klamme Feuchtigkeit zerstört, und die wenigen Akten, die noch in Ordnung waren, konnten wir nicht verstehen. Eddie meinte, sie sähen aus wie Krankenakten. Und dann war da noch ein Kühlschrank. Einer dieser großen Metallkühlschränke, wie man sie in Hotelküchen findet. Er hatte Dellen und war schwarz vom Feuer, und wir räumten den Schutt so weit weg, dass wir ihn öffnen konnten.«

Dale räusperte sich, und als er weitersprach, war ein leichtes Zittern in seiner Stimme. »*Drinnen lagen eine Menge Handtücher und chirurgische Instrumente. Zumindest hat Eddie das behauptet – für mich sahen die wie verdammte Feuerzangen aus. Der Himmel weiß, warum, aber ich beschloss, die Handtücher herauszuholen. Mir war nicht klar, was darin eingewickelt war, bis Eddie es mit der Taschenlampe beleuchtete.«*

»*Und was war es?«*

»Ein totes Kind. Ein Baby, meine ich. Ganz zusammengeschrumpelt, als hätte man ihm alle Flüssigkeit entzogen.«

»Nein!«

»Gott ist mein Zeuge! Ich hielt dieses scheußliche Ding in Händen, bis ich realisierte, was das war. Dann lief ich einfach weg. Ganz ehrlich, ich habe in meinem ganzen Leben noch nie solche Angst gehabt. Wollen Sie sehen, wie groß meine Angst war?« Ein Geräusch war zu vernehmen, wie wenn jemand an etwas herumnestelt. *»Hier. So viel Schiss hatte ich. Auf dem Weg nach draußen bin ich mit dem Arm wahrscheinlich an einem Nagel hängen geblieben. Es hat geblutet wie Sau, aber gemerkt habe ich das erst, als wir zehn Minuten später im Auto saßen. Der Riss musste mit sechsundzwanzig Stichen genäht werden. Ich hatte verdammtes Schwein gehabt, dass ich keine Sepsis bekommen hab.«*

Zehn Sekunden Schweigen, dann sagte Dale: *»Möchten Sie noch einen Drink? Also, ich brauch jetzt einen.«*

Der Rest des Interviews dümpelte nur noch dahin. Die Aufnahme hatte Danny so gefangen genommen, dass sein Sandwich kalt geworden war, aber als er weiteressen wollte, merkte er, dass ihm der Appetit vergangen war.

Er zündete sich eine Zigarette an. Er hatte immer noch eine Gänsehaut von Dales Geschichte. Natürlich war die naheliegendste Erklärung, dass der Mann das Ganze entweder erfunden hatte oder das Baby nur eine Puppe gewesen war – bei Dunkelheit und mit einem gewissen Alkoholpegel konnte man sich schon mal täuschen –, dennoch hatte die Geschichte etwas Faszinierendes an sich, zumal Gordon Pavey sich auffallend stark für illegale Adoptionen interessierte.

Danny grübelte noch über das Interview nach, als sein Handy mit einem Klingelton eine SMS von Marsha verkündete: *Lass uns skypen!*

Als Marshas Gesicht auf Dannys Bildschirm erschien, sah er sofort, dass sie sich Sorgen machte. Die Haare waren zerzaust, die Augen rot, und ihre Stimme klang nicht so fröhlich wie sonst.

»Ist was, Schatz?«, fragte Danny.

»Nein. Das heißt, doch.« Sie fuhr sich mit den Fingern durchs Haar. »Es ist so, dass ich etwas Dummes angestellt habe. Ich glaube, du wirst sauer auf mich sein, aber ich hatte wirklich die besten Absichten.«

Danny zündete sich eine Zigarette an und betrachtete ihr trauriges Gesicht auf dem Bildschirm. »Okay«, sagte er, »dann erzähl mir am besten einfach, worum um es geht.«

12

Ramón Encona stellte die Einkaufstüten aus Plastik auf die Treppenstufen vor dem Haus seiner Mutter und steckte umständlich den Schlüssel ins Schloss der schweren Tür. Auf der anderen Straßenseite stand eine Gruppe alter Frauen. Sie sprachen leise miteinander. Ramón wusste, dass sie über ihn redeten, und konnte sich auch gut vorstellen, was sie sagten: Habt ihr das gesehen? Herminias Junge ist zurück.

Ramón blieb stehen, um auf die Uhr zu sehen und ihnen so Gelegenheit zu geben, seine viertausend Euro teure TAG Heuer am Handgelenk zu bemerken. Außer ein paar Kleidern und seiner Eau-de-Cologne-Sammlung war das der einzige Wertgegenstand, den er sich damals hatte schnappen können, bevor die Bordelle in Sevilla, in denen er gearbeitet hatte, nach der Polizeirazzia dichtgemacht wurden. Er drehte sich um und starrte die Frauen an, bis sie sich abwandten. Ramóns dünne blutleere Lippen verzogen sich zu einem Lächeln. Nach achtzehn Jahren fern von El Cerrón war es gut zu sehen, dass es noch immer etwas zählte, der Familie Encona anzugehören.

Die ganze Besorg-deiner-Mutter-die-Einkäufe-Nummer war Manolo Acostas Idee gewesen. »Wir müssen an die Dokumente rankommen, Ramón«, hatte der Anwalt einen Monat zuvor gesagt und die Hände vor dem Bauch gefaltet. »Sie müssen jetzt Ihren Stolz hinunterschlucken und sich bei Ihrer Mutter wieder lieb Kind machen. Ich weiß, dass ein junges Mädchen jeden Dienstag ihre Einkäufe erledigt. Das ist Ihre

Chance. Gehen Sie zu ihrem Haus, sagen Sie ihr, Sie seien ein anderer Mensch geworden, und bieten Sie ihr Ihre Hilfe an.«

Ramón hatte nicht geglaubt, dass seine Mutter sich jemals auf so etwas einlassen würde. In den achtzehn Jahren, die er nun schon aus El Cerrón fort war, hatte er nicht ein einziges Mal mit ihr gesprochen, und sie hatten sich nicht im Guten getrennt. Aber als sich die Vordertür schließlich knarzend nach innen öffnete, war seine Mutter nicht einmal überrascht, ihren Sohn vor sich zu sehen. Stattdessen musterte sie ihn über ihre lange knochige Nase hinweg von oben bis unten, und ihre wässrigen Augen blitzten triumphierend.

»Schau mal einer an, wer heim zu seiner Mutter gekrochen kommt«, sagte sie. »Ich nehme an, du steckst in Schwierigkeiten? Ich werde dir nicht verzeihen, falls es das ist, worum du betteln willst. Du bist ein böser, böser kleiner Junge, der nie genug gebetet hat.« Dann drehte sie sich um und schlurfte davon. Sie hatte die Tür offen gelassen, und Ramón folgte ihr einfach ins Haus.

Natürlich wollte ihn die alte Hexe nicht wie ein normaler Mensch in einem Supermarkt einkaufen lassen. Stattdessen bestand sie darauf, dass Ramón ihre Lebensmittel bei sechs verschiedenen Läden besorgte, die alle in engen Gässchen lagen, sodass er sein Auto nicht benutzen konnte. Aber das war ihr bewusst. Als Ramón in den Achtzigern seinen Kriegsdienst geleistet hatte, war er gezwungen worden, zu einem Armeepsychologen zu gehen. Er hatte ihn gefragt, ob er glaube, dass seine Mutter ihn als Kind geliebt hatte. Bei der Frage hatte Ramón lachen müssen. »Mich geliebt? Sie hat mich ja nicht einmal *gemocht*.«

Der hohe Korridor im Haus seiner Mutter stank nach Bleichmittel, Politur und Desinfektionsmitteln. Wie jeden Dienstag blieb Ramón kurz vor dem Spiegel stehen, der innen an der Vordertür hing, um sich zu vergewissern, dass die Einkaufstüten auch ja nicht seinen Anzug aus Haifischleder in Mitleidenschaft gezogen hatten. Er leckte über die Spitze des kleinen Fingers und strich sich damit die Augenbrauen glatt, während er sein Gesicht betrachtete und von dem Augenblick träumte, in dem das riesige Haus endlich ihm gehören würde. Mutter war dreiundachtzig und bei schlechter Gesundheit. Manolo Acosta hatte einen privaten Ermittler damit beauftragt, ihm ihre Krankenakte zu besorgen, und die Liste der Leiden von Ramóns Mutter war zufriedenstellend lang ausgefallen. Acostas medizinischer Informant schätzte ihre verbleibende Lebenszeit auf zwölf Monate, wenn es hoch kam.

Ramón hatte seine Hausaufgaben gemacht. Der Immobilienmarkt in Spanien war zwar zusammengebrochen, aber für Objekte in zentraler Toplage wie das Haus seiner Mutter fand man immer einen Käufer. Ein ähnliches Anwesen etwas weiter die Straße runter war im letzten Jahr für neunhundertfünfzigtausend Euro verkauft worden. Der neue Besitzer hatte das Gebäude abreißen lassen und baute jetzt Wohnungen auf das Grundstück. Ramón musste bei dem Gedanken lächeln: Es gab viele Leute in El Cerrón, die es als ein ganz besonderes Vergnügen empfinden würden, Herminia Enconas Haus abreißen zu dürfen.

Das Hauptproblem würde die Erbschaftssteuer sein. Je mehr man erbte, desto höher lag der Prozentsatz, den man zu zahlen hatte, und bei Summen über achthunderttausend Euro lag dieser bei vierunddreißig Prozent. Das war der wesentliche Grund, warum Ramón Manolo Acosta kontaktiert hatte: Der gerissene Hund kannte alle Arten von legalen Tricks, wie man sich um die Steuer herummogeln konnte.

Zunächst einmal gab es eine Freistellung von hundertfünfzigtausend Euro für Erben mit einer fünfundsechzigprozentigen oder noch größeren Behinderung. Acosta behauptete, einen Arzt zu kennen, der gewillt war, für fünfzehntausend Euro den nötigen Papierkram auszustellen, der Ramón zum Krüppel machen würde. Außerdem gab es einen Steuernachlass von hundertzwanzigtausend Euro für direkte Nachkommen, die Immobilien erbten, in denen sie selbst wohnten.

Als Ramón dem Anwalt erzählte, seine Mutter habe ihn vor dreißig Jahren aus dem Haus geworfen, winkte dieser nur beschwichtigend ab. »Machen Sie sich darüber mal keine Gedanken. Es zählt nur das, was im Wählerverzeichnis steht. Und ich kenne zufälligerweise genau die Person im Rathaus, die mir gewisse Dokumente schönen kann«, sagte er und schüttelte seine Finger wie ein Zauberer vor einem Trick. Dann wurde sein Gesicht ganz ernst. »Aber fangen wir mit dem ersten Schritt an. Wir müssen definitiv klären, ob Ihre Mutter wirklich die derzeitige Besitzerin des Hauses ist.«

»Aber warum sollte sie das nicht sein?«

»Ihre Eltern haben 1960 geheiratet, und Sie wurden 1962 geboren, stimmt's? Aber schon davor hat Ihre Mutter zwei oder drei Jahre lang in dem Haus gelebt. Das heißt, dass es ihr wahrscheinlich von Ihrem Onkel Amancio geschenkt wurde – und das wiederum bedeutet, dass sie mitten in der Diktatur eingezogen ist. Wissen Sie, wie damals die Gesetze Frauen betreffend waren? Ohne schriftliche Erlaubnis eines männlichen Verwandten durften sie nicht einmal verreisen. Ich gehe selbstverständlich davon aus, dass der Fall bei Ihrer Mutter anders liegt, schließlich hatte sie Verbindungen zum Regime, trotzdem müssen wir uns Klarheit verschaffen. Es ist möglich, dass das Haus in Wirklichkeit Ihrem Onkel Amancio gehörte und Ihre Mutter nur das Recht auf Nießbrauch besitzt. In dem Fall können Sie das Haus nicht verkaufen. Es könnte sogar an Amancios Nachkommen gehen.«

Als er das hörte, begann Ramón, sich ernsthaft Sorgen zu machen. Da er über kein Einkommen aus dem Bordellmilieu mehr verfügte, war die Erbschaft der einzige Grundstock für seine Zukunft. Und jetzt könnte das verdammte Haus am Ende noch seiner Cousine Leticia zugesprochen werden. Oder noch schlimmer, dem kleinen Scheißkerl, diesem Santiago. Es war durchaus möglich, dass das Haus damals Onkel Amancio gehört hatte. Schließlich war er ein mächtiger Mann gewesen, der einen Sitz im falangistischen Provinzialrat innehatte und ein Arztgehalt bezog. Und hatte Amancio das Haus nicht damals einer Familie von Roten weggenommen? Was, wenn er Mutter nur das Recht auf Nießbrauch zugestanden hatte und sonst nichts?

Ramón musste das herausfinden.

Am oberen Treppenabsatz gab es eine Glastür, die ins Wohnzimmer führte. Wie jeden Dienstag öffnete Ramón sie leise und stellte die Einkaufstüten auf dem Boden ab. Das hohe Alter hatte zwar einige Fähigkeiten seiner Mutter in Mitleidenschaft gezogen, aber ihre Sinne waren immer noch scharf wie ein Rasiermesser. Vor allem wenn es darum ging, Ramón zu beobachten.

Das Wohnzimmer hatte sich seit Ramóns Kindheit nicht verändert: Die Bibel mit Goldschnitt lag auf dem mit Ornamenten verzierten Lesepult, an der Wand hing Francos gerahmtes Porträt mit dem Leitspruch: *España, una, grande y libre* – Spanien, einig, groß und frei. Ramón ging auf Zehenspitzen durch den Raum und öffnete die Tür zu Mutters Arbeitszimmer. Die anderen Räume hatte er schon bei früheren Besuchen erkundet. Irgendwo hier mussten sich die Dokumente befinden, die das Haus betrafen.

In Ramóns Kindheit war das Arbeitszimmer immer voll von Papieren gewesen, die mit Mutters Arbeit bei der Sección

Feminina der Falange zu tun hatten; jetzt war es angefüllt mit Kram und Krempel aller Art – stapelweise Pappkartons und Aktenordner, Tische, Stühle, Regale mit Kleidung. Ramón machte sich an einem der Pappschachtelstapel im hinteren Teil des Raumes an die Arbeit. Rechts und links neben ihm hingen Pelzmäntel.

Je tiefer er grub, desto älter wurden die Artefakte, die er zutage förderte. Seine Mutter schien rein gar nichts weggeworfen zu haben. Es gab sogar Dutzende leerer Zigarrenschachteln von der Marke, die Onkel Amancio immer geraucht hatte. Ihr Geruch brachte ihm jäh die Erinnerung an die fette Drecksau zurück. Sein Onkel war der einzige Mensch, den Ramón mehr hasste als seine Mutter. Eines der ersten Dinge, die er nach seiner Rückkehr nach El Cerrón getan hatte, war, auf den Friedhof zu gehen und ausgiebig das große Marmorkreuz, das Onkel Amancios Grab markierte, anzupinkeln.

Im unteren Teil des Stapels befand sich eine große flache Schachtel, die sich von allen anderen unterschied. Als Ramón sie herausholte, sah er, dass der Deckel mit diagonalen silbernen Streifen verziert war und in einer Ecke in goldenen Lettern Name und Anschrift eines Schneiders standen.

In der Schachtel lag Mutters Hochzeitskleid, sorgfältig eingewickelt in gefaltetes Seidenpapier und Musselin. Ramón holte es heraus und breitete es auf dem Boden aus. Er wollte sich den Boden der Schachtel anschauen.

Das Grundbuch befand sich nicht darin, aber dafür ein altes, an seine Mutter adressiertes Kuvert. In ihm steckten ein auf den Januar 1959 datierter Brief sowie eine auf Herminia Encona ausgestellte Rechnung über die Summe von 20.695 Peseten. Der Brief lautete:

Verehrte Señorita Encona,
ich fürchte, angesichts der Komplexität des Designs und aufgrund der Kostspieligkeit der verwendeten Materialien – ganz zu schweigen von den zahlreichen Änderungen, die Sie mich vorzunehmen baten – ist eine Rückerstattung ausgeschlossen. Wie Sie wissen, sind meine Entwürfe alle maßgeschneidert und auf die Besonderheiten einer einzelnen Frau zugeschnitten, daher kann ich auf Ihren Vorschlag, ich möge das Kleid doch einer anderen verkaufen, unmöglich eingehen. Alles, was ich Ihnen bieten kann, ist mein Beileid und meine Hoffnung, dass Gott Ihnen die Kraft geben wird, dem bitteren Schicksalsschlag, den Sie erdulden mussten, standzuhalten.

Der Brief war unterzeichnet von dem Schneider, dessen Name auf der Schachtel stand.

Was zum Teufel bedeutete das? Ramóns Eltern hatten sich erst im April 1960 kennengelernt, bei einer Veranstaltung der Falange, die zur Feier des gewonnenen Krieges abgehalten wurde. Gott allein wusste, wie oft Ramón sich als Kind die Geschichte hatte anhören müssen. Warum also hatte Mutter ein Jahr zuvor versucht, ein Hochzeitskleid zurückzugeben?

Er war gerade dabei, sich die Fotoalben von 1959 anzuschauen, als er vom oberen Stockwerk ein schwaches Knarzen hörte. Er stand auf, schlüpfte durch die Tür des Arbeitszimmers und ging zu den Einkaufstüten.

Leises Schlurfen von Pantoffeln auf gefliestem Boden war zu vernehmen, und seine Mutter erschien. Sie ging jetzt an einem Stock, ihr Rücken war so stark gekrümmt, dass sie ihre Schultern parallel zum Boden hielt und den Kopf vorstreckte wie ein Geier. Sie trug ein langes Nachthemd und roch nach alten Laken und ungelüftetem Zimmer. »Ramón! Was schnüffelst du hier in meinem Haus herum? Habe ich dir nicht beigebracht, an der Tür zu klopfen, du ungezogener Junge?«

»Es ist Dienstag. Ich bringe dir deine Einkäufe.«

»Ich weiß, welchen Wochentag wir haben.« Sie machte eine Pause und stützte sich an der Wand ab, um Ramón mit ihren dunklen Augen besser ins Visier nehmen zu können. »Wo ist mein Wechselgeld?«, fragte sie und streckte ihre runzelige Hand aus. »Ich hoffe, du hast diesmal daran gedacht, die Quittungen mitzunehmen. Was hast du dir mit dem letzten Geld gekauft, das du mir gestohlen hast? Ich wette, Zigaretten und Huren. Du brauchst gar nicht so die Augen zu verdrehen, Junge. Lässt deinen kleinen Schweineschwanz die ganze Denkarbeit machen, das war schon immer so. Ich habe immer zugehört, wie du dich als junger Mann selbst befriedigt hast.« Sie schlurfte hinter Ramón her, als er die Einkaufstüten in die Küche trug. »Ich hätte ihn dir damals abschneiden sollen, das hätte uns eine Menge Ärger erspart.«

Ramón spürte, wie seine Kiefermuskeln sich anspannten. Jeden Dienstag dasselbe Elend. Erst verlangte sie das Wechselgeld, dann beschuldigte sie ihn, sie zu bestehlen, und beschimpfte ihn, er sei ein schlechter Junge. Anschließend weinte sie im Andenken an ihren Ehemann, den sie zu seinen Lebzeiten gehasst hatte – so sehr, dass Ramóns Vater die meiste Zeit fern der Familie in Córdoba verbracht hatte. Und am Ende beobachtete seine Mutter ihn dabei, wie er die Einkäufe auspackte, und gab ihm eine Anweisung nach der anderen im Stil von: »Nicht hierhin. Dosen kommen immer aufs Regal. Das Obst nicht in den Kühlschrank.«

»Dann hätten wir das«, sagte Ramón, als er schließlich alle Lebensmittel zu Mutters Zufriedenheit verstaut hatte.

Sie lächelte ihn höhnisch an. »Sieh doch nicht so verdammt selbstgefällig drein. Ich habe immer gesagt, dass aus dir nichts wird. Und jetzt sieh dich an, gehst schon auf die fünfzig zu und schleichst wie ein Bediensteter mit den Einkaufstüten deiner Mutter durch die Straßen.« Es folgte ein kurzes, freudloses Lachen. »Die Männer deiner Generation haben keinen Stolz, keine Männlichkeit. Da wundert's einen kaum, dass das Land voll ist von Schwulen und Mohammedanern.« Sie klatschte in die Hände. »Es schmerzt! Spanien meines Herzens, was haben sie dir angetan?« Dann wandte sie sich wieder Ramón zu. »Also, du hast erledigt, weshalb du gekommen bist. Und jetzt verlass mein Haus.«

Er ging ins Erdgeschoss, öffnete die Vordertür und knallte sie wieder zu, ohne auf die Straße getreten zu sein. Erneut betrachtete er sich im Spiegel. Sein Gesicht war rot, die Hände zitterten, und sein rechtes Augenlid flatterte, als er sich zu kontrollieren versuchte.

Ihr verfluchtes Lachen, er konnte es nicht ausstehen! Jeden Dienstag wappnete er sich, denn er wusste, dass es kommen würde – aber heute war er so was von nah dran gewesen, die alte Hexe einfach bei den Haaren zu packen und die blöde Treppe hinunterzustoßen. Wäre er jünger, hätte er das sicher auch getan, aber mit dem Alter hatte er ein gewisses Gespür entwickelt, wann Pragmatismus angebracht war.

Er atmete tief ein und aus und beruhigte sich wieder. Eines Tages würde er seiner Mutter zeigen, was er wirklich von ihr hielt. Aber nicht jetzt.

Er stand in der Diele und wartete, bis er leise Militärmusik aus Mutters Schlafzimmer hörte. Dann schlich er wieder hinauf, zurück in ihr privates Büro und zu den Schachteln.

13

Adriana Sánchez sah Danny über ihr Weinglas hinweg an. »Was sollen diese ganzen sentimentalen Fragen zu meinen Eltern und dem Bürgerkrieg? Bist du betrunken? Du hast kaum etwas gegessen.«

Es war das zweite Mal, dass Danny den Versuch gemacht hatte, das Gesprächsthema auf seine Großeltern zu lenken. Er fingerte in seiner Tasche herum und holte den gefalteten Ausdruck des Briefes heraus, den Marsha ihm gemailt hatte. Er konnte es kaum erwarten, den Inhalt mit seiner Mutter zu besprechen. Aber er wusste, dass er das Thema vorsichtig anschneiden musste, wenn er die Hoffnung auf eine vernünftige Antwort nicht verloren geben wollte.

Das Problem war, dass seine Mutter recht hatte: Danny war tatsächlich betrunken. Was er in dem Brief gelesen hatte, hatte ihn so aufgeregt, dass er beim Warten auf seine Mutter schon eine ganze Flasche Roten gekippt hatte. Zum Abendessen hatten sie zwei weitere geleert.

Er rieb sich die Stirn und versuchte, sich zu konzentrieren. Er hatte das dumpfe Gefühl, mit dem Gespräch über den Brief vielleicht auf eine bessere Gelegenheit warten zu sollen. Er und seine Mutter hatten eine emotional schwankende Beziehung, und der Alkohol tat das Übrige. Außerdem war Danny ernsthaft sauer auf Marsha. Aber das war eine andere Geschichte. Zuerst musste diese Situation geklärt werden.

Sie saßen auf der Terrasse vor Dannys Haus, vor ihnen auf dem Tisch standen Reste von Chorizo, gegrillter Paprika,

Brot und Käse. Seine Mutter war lässig und bequem gekleidet, ihr langes schwarzes Haar trug sie zurückgekämmt und von einer hölzernen Haarnadel gehalten. Sie war mittlerweile sechzig und auf eine gute Art gealtert. Eigentlich ungerecht – wenn man bedachte, wie viel sie rauchte, aß und trank. Aber Adriana Sánchez war es immer schon herzlich egal gewesen, was gerecht war und was nicht.

Danny entkorkte eine weitere Flasche Campo Viejo. Seine Mutter sah ihm zu, wie er ihnen einschenkte.

»Also?«, sagte sie. »Bekomme ich jetzt eine Erklärung? Erst rufst du mich völlig überraschend an und fragst mich, ob ich zum Abendessen vorbeikommen möchte, und dann redest du von nichts anderem als von alten Familiengeschichten.«

»Du weißt doch, dass ich daran denke, ein Buch über die Erlebnisse meiner *abuelos* zu schreiben. Wie sie dem Bürgerkrieg entkamen, wie sie dann schließlich in England landeten und sie ihr …«

Adriana Sánchez lachte spöttisch. »Um Himmels willen, wer soll denn so etwas lesen wollen? Ich kann wirklich nicht verstehen, was dich am Bürgerkrieg so fasziniert. Das war ein schäbiger, grausamer kleiner Zwist, und er hat in Spanien und den Spaniern die schändlichsten Dinge hervorgebracht. Meiner Mutter hat er das gesamte Leben vergiftet. Guter Gott, du machst dir ja keine Vorstellung, was ich als junges Mädchen für schreckliche Abende über mich ergehen lassen musste, wenn sie aufzählte, wer von ihren Freunden und Verwandten alles durch die Roten ums Leben gekommen war. Als sie später dich hatte und sich um dich kümmern musste, wurde sie etwas sanfter, aber mental war sie an diesen Krieg gebunden wie eine Ziege an einen Pfahl: Auch später tat sie nichts anderes, als immer nur um dieses Thema zu kreisen.«

Sie zündete sich eine Zigarette an und nippte an ihrem Wein. Dann runzelte sie die Stirn. »Sag mal, die Idee mit dem Buch hat aber nichts mit dieser Frau zu tun, oder? Ich weiß, dass sie auf alle möglichen unausgegorenen Ideen kommt, die sie dann bei dir ablädt. Es ist mir völlig schleierhaft, was du an ihr findest, ehrlich.«

»*Diese Frau* hat einen Namen.«

Adriana Sánchez seufzte verärgert, als sie Dannys Gesichtsausdruck sah. »Ich denke nur, du könntest etwas so viel Attraktiveres finden, Danny. Ich bin deine Mutter. Ich will nur das Beste für dich.«

»Marsha *ist* das Beste für mich.«

»Ach, red doch keinen Unsinn! Allein schon ihr Kleidergeschmack wäre Grund genug, ihr den Laufpass zu geben. Hast du den lächerlichen Kaftan gesehen, den sie anhatte?«

»Das war ein Kleid.«

»Ach was, und wo ist da der Unterschied, wenn eine so dick ist, dass ihr nicht mal Größe M passt?«

»Vielleicht wirst du langsam ein bisschen wirr im Kopf, weil du alt genug bist, um dich an die Zeit zu erinnern, als Kaftane in Mode waren.«

Die Zigarette verharrte auf dem Weg zum Mund. »Du bist *wirklich* betrunken, oder? Sonst würdest du nicht so mit mir reden. Meine Güte, ich wollte, du wärst so schnell dabei, wenn es darum geht, mich zu verteidigen.«

Danny holte tief Luft. »Ich wollte damit nur sagen, dass es ausschließlich mich etwas angeht, mit wem ich eine Beziehung eingehe.«

»Aha, dann bist du jetzt also eine Beziehung mit ihr eingegangen, ja?«, sagte Adriana Sánchez und sah Danny an, während der Rauch aus ihrem Mund langsam nach oben aufstieg. »Da habe ich aber Zweifel, dass du sie groß dazu überreden musstest, Danny. Sie hat dich in dem Restaurant letzten Monat fast aufgefressen.«

»Okay, das ist jetzt genug zum Thema Marsha«, sagte Danny und schlug im Stehen auf den Tisch.

»Und jetzt haust du ab und sperrst dich zum Schmollen in dein Arbeitszimmer ein. Soll ich vielleicht gehen? Ich meine, seit du die Frau kennengelernt hast, bin ich sowieso die Persona non grata in diesem Haus.«

»Daher weht also der Wind?«, fragte Danny, der schon in der Tür stand. »Du bist sauer, weil ich wollte, dass du ausziehst, nachdem ich Marsha kennengelernt hatte?«

»Natürlich nicht«, sagte sie, aber ihre plötzliche Unfähigkeit, Danny in die Augen zu schauen, sprach Bände.

»Also deshalb lässt du die ganze Zeit kein gutes Haar an ihr«, sagte Danny. »Jetzt ist mir alles klar.«

Aus dem Gesicht seiner Mutter sprach Ärger. »Was hast du denn erwartet? Als du mir gesagt hast, ich müsse jetzt ausziehen, weil du ein englisches Mädchen kennengelernt hättest, habe ich eine charmante kleine Rose erwartet. Aber dann hat sich herausgestellt, dass du mich für so eine Wucht …«

»Sag es nicht. Ich will es nicht hören.«

»Ich bin deine Mutter, Danny. Du hast sonst keine Familie.«

»Das stimmt nicht ganz.«

Trotz des Rotweins war sie bei klarem Verstand. Sie begriff sofort, was Danny mit dieser Bemerkung andeuten wollte. »Was willst du damit sagen?«, erwiderte sie, und ihre Augen wurden zu immer schmaleren Schlitzen, aus denen sie ihn forschend ansah. »Was hast du getan?«

Jetzt war es raus. Er war so wütend, dass es ihm herausgerutscht war. Aber jetzt gab es keinen Weg mehr zurück. Danny holte tief Luft … und zeigte ihr den Ausdruck des

Briefes. Er fing an zu erzählen, dass er versucht habe, Informationen über die Familie seines Großvaters in Málaga und über den Bruder zusammenzutragen, der in Spanien zurückgeblieben war und die Olivenöl-Exportfirma der Familie übernommen hatte. Und dass ihm jemand eine Adresse in Málaga geschickt habe und er dieser Person geschrieben habe und …

»Dann ist dieser Brief von Eusébio Sánchez?«, zischte seine Mutter. »Willst du mir erzählen, du hast diesen Scheißkerl absichtlich kontaktiert? Du weißt, wer das ist, oder? Der Sohn des Bruders deines Großvaters. Du erinnerst dich an ihn, oder, Danny? Das ist der, der deinem *abuelito* sein Geschäft gestohlen hat.«

»Ja, das weiß ich alles. Aber darum geht es nicht. Mich beschäftigt, was er zurückgeschrieben hat. Sieh dir doch mal den vorletzten Absatz an.« Danny versuchte, ihr das Papier in die Hand zu drücken, aber sie schüttelte den Kopf.

»Ich fass das verdammte Ding nicht an. Lies du es mir vor.«

Danny ließ die ersten Sätze aus und wandte sich direkt den Abschnitten zu, die ihn am meisten beunruhigten.

»Obwohl ich mit Interesse erfahren habe, dass ich Verwandte in England habe, muss ich sagen, dass mir der Tonfall deines Briefes nicht sonderlich behagt, insbesondere an jenen Stellen, an denen zu andeutest, Mitglieder meiner nahen Familie hätten Besitz, der ihnen nicht gehört, gestohlen oder auf illegale Weise an sich gebracht. Da du mich kontaktiert hast, weil du Informationen über José Daniel Sánchez Fernández *möchtest, muss ich dir mitteilen, dass alle in meiner Familie* wussten, *dass er in den unruhigen Zeiten die-*

ser Stadt aktiv mit den Roten kollaboriert und seine Entlassung aus dem Gefängnis letztendlich dadurch erwirkt hat, dass er die Verstecke anderer Mitglieder der Rechten verriet. Ebenso war allgemein bekannt, dass er nach dem Krieg deshalb nicht nach Spanien zurückkehrte, weil er sich so sehr dafür schämte, seinen eigenen Hals gerettet zu haben, indem er andere den marxistischen Hinrichtungskommandos auslieferte. Wenn du Beweise dafür brauchst, kann ich gerne …«

»Genug!« schrie Adriana Sánchez und schlug so fest auf den Tisch, dass die Teller in die Luft hüpften und die Weingläser umfielen. »Ich *kann* nicht glauben, dass du das getan hast, Danny.«

»Keine Sorge, ich kenne einen Geschichtswissenschaftler in Málaga, der Bücher über den Bürgerkrieg geschrieben hat. Ich werde ihn darum bitten, sich die Sache einmal anzuschauen. Ich bin mir sicher, er kann …«

»Du glaubst diesen hanebüchenen Unsinn am Ende also noch? Wie kannst du nur?«, sagte sie und stand plötzlich auf. Ihr Gesicht war rot, und sie zitterte. Danny hatte sie noch nie so wütend gesehen. »Und nur zu deiner Information, der Vater von *diesem* Schweinehund da«, sie deutete auf den Brief, »war der eigentliche Wendehals in der Familie. Er hat nichts für deinen Großvater getan, als der in Málaga im Gefängnis saß, hat nicht einmal zugegeben, überhaupt einen Bruder zu haben, denn er war viel zu sehr damit beschäftigt, sich bei den Roten anzubiedern. Als der andere Haufen dann die Stadt einnahm, ist der gute Eusébio nicht nur selbst der Exekution entgangen, er hat auch sein Familienvermögen behalten können *und* deinem Großvater das Geschäft weggenommen. Und jetzt, Danny, erzähl du mir, wie zum Teufel er das deiner Meinung nach angestellt hat? Na los, du bist doch der erstklassige investigative Reporter. Wollen wir doch mal sehen, ob du eins und eins zusammenzählen kannst. Die Lösung ist: Weil Eusébios Vater mit dem Finger auf jeden gezeigt hat, der irgendetwas mit den Linken zu tun hatte. Glaubst du etwa, nur weil du ein paar Taschenbücher von Paul Preston gelesen hast, verstehst du, was damals mit den Leuten geschehen ist? Es ist dir hoffentlich klar, dass es in diesem Krieg drei Seiten gab, oder? So hat es dein *abuelito* immer gesagt. Es gab die Linken und die Rechten – und dazwischen gab es all die armen Schweine jeder politischen Couleur, die nur ihre Kinder und ihre Eltern aus dem ganzen Wahnsinn und dem Gemetzel heraushalten wollten. In den Zeitungen hörte sich das alles vielleicht immer eindeutig an, Danny, aber im wahren Leben ist das nie so. Ich dachte eigentlich, das hättest du mittlerweile begriffen.«

Während sie sprach, stand Danny auf und ging auf sie zu. Aber als er versuchte, ihr die Hand auf die Schulter zu legen, schlug sie sie weg.

»Rühr mich nicht an! Das werde ich dir nie verzeihen, Danny.« Sie zog die Nase hoch und sah Danny tief in die Augen. »Sag mir nur eins: Warum? Warum hast du das getan? Warum hast du diesen Schweinehund kontaktiert? Hab ich dir nicht immer gesagt, du sollst niemals anfangen, in unserer Familiengeschichte herumzustochern?«

Danny konnte immer genau sagen, in welcher Verfassung seine Mutter war, und andersherum galt das Gleiche. Als Danny in diesem Moment auf sie hinabsah, wusste er, dass ihr plötzlich alles klar geworden war. Ihre gerade noch vor Wut blitzenden Augen wurden kalt und hart.

»Mein Gott, du warst das gar nicht, der ihn kontaktiert hat. Sie war es, stimmt's?«

Es hatte keinen Sinn zu lügen. »Marsha wollte mir nur dabei helfen, mein Buchprojekt ins Rollen zu bringen«, sagte Danny, aber Adriana Sánchez fiel ihm ins Wort.

»Dass sie versucht, mich bei dir madig zu machen, das kann ich ja noch verstehen. Aber dass sie so tief sinkt, auch noch meine Eltern hineinzuziehen ...« Sie griff ihre Handtasche vom Tisch. »Das werde ich dir nie verzeihen. Du hast mich betrogen, und du hast auch deine Großeltern betrogen. Jetzt geh mir aus dem Weg«, sagte sie und trat gegen einen Stuhl, während sie sich an Danny vorbeidrängte.

2. Teil

Die Exhumierung

1

»Sehen Sie, Ramón?«, sagte Manolo Acosta, während er die Dokumente auf dem Schreibtisch durchblätterte. »Wie befürchtet besaß Ihre Mutter, als sie allein in dem Haus wohnte, lediglich das Recht des Nießbrauchs, das Ihr Onkel bei ihrer Heirat Ihrem Vater überschrieb. Damit verlor sie alle Rechte an dem Besitz, als er starb.« Er schob die Dokumente in einen Hefter aus Pappe. »Wo haben Sie die Sachen gefunden?«

»In einer Schachtel in ihrem Arbeitszimmer«, sagte Ramón. »Unter der mit dem Hochzeitskleid, von dem ich Ihnen erzählt habe.«

Acosta drückte seine Zigarette aus. »Wie ich sehe, macht Ihnen die Sache mit dem Hochzeitskleid ganz schön zu schaffen. Was ist das Besondere daran, dass Ihre Mutter versucht hat, ein Hochzeitskleid zurückzugeben? Bräute kriegen oft kalte Füße. Das kommt ständig vor.«

»Aber warum hat sie 1959 überhaupt ein Hochzeitskleid bestellt? Meine Eltern haben sich erst 1960 kennengelernt.«

»Vielleicht haben Sie sich die Daten falsch gemerkt.«

»Nein, ich habe mir die Fotoalben genau angeschaut. Es gibt ein Bild von meinen Eltern, ein Foto ihrer ersten Begegnung. Es ist auf den dritten April 1960 datiert.«

»Hören Sie, was das Erbe angeht, diesbezüglich gibt es nichts, was Ihre Mutter tun kann. Durch das spanische Gesetz ist festgelegt, dass zwei Drittel des elterlichen Besitzes unmittelbar den Kindern zufallen, ohne Wenn und Aber. Das Hochzeitskleid sollte Sie wirklich nicht beunruhigen.«

»Aber es wirft Fragen auf. Ich mag so etwas nicht«, sagte Ramón und starrte die Wand an.

Nichts in Acostas Büro hatte sich geändert, seit Ramón aus El Cerrón fortgegangen war. Da stand noch dasselbe Kunstledersofa, hing wie schon vor Jahrzehnten dasselbe gerahmte Foto des FC-Sevilla-Fußballteams. Und dann war da noch Acosta selbst. Er war jetzt Anfang sechzig, trug aber immer noch den gleichen billigen Kunststoffanzug. Er roch, und sein verschwitztes Gesicht lächelte unaufrichtig unter seinem schäbigen Haarteil.

»Was, wenn mein Vater noch mehr Kinder gehabt hat?«, fragte Ramón. »Hätten die dann ein Recht auf einen Teil meines Erbes?«

»Aber Sie haben doch keine Geschwister, oder?«

»Nicht dass ich wüsste. Aber was, wenn es so wäre, wenn mein Vater noch mehr Kinder hätte. In Córdoba, meine ich.«

Acostas Stuhl knarzte, als er sich zurücklehnte, um über die Sache nachzudenken. »Wieso glauben Sie das?«

»Wissen Sie eigentlich, wie fanatisch meine Mutter war, wenn es um den ganzen kirchlichen Abstinenzmist ging? Fasten, Büßerhemd, um den Bauch geschnürte Kordeln. Sie schläft immer noch ohne Kopfkissen und ist jetzt dreiundachtzig. Ich kann mit einiger Sicherheit behaupten, dass die Nacht, in der ich gezeugt wurde, eine der wenigen war, in der meine Eltern überhaupt Sex hatten. Da wundert es einen kaum, dass Mutter von den anderen hinter ihrem Rücken *la inmaculada* genannt wurde.«

»Sie kannten ihren Spitznamen?«, fragte Acosta. Er bedeutete die Unbefleckte. Er rieb sich die feuchte Stirn. »Na ja, sollten sich da irgendwelche verfluchten Brüder oder Schwestern herumtreiben, dann könnten sie die Sache ganz schön verkomplizieren, vor allem, falls sie eine gute rechtliche Vertretung haben. Aber ich denke nicht, dass eine große Chance auf einen Anteil am Erbe besteht. Im schlimmsten Fall könnte sich der Rechtsstreit ewig hinziehen. Ich habe schon Verfahren von Erbanfechtungen erlebt, die zehn Jahre gedauert haben.«

»Ich will es wissen. Finden Sie alles über meinen Vater heraus, was möglich ist.«

»Dann her mit den Details. Sein Geburtsdatum?«

Ramón dachte eine Weile nach und sagte dann: »Keine Ahnung.«

»Sie wissen nicht, wann Ihr eigener Vater geboren wurde?«, gluckste Acosta belustigt, aber sein Lächeln erstarb, als er Ramóns Gesichtsausdruck sah.

Über Ramón Encona lachte niemand.

»Der Hund war ja nie da«, sagte Ramón. »Und wenn er zurück in der Stadt war, war er die meiste Zeit mit Onkel Amancio beim Saufen, da konnten sie dann ihren Erinnerungen an den verdammten Krieg nachhängen. Im Übrigen waren Feste sowieso nicht die große Stärke meiner Mutter. Ihre Vorstellung von einer Geburtstagsfeier war, dass man doppelt so lange betete wie gewöhnlich.«

Acosta zuckte die Achseln, wie um zu sagen: Dann war es eben so. »Ich werde das schon herausfinden«, sagte er, »aber ich muss Sie daran erinnern, dass ich in Viertelstunden abrechne und die Rechnungssumme ohnehin schon vierstellig ist.«

»Machen Sie sich keine Sorgen, ich bin kreditwürdig«, sagte Ramón und erhob sich.

Acostas Büro befand sich in der Hauptstraße von El Cerrón. Draußen blies ein scharfer Wind, der die klare, durchdringende Kälte des Gebirges mit sich brachte. Ramón überquerte die Fahrbahn und dachte über das nach, was Acosta zur Rechnung gesagt hatte. Ramón musste sich etwas einfallen lassen, womit er bis zum Tod seiner Mutter Geld verdienen konnte. Früher oder später würde der Anwalt merken, dass Ramón nicht aus demselben Trog fraß wie der Rest der Familie Encona.

Im Gehen stellte er sich vor, wie er seine Mutter ermordete. Er hatte schon oft in der Nacht wachgelegen und verschiedene subtile Wege ersonnen, wie man ihr Ableben beschleunigen könnte, aber er wusste, dass er nie ungestraft davonkommen würde. Acosta behielt Mutter genau im Auge: Ein paar Tage nach Ramóns Ankunft in der Stadt hatte sie ein langes Gespräch mit ihrem eigenen Anwalt gehabt. Sie führte etwas im Schilde, und Ramón wollte auf gar keinen Fall ihretwegen ins Gefängnis wandern.

Sie hatte auch so schon genug Elend über ihn gebracht.

Ramóns früheste Kindheitserinnerung war die an den Hund, ein neugeborener Mischling, der verloren im Gestrüpp lag. Ramón, damals vielleicht fünf oder sechs Jahre alt, war über ihn gestolpert. Erst hielt er ihn für tot, aber als er neben ihm niederkniete und seine Fingerknöchel dessen weichen, rosafarbenen, felllosen Bauch berührten, da zuckten die Hundepfoten, und müde Augen wandten sich ihm zu.

Er klemmte sich das Tier unter den Arm, versteckte es in seinem Zimmer und fütterte es mit Milch und kleinen Essensresten.

Drei Tage später fand seine Mutter den Welpen. Sie nahm das Tier sofort mit, steckte es in einen Kartoffelsack und ertränkte es in einem Eimer Wasser, während Ramón schrie und sich auf sie warf. Dann verdrosch sie ihn mit einem Ledergürtel.

Von da an schlug sie ihn wegen allem und jedem: weil er beim Laufen schlurfte, weil er Comics las, weil er zu spät nach Hause kam, weil er in der Kirche nicht stillsitzen konnte. Und weil er mit Mädchen sprach. Das war die größte aller Sünden. Sie war besessen von seinem kleinen Schweineschwanz und dem, was er damit anstellte. Und seine Mutter genoss es, ihn zu bestrafen. Das waren die einzigen Gelegenheiten, bei denen sie gelächelt hatte, an die sich Ramón erinnern konnte.

Aber je mehr sie versuchte, die Sünde aus ihm herauszuprügeln, desto tiefer wuchsen deren Wurzeln. Als Ramón acht oder neun Jahre alt war, entdeckte er im offenen Ungehorsam ein Gefühl von Freiheit. Er spuckte, fluchte, stahl, schmiss Straßenlampen und Fenster ein, zerkratzte den Leuten die Autos. Und er lernte, dass seine Mutter ihm das Spielzeug, das er haben wollte, nicht unbedingt kaufen musste. Er konnte es einfach den anderen Kindern wegnehmen. Wer würde sich schon beschweren? Er war schließlich ein Encona.

Als er zehn war, war es fast schon egal, wie hart seine Mutter ihn bestrafte, er erduldete alles ohne Murren. Er konnte sich niederknien, die Zähne zusammenbeißen und sie so lange auf sich einprügeln lassen, bis sie sich von der Anstrengung der Schläge krümmte. Dann stand er in aller Ruhe auf und fragte, ob sie fertig sei. Die Erfahrung mit dem Hund hatte ihm eine wichtige Lektion beigebracht: Zuneigung war Schwäche. Ramón hatte nie wieder zugelassen, dass er sich an irgendjemanden oder irgendetwas band.

Jetzt näherte er sich dem Stadtzentrum. So weit hatte er gar nicht gehen wollen. Er war kurz davor umzudrehen, als sein Neffe Santiago mit dem Handy am Ohr am Ende der Straße auftauchte.

Ramón rümpfte die Nase. Neben seiner Mutter war das der erste Verwandte, dem er seit seiner Rückkehr begegnete.

Santiago trug einen dreiviertellangen Kaschmirmantel und hatte sich einen Schal in einer Art Schiebeknoten umgebunden. Er sah gut aus, ein wohlgenährter Mann im besten Alter. Er hatte offensichtlich bestens für sich gesorgt. Aber wieso auch nicht? Er war der Sohn der Bürgermeisterin.

Der Gedanke an seine Cousine Leticia erinnerte Ramón an den maschinengeschriebenen Brief, der ihm ein paar Tage, nachdem er nach El Cerrón zurückgekehrt war, unter der Tür hindurchgeschoben worden war:

Was zum Teufel machst du wieder hier? Die Bedingungen unserer Vereinbarung gelten noch immer. Vergiss das nicht. Und versuche nicht anzurufen. Lass meinen Sohn in Ruhe.

Ramón hatte die Vereinbarung nicht vergessen, und er wusste, warum seine Cousine wollte, dass er sich von Santiago fernhielt: Trotz all seines Geldes und seiner Arroganz war der kleine Santi, wie er ihn nannte, ein schwacher und dummer Mensch. Es fehlte ihm am nötigen Grips, um selbst zu merken, wie groß seine Defizite tatsächlich waren. Ramón hatte ihn schon immer manipulieren können.

Er tat so, als betrachtete er die Auslage eines Ladens, bis Santiago auf dem Gehsteig auf der anderen Straßenseite auf seiner Höhe war. Dann begann er, ihm zu folgen.

Wo auch immer Santiago hinging, er hatte es ganz offenbar verdammt eilig. Er lief so schnell, dass Ramón fast rennen musste, um mit ihm Schritt zu halten. Santiago hastete etwa zweihundert Meter stadtauswärts, dann bog er in eine schmale Straße ein und blieb im Schatten des Liefereingangs eines Supermarkts stehen.

Es war offensichtlich, dass er auf jemanden wartete. Ramón beobachtete ihn von einem Torbogen aus, der etwas weiter die Straße hinunter lag, und fragte sich, auf wen. Die wahrscheinlichste Erklärung war eine Geliebte. Die Frauen hatten den kleinen Santi schon immer gemocht, und er war stets bereit und willig gewesen, für jede noch so versaute Schlampe den Gürtel zu öffnen. Aber sollte er auf eine Frau warten, dürfte die Beziehung nicht besonders gut laufen, dachte Ramón, als er sah, wie sein Neffe sich auf die Lippen biss und nervös hin und her lief.

Santi wartete auf keine Frau, das wurde Ramón spätestens klar, als er Álvaro Iglesias die Straße heraufhumpeln sah, vor Anstrengung puterrot im Gesicht.

Ramón musste insgeheim schmunzeln. Guter Gott, Iglesias sah schrecklich aus. Álvaro war schon als Kind ein ziemlicher Fettsack gewesen, aber jetzt musste er über hundertdreißig Kilo wiegen und hinkte mit dem rechten Bein. Vielleicht hatte der Fettwanst ja die Gicht.

Santiago begrüßte den Ankömmling nicht. Iglesias hatte ihn kaum erreicht, da lenkte er ihn auch schon in den Eingang, und die beiden Männer begannen zu reden.

Ramón beobachtete sie interessiert. Er konnte genau sehen, was die beiden verband: Sie teilten ein Geheimnis. Das sah man an der verstohlenen Art, in der sie miteinander sprachen.

Santiago zischte Iglesias mit nahezu unverhohlener Wut an und unterstrich alles, was er sagte, mit kleinen abgehackten Gesten. Álvaro schien ihn anzuflehen und schüttelte den Kopf.

Ramón sah sie über eine Minute miteinander reden. Dann griff sich Santiago an den Kopf, als könnte er etwas nicht glauben, und trat gegen den nächstbesten Mülleimer. Es gab noch einen letzten wütenden Wortwechsel, dann drehte

Santiago sich um und verließ die Nische eilig und schnellen Schrittes in Richtung Zentrum.

Álvaro blieb noch eine ganze Weile stehen, er schien zu weinen. Dann watschelte er in die entgegengesetzte Richtung davon.

Diesmal folgte Ramón dem Dicken. Irgendetwas war am Laufen, und er wollte unbedingt herausfinden, was.

Álvaro ging durch die Stadt zurück zu seinem DVD-Verleih, den er betrieb. Als Ramón die Ladentür öffnete, war Álvaro gerade damit beschäftigt, Gummibärchen und Bonbons in Gefriertüten abzupacken.

»Machst du gerade dein Mittagessen?«, fragte Ramón.

Der Dicke brauchte eine Weile, bis er begriff, wer vor ihm stand. Dann riss er die Augen weit auf und wurde blass. Er fing an herumzustammeln, was für eine Überraschung das sei, Ramón zu sehen, und wann er denn zurückgekommen sei, und dass seit ihrer letzten Begegnung schon so viel Zeit vergangen sei, und wie gut er aussehe, und warum er denn nicht angerufen habe und wo er denn gewesen sei …

Aber als Ramón das »Geöffnet«-Schild umdrehte, sodass von außen »Geschlossen« zu lesen war, und die Ladentür zusperrte, wurde Álvaro Iglesias still. Ramón ging langsam und bedächtig auf ihn zu, stemmte die Fäuste auf die Theke und sah ihn mit dem harten, bedrohlichen Blick an, mit dem er eben erst Acosta zum Schweigen gebracht hatte.

»Ich will wissen, was zwischen dir und meinem Neffen läuft. Ich gehe hier erst wieder weg, wenn du mir *alles* verklickert hast.«

»Wovon redest du? Ich habe Santi seit …«

Ramón schlug ihm mit der flachen Hand ins Gesicht, als schlüge er eine Frau. »Sag mir die Wahrheit, du Fettwanst. Was geht hier vor? Du hast dich gerade mit ihm getroffen.«

Álvaro fing an zu reden, sein Doppelkinn wabbelte, je stärker seine Panik wurde, kleine Spucketropfen flogen aus seinem Mund.

Noch mehr Lügen.

Ramón schlug ein zweites Mal zu.

Álvaro brach in Tränen aus. »Ich war das nicht, Ramón«, sagte er plötzlich, wobei die Wörter sich in dem verzweifelten Wunsch, den anderen überzeugen zu wollen, fast überschlugen und ihm der Rotz aus der Nase lief. »Ich hab ihr nie auch nur ein Haar gekrümmt. Das kannst du mir glauben. Es war *El Porquero*. Er hat das getan. Ich habe sie nachher nur entsorgt. Das war unser Deal. Und die Sache mit der Müllhalde: Wir hatten das so nicht geplant. Ich hätte nie gedacht, dass man sie in dem ganzen Abfall jemals finden würde. Das war alles nur ein Riesenfehler.«

Ramón brauchte eine Weile, bis er begriff, wovon Álvaro sprach.

»*¡Joder!* Du meinst das ermordete Mädchen? Die junge Frau, die überall in den Zeitungen war?«

Álvaros Tränen versiegten, als sein Selbsterhaltungstrieb die Führung übernahm. »Das darfst du niemandem erzählen, Ramón. Das hätte so nicht passieren dürfen.«

Ramón änderte seine Taktik. Er klopfte dem fetten Mann auf die Schulter und machte leise tröstende Geräusche. »Hey, ich bin's doch, Álvaro. Ich würde dir nie etwas tun, ich würde dir doch nicht schaden, oder? Nicht nach all der Scheiße, die wir damals zusammen durchgemacht haben.«

Dann zog Ramón sich einen Stuhl heran, setzte sich vor die Theke und sagte: »Ich denke, du fängst am besten ganz von vorn an, Álvaro …«

2

Danny wachte spät auf. Nachdem seine Mutter aus dem Haus gestürmt war, war er noch im Hof sitzen geblieben, hatte ein paar Flamenco-Akkorde auf der Gitarre gezupft, vor sich hin gebrütet und getrunken. Jetzt hatte er einen Kater und machte sich Sorgen. Ihm war eingefallen, dass Adriana Sánchez, als sie nach Hause gefahren war, mindestens eine Flasche Rotwein intus gehabt haben musste. Mittlerweile hatte er schon sechs SMS an seine Mutter geschickt, in denen er sie bat, ihm zu bestätigen, dass sie gut nach Hause gekommen war. Sie hatte immer noch nicht geantwortet.

Er schluckte vier Nurofen Express, spülte sie mit einem halben Liter Wasser hinunter und machte sich einen Kaffee. Danny stritt sich oft mit seiner Mutter, aber in der letzten Nacht hatte er einen Riesenmist gebaut. Eine schlechtere Gelegenheit, seiner Mutter den Brief zu zeigen, hätte er gar nicht wählen können.

Aber was ihm wirklich Sorgen bereitete, waren die Konsequenzen des Briefinhalts.

Sein Großvater, *abuelito*, war gestorben, als Danny sieben war, für ihn aber fast wie der Vater gewesen, den er nie gehabt hatte. Er erinnerte sich deutlich an den Mann: an den vertrauten Geruch nach Pfeifentabak in seinen Kleidern, an das verschwörerische Zwinkern, wenn er sich am Morgen heimlich ein zweites Glas Anisschnaps einschenkte – »Nur gegen die Kälte, Danny!« –, und an die gutmütige Art, mit der er Großmutters Gekeife parierte.

José Daniel Sánchez hatte in seinem Leben immer schwer gearbeitet, aber jede freie Minute mit Danny verbracht: Er hatte Papierflieger gefaltet, Steine übers Wasser hüpfen lassen, war auf Bäume geklettert und über Bäche gesprungen. Es würde Danny das Herz brechen, sollte sich herausstellen, dass Eusébio Sánchez' Behauptungen der Wahrheit entsprachen.

Er musste unbedingt wissen, was wirklich passiert war, also würde er eine lange E-Mail an den Historiker schicken, den er seiner Mutter gegenüber erwähnt hatte. Sollte der Kontakt nichts ergeben, würde Danny nach Málaga fahren und die Akten persönlich durchforsten, bis er herausgefunden hätte, was damals in Wahrheit mit *abuelito* im Gefängnis geschehen war.

Beim Tippen der Mail musste er an Marsha denken. Das gestrige Skype-Gespräch hatte damit geendet, dass sie in Tränen ausgebrochen war, als sie ihm erklärte, wie sie mit der Hilfe von Lourdes begonnen hatte, Kontakte zu Olivenölfirmen in der Gegend um Málaga herzustellen und sich dort nach dem Familienunternehmen der Sánchez und nach Dannys Großvater zu erkundigen. Und wie sie am Ende Eusébio Sánchez' Name und Adresse erhalten hatte.

»Ich dachte, das wäre eine faszinierende Geschichte«, hatte Marsha gesagt und sich die verschmierte Wimperntusche von den Wangen gewischt. »Wie die Anarchisten deinen Großvater ins Gefängnis gesperrt haben, wie deine Großmutter ihn dort wieder herausgeholt hat, wie die beiden nach Gibraltar geflohen und dann nach England gekommen sind. Und dann die ganze Sache mit den republikanischen Exilanten, von denen sie später in England geächtet wurden. Ich war mir sicher, dass man daraus ein Buch machen könnte, und wollte dir nur helfen, endlich zu beginnen. Ich weiß, ich habe mir damit unglaubliche Freiheiten herausgenommen, aber ich wollte wirklich nur das Beste.«

Danny nickte. Sie hatte recht, sie hatte sich ungeheuerliche Freiheiten herausgenommen, so in seiner Familiengeschichte herumzustochern. Aber er konnte Marsha nicht wirklich böse sein. Sie hatte es zweifellos nur gut gemeint. Sie war eine sehr zupackende Person, und wenn sie sich einmal an etwas festgebissen hatte, gab es meist kein Halten mehr.

Als Danny die E-Mail an den Historiker geschrieben hatte, machte er sich einen zweiten Kaffee und setzte sich an den Tisch in der Ecke seines Wohnzimmers, auf dem die Lupenleuchte, die Malpinsel und die Farbtöpfe standen.

Marsha hatte ihm zu Weihnachten einen Airfix-Modellbausatz im Maßstab eins zu zweiundsiebzig geschenkt, der alles enthielt, was er brauchte, um die Landung der Alliierten am D-Day nachzubauen: Geschützstellungen, Landungsboote, britische und deutsche Soldaten. Nach dem Auspacken war Danny sprachlos gewesen.

»Ich habe gesehen, wie du Kevin Spaceys Diorama in *House of Cards* angesehen hast«, sagte sie, während sie sich im Bett an ihn kuschelte. »Dann fiel mir ein, dass deine Fingernägel früher immer mit Farbe verdreckt waren, also dachte ich, so ein Modell wäre vielleicht das Richtige für dich.«

Und damit hatte sie richtiggelegen: Das war seit seiner Kindheit das erste Mal gewesen, dass jemand Danny mit einem Geschenk überraschte, das er wirklich behalten wollte. Selbstverständlich hatte Adriana Sánchez ihn als Kind mit Geschenken überschüttet, aber man hatte immer gemerkt, dass sie damit die wenige Zeit, die sie für ihn hatte, wiedergutmachen wollte. Sie hatte mehr Geburtstage von Danny vergessen als mit ihm gefeiert, und auch Weihnachten war sie selten da gewesen.

Danny verbrachte eine halbe Stunde damit, mit dem Pinsel Farbakzente auf die Uniformen der britischen Infanterie zu tupfen. Es beruhigte ihn, an dem Modell zu arbeiten. Er reinigte gerade seine Pinsel mit Terpentinersatz, als sein Handy ihm den Eingang einer SMS seiner Mutter verkündete: *Seit wann kümmert es dich, ob ich gut nach Hause gekommen bin oder nicht?*

Danny fühlte sich gleich besser und steckte das Handy zurück in die Tasche. Der launische Ton der Nachricht war ein gutes Zeichen, dass der Zorn seiner Mutter allmählich verrauchte. Er würde es ein paar Tage dabei belassen und sie dann anrufen und reinen Tisch mit ihr machen. Hoffentlich würde er dann schon eine Antwort von dem Historiker erhalten haben.

Danny wusch sich die Hände, setzte sich nach draußen und überflog auf seinem Laptop die Schlagzeilen der spanischen Presse.

Der Mord an Teresa del Hoyo war immer noch der Aufmacher in der Lokalpresse. Die meisten Artikel berichteten über die Geheimhaltung der polizeilichen Ermittlungsergebnisse, während in einem Text behauptet wurde, die Polizei stünde dank der DNA-Spuren, die an Teresas Leiche gefunden worden waren, kurz davor, eine Festnahme zu machen. Als Danny die Schlagzeile *GRAB IN EL CERRÓN GESCHÄNDET* entdeckte, wusste er, wen er an diesem Tag als Erstes aufsuchen würde.

Laut dem Artikel war die Grabnische eines in den Sechzigerjahren verstorbenen Kindes gewaltsam geöffnet und die verrotteten Überbleibsel des Sarges herausgezogen und auf dem Boden verstreut worden. Schlimmer noch, die Überreste des verstorbenen Kindes, Manuel García Hernández, waren voraussichtlich gestohlen worden. Die Zeitung hatte die heute neunzigjährige Mutter zum Tod ihres Kindes befragt. Sie wurde zitiert mit dem Satz: *»Das ist, als würde ich ihn ein zweites Mal verlieren …«*

In dem Internetforum der Zeitung wurde viel darüber spekuliert, warum jemand die sterblichen Überreste eines Babys stehlen sollte. Es wurden Theorien aufgestellt, sie reichten von sehr wahrscheinlich bis hin zu aberwitzig: Die Graböffnung sei ein makabrer Witz, Vandalismus von Betrunkenen, das Resultat einer Familienfehde oder ein satanischer Ritus gewesen. Aber an eine Möglichkeit dachte niemand der Schreiber: Was, wenn von vornherein keine Leiche in dem Sarg gewesen war?

Danny kannte die spanische Journalistin, die den Artikel geschrieben hatte, also rief er sie an.

»Hallo, Inma. Wie bist du auf die Geschichte mit dem geschändeten Grab in El Cerrón gestoßen?«

»Ich kenne die Familie. Die Mitglieder gehen offenbar jedes Jahr dorthin, um zum Todestag des Kindes das Grab mit Blumen zu schmücken. Aber als sie gestern am Morgen hinkamen, hatte jemand die Grabplatte eingeschlagen. Die Friedhofsarbeiter wollten das Ganze vertuschen, also riefen sie mich an.«

»Das Grab wurde zum Zeitpunkt des sich jährenden Todestags geöffnet? Das ist ja interessant.«

»Das ist es. Aber die Familie hat keine Ahnung, warum. Das Baby starb vor über fünfzig Jahren. Ich habe mit der Mutter gesprochen, aber das war nicht gerade einfach. Ich denke, sie verliert so langsam den Verstand. Wie auch immer, der Stadtrat wird heute Mittag auf dem Friedhof eine Pressekonferenz abhalten, falls du vorbeikommen willst.«

Danny bat Inma um Name und Anschrift der Mutter. Als sie ihm die Adresse in einem kleinen Ort in der Nähe von

Almería-Stadt gab, sagte Danny: »Dann stammt die Familie gar nicht aus El Cerrón?«

»Nein, das Baby kam als Totgeburt in einer Klinik auf die Welt, die es heute nicht mehr gibt.«

Danny schwieg. Das war die Verbindung.

Aber als er Inma dankte, sagte sie: »Warte mal einen Moment. Du hast mir noch nicht gesagt, warum dich das alles so interessiert. Und warum hast du mich nicht nach dem Namen der Klinik gefragt? Weißt du schon etwas darüber?«

»Das wirst du heute Mittag bei der Pressekonferenz herausfinden, einverstanden?«, sagte Danny.

Um elf Uhr dreißig ging er zum Friedhof von El Cerrón. Er war von einer hohen weißen Mauer umgeben und musste einst weit außerhalb der Stadtmauern gelegen haben, aber El Cerrón war so stark gewachsen, dass er jetzt unmittelbar an die Häuser am Ortsrand angrenzte.

Beim Gedanken an seine *abuela* musste Danny unwillkürlich lächeln. Die alte Dame hatte sich immer schockiert darüber gezeigt, dass in England die Friedhöfe direkt in der Stadt lagen. »Wie können diese Menschen nur ihre Häuser in der Nähe eines Ortes bauen, an dem die Toten schlafen?«, hatte sie immer gesagt. »Vielleicht erklärt das ja, warum alle hier so blass sind: In der Nacht kommen die Geister und jagen ihnen eine Heidenangst ein.«

In Spanien werden die Menschen gewöhnlich überirdisch beigesetzt, die Leichname in langen Blöcken von Grabnischen zur letzten Ruhe gelegt. Der Friedhof von El Cerrón war in vier Nischen hohe Reihen aus Betonblöcken unterteilt, in der Länge hatten vielleicht fünfzig oder sechzig Gräber in einer davon Platz, wobei die Reihen parallel zueinander verliefen wie Regale in einer Bücherei. Die viereckigen Nischen waren mit Platten aus hochwertigem Stein verschlossen, auf denen ovale Fotografien des Verstorbenen und religiöse Motive prangten.

Das Grab von Manuel García Hernández lag in einer der hintersten Ecken des Friedhofs. Es war eine der älteren Nischen, etwa auf Brusthöhe. Das zu einem Kreuz gespannte Absperrband der Guardia Civil sollte Menschen vom Grab fernhalten. Der Verschlussstein schien mit einem gezielten Hammerschlag eingeschlagen worden zu sein: In den vier Ecken steckte noch gezackter dreieckiger Marmor. Unter der Grabnische hatte jemand den Boden gekehrt, trotzdem lagen dort noch Backstein- und Marmorstückchen. Danny betrachtete die Überreste und dachte an Guillermo Belasco und seine Behauptung, es seien noch andere Gräber geschändet worden. Er hatte vergessen, den Mann dazu zu befragen.

Ein Friedhofsgärtner fegte auf dem Mittelweg Lorbeerblätter in ein Kehrblech. Als er Danny näher kommen sah, warf er seine Zigarette zu Boden und zertrat sie mit dem Stiefel.

»Ich habe gehört, es wurden auch noch andere Gräber geschändet«, sagte Danny. »Können Sie sie mir zeigen?«

Der Mann riss weit die Augen auf. »Davon weiß ich nichts.«

»Wollen Sie damit sagen, dass das nicht stimmt? Oder ist es wahr, aber Sie wissen nichts darüber? Ich habe aus verlässlicher Quelle, von einer Person mit direktem Draht zum Stadtrat, erfahren, dass Gräber hier entweiht worden sind.«

Bei der Erwähnung des Stadtrats wurde der Friedhofsgärtner noch nervöser. Er begann wieder zu fegen, merkte dann aber, dass es nichts mehr zu fegen gab. »Ich weiß nichts«, sagte er und machte sich eilig aus dem Staub, wobei ihm das Laub von der Schaufel fiel.

Was für eine merkwürdige Reaktion, dachte Danny. Vielleicht war etwas dran an der Geschichte.

Als er sich dem Tor näherte, sah er Inma und ein paar andere Journalisten mit einer jungen Repräsentantin des Rathauses diskutieren.

»Wie kann das sein?«, fragte Inma die Frau. »Heute Morgen haben Sie mir noch gesagt, die Pressekonferenz würde mittags *hier* am Friedhofstor abgehalten werden. Und jetzt erfahren wir, dass sie offenbar schon eine Stunde früher im Rathaus stattgefunden hat. Erwarten Sie wirklich von mir, dass ich diesen Unsinn glaube?«

Danny lächelte. Dass eine Pressekonferenz in letzter Minute verlegt wurde, war ein uralter Trick, um zu vermeiden, dass strittige Themen zur Sprache gebracht wurden – aber in dem Fall war es sein Vorteil. Während Inma und die anderen sich weiter herumstritten, schlich Danny sich davon und rannte zurück zu seinem Auto.

Das Rathaus von El Cerrón stammt aus dem neunzehnten Jahrhundert, ein dreistöckiges Gebäude im spanischen Stil, mit breiten hohen Fenstern. Es steht an einer Seite des zentralen Platzes der Stadt; an den anderen drei springen die ersten Stockwerke der Häuserreihen so weit vor, dass schattige Arkaden mit Läden und Cafés entstanden sind. Als Danny von der gegenüberliegenden Seite den Platz betrat, glänzten die weißen Wände des Rathauses im grellen Licht der Sonne, die sich endlich einen Weg durch die Wolken gebahnt hatte.

In der Eingangshalle des Rathauses stand eine Glasvitrine mit einem Modell des geplanten Arroyo-Springs-Golfplatzes sowie einer komplett fertiggestellten Siedlung auf dem darüberliegenden Plateau. An einer Seite der Vitrine war ein Broschürenhalter aus Plastik angebracht, gefüllt bis obenhin. Die Prospekte ähnelten denen, die Danny in dem Mietcontainer gesehen hatte, aber diese hier waren aktualisiert worden. Das Augenmerk wurde auf die »einzigartige Investitionsgelegenheit« gelenkt, die der Golfplatz jetzt darstellte, nachdem man den Kampf gegen die Umweltschützer gewonnen hatte. Am unteren Rand sah Danny ein Logo, das er wiedererkannte: Grupo Halcón Developments S. L.

Er lächelte. Also hatte die Baugesellschaft, die für den Golfplatz verantwortlich war, auch gleich die dazugehörige Siedlung geplant. Wie überaus originell.

Danny versuchte herauszufinden, in welcher Abteilung der Stadtverwaltung er mehr über den Friedhof erfahren könnte, als die Halle hinter ihm sich plötzlich belebte: Eine Ratssitzung war zu Ende gegangen, und die Stadtverordneten strömten ins Foyer. Mitten in der Gruppe Anzug tragender Herren befand sich eine Frau, die Danny bekannt vorkam.

»Señora Encona«, sagte er laut genug, dass seine Stimme den Lärm übertönte, »dürfte ich Sie schnell etwas fragen?«

3

Carmen del Hoyo starrte auf den flimmernden Computerbildschirm, während der Laptop hochfuhr. Es fühlte sich an, als säße sie schon seit Stunden hier.

Das Problem war, dass Carmen sich mit Computern nicht besonders gut auskannte und auf Teresas Laptop eine merkwürdige kundenangepasste Version von Windows installiert war. Das hieß, dass nichts da war, wo es sein sollte. Der Abend zuvor war erfolglos gewesen. Am Ende hatte sie einen Freund in Barcelona, den sie von der Kirche kannte, anrufen und ihn um Rat bitten müssen. Der Freund hatte sie gefragt, wonach sie denn suche.

»Das ist ja das Problem. Ich weiß es nicht.«

Er hatte Carmen vorgeschlagen, die Dokumente in jedem Ordner nach dem Änderungsdatum zu sortieren, um auf diese Weise herauszufinden, woran Teresa zuletzt gearbeitet hatte.

Der Schreibtischhintergrund war ein Screenshot von der Revolutionärin *La Pasionaria*, die, einen Arm hochgereckt, in ein Mikrofon sprach. Das überraschte Carmen nicht. Für jeden in der Familie war diese unsägliche Frau eine Heldin gewesen, nur nicht für sie. Carmen hatte schon früh im Leben die Kirche für sich entdeckt, immer der konservativen Partido Popular ihre Stimme gegeben – und daraus auch nie ein Geheimnis gemacht. Es hatte sie stets geärgert, dass Teresa allgemein als die Rebellin und die Individualistin galt, während doch sie eigentlich diejenige war, die sich gegen alles auflehnte.

Die meisten der jüngeren Dateien auf Teresas Laptop hatten mit El Cerrón und der Suche nach dem Massengrab zu tun, in dem man die Republikaner verscharrt hatte. Es gab Listen mit den Namen der vierzehn Opfer und Einzelheiten über deren Nachkommen. Wieder andere Word-Dateien enthielten alle Arten von wilden Verschwörungstheorien: dass die Bürgermeisterin von El Cerrón Dokumente, in denen die Lage des Grabes vermerkt war, zurückhielt oder vernichtet hatte und ihr Vater in diese Morde verwickelt gewesen war.

Die Informationen auf dem Laptop ließen darauf schließen, dass Teresa die Tatsache, dass sie mit einem der Opfer verwandt war, an die große Glocke gehängt hatte. Freilich blieb unerwähnt, dass die Anarchisten zu Kriegsbeginn dem Bruder dieses Mannes, Großonkel Pepe, den Kopf mit dem Spaten gespalten hatten. Das hatte Teresa der Einfachheit halber verschwiegen. Aber in der Geschichte um die Bürgerkriegsgräber ging es nicht nur um Gerechtigkeit, oder? Wenn es nur darum gegangen wäre, die sterblichen Überreste dieser Menschen zu finden und ihnen ein ordentliches christliches Begräbnis zu ermöglichen, hätte Carmen voll hinter dem Anliegen gestanden. Aber das war es nicht. Die Suche nach den Leichen war schlicht und ergreifend ein politischer Akt, und Teresa hatte das in ihrer großen Naivität nicht erkannt. Zudem war im Fall von El Cerrón höchst umstritten, wie unschuldig die vierzehn hingerichteten Männer und Frauen tatsächlich gewesen waren. Mit Sicherheit ließ sich nachweisen, dass einige von ihnen zu Kriegsbeginn an der grausamen Aktion mit den Nonnen und dem Brunnen teilgenommen hatten.

Auf dem Desktop des Computers gab es auch einen vor Kurzem erstellten Ordner, der den Namen »Archive – Scans« trug. In ihm befanden sich drei PDF-Dateien. Die erste war benannt: Santa Cristina – *Legajo de Abortos*. Carmen runzelte die Stirn. Das bedeutete: Verzeichnis der Totgeburten.

Sie öffnete die Datei und entnahm der Handtasche das Etui mit ihrer Lesebrille. Das PDF enthielt Scans der mit einem Füllfederhalter beschriebenen Seiten eines Geschäftsbuchs. Die Schrift war stets dieselbe, flüssig und geneigt.

Carmen las das PDF, und ihr wurde klar, dass die Dateibezeichnung goldrichtig war: Die eingescannten Seiten waren Teil des medizinischen Hauptbuchs einer Klinik mit Namen Santa Cristina, in dem man die Fälle der Totgeburten aufgelistet hatte. Zu jedem wurden der Name der Mutter, der des Kindes, das Geburtsdatum und die vermutete Todesursache festgehalten. In mehr als drei Vierteln der Fälle war als Todesursache *Otitis media* angegeben.

Carmen runzelte noch stärker die Stirn. Eine Mittelohrentzündung? Wie hatten so viele Kinder an einer so harmlosen Krankheit sterben können? Sie sah sich das PDF genauer an. Der Erfassungszeitraum reichte von 1946 bis 1969. Über die Jahre hatte es Dutzende von Todesfällen gegeben, und in allen hatte der Arzt nur mit seinen Initialen unterschrieben: A. E.

Das zweite PDF enthielt Scans des Aufnahmebuchs von Santa Cristina, das dritte die eines weiteren medizinischen Hauptbuchs, in dem die Geburten detailliert, wenn auch unvollständig, dokumentiert waren, die in Santa Cristina stattgefunden hatten. Es schien, als habe der Scanner mittendrin den Geist aufgegeben, denn gegen Ende der Datei wurde die Schrift immer blasser und immer verschwommener.

Waren das die Dokumente, auf die Monsignor Meléndez angespielt hatte? Carmen sollte ihn eigentlich anrufen, aber zunächst wollte sie sich noch Teresas E-Mails ansehen. Das Mailprogramm war passwortgeschützt, aber Carmen sah, dass sie für einen Hinweis einen Button anklicken konnte: *Russe, der Widerstand geleistet hat.*

Ein Schlag ins Wasser. Was hatte Teresa mit Russland oder mit Russen zu tun gehabt? Dann fiel ihr wieder ein, was Monsignor Meléndez ihr über Vladimir López erzählt hatte.

Sie probierte den Namen des Mannes in verschiedenen Kombinationen aus, aber es war hoffnungslos.

Also begann sie, sich Teresas Bilddateien anzuschauen. Es gab Hunderte von Fotos aus ihrer Kindheit. Es wirkte, als habe sie sämtliche Fotos aus alten Alben eingescannt. Die gesamte Familiengeschichte war hier festgehalten, Schwarz-Weiß-Fotos ihrer Großeltern, verschwommene alte Polaroidaufnahmen aus den Achtzigerjahren.

Den zuletzt bearbeiteten Bildordner hatte jemand mit dem Kommentar versehen: *Teresa & Sami (hot stuff!!)*

Carmen klickte ihn an.

4

Leticia Encona hielt auf den Stufen inne, die zu den Büros im ersten Stock führten, und drehte sich zu Danny um.

Sie war eine kleine stämmige Frau Ende sechzig, die mit Frisur und Kleidung offenbar ihre Weiblichkeit betonen wollte, was allerdings misslang: Trotz des sanften Schwungs ihres Ponys und des pastellfarbenen Kleides machte sie das aggressiv vorgereckte Kinn und das leichte Grinsen auf ihren dünnen Lippen unattraktiv.

»Ich erinnere mich an Sie«, sagte sie und starrte Danny ins Gesicht. »Sie sind der englische Journalist. Was wollen Sie?«

»Ich habe eine Frage zu den jüngsten Grabschändungen auf dem städtischen Friedhof. Wissen Sie etwas darüber? Dem Friedhofsgärtner waren sie offensichtlich bekannt, aber er schien aus Angst nicht darüber reden zu wollen.«

Plötzlich herrschte Stille. Die Bürgermeisterin lächelte wie alle Politiker, wenn eine Frage sie kalt erwischt hat, dann trat ein stattlicher, gut gekleideter Mann mit dunklem krausem Haar an sie heran und flüsterte ihr etwas ins Ohr. Sie hörte zu und nickte.

»Ich kann bestätigen, dass ein weiteres Grab beschädigt wurde, aber es war nichts Ernstes. Wir gehen davon aus, dass in beiden Fällen Jugendliche die Täter waren.«

»Warum wurde in den Medien nicht darüber berichtet?«

»Würden wir jedes Mal eine Presseerklärung herausgeben, wenn ein Teenager irgendetwas kaputt macht, dann wären unsere Zeitungen so dick wie Telefonbücher.«

Ihre Lakaien lachten in Dannys Richtung.

»Dann ist das Grab also nicht von Linksextremisten geschändet worden?«

Wieder herrschte Stille. Der Mann im Anzug hinter Encona flüsterte etwas, aber diesmal schob sie seine Hand fort und starrte Danny in Grund und Boden. »Wer hat Ihnen das gesagt?«

»Ich kann meinen Informanten nicht offenlegen.«

Sie grinste höhnisch. »Dann schlage ich vor, Sie gehen zu Ihrem Informanten und reden mit ihm, wenn er doch so gut Bescheid weiß.«

»Was ist mit dem Arroyo-Springs-Projekt? Geht es damit immer noch voran, oder ist es jetzt offiziell, dass es keine Chance auf Realisation hat?«

»Wie ich der Presse schon bei zahlreichen Gelegenheiten erklärt habe, ist das Arroyo-Springs-Projekt dank der Aktionen einer kleinen Gruppe von Störenfrieden ein wenig ins Hintertreffen geraten. Aber die Verfahrensweise des Stadtrats ist mittlerweile von den Gerichten abgesegnet worden. Geben Sie meinem Pressesprecher Ihren Namen, und wir werden Ihnen per Mail so viele Informationen über das Projekt zukommen lassen, wie Sie benötigen. Und jetzt entschuldigen Sie mich bitte, auf mich wartet noch eine Menge Arbeit.«

Danny wollte gerade Richtung Tür gehen, als er spürte, wie ihm jemand auf die Schulter klopfte.

Der kraushaarige Mann von der Treppe stand hinter ihm und streckte ihm die Hand entgegen. »Hallo«, sagte er. »Mein Name ist Santiago Encona. Ich bin der Pressesprecher der Bürgermeisterin. Dürfte ich Sie auf einen Kaffee einladen, Señor Sánchez?«

Danny nahm den weichen feuchten Händedruck entgegen. »Sind Sie mit der Bürgermeisterin verwandt?«

»Ich bin ihr Sohn«, sagte er.

Jetzt bemerkte Danny auch, wie ähnlich sich die beiden sahen: Sie hatten das gleiche breite Gesicht und den gleichen schweren Körperbau.

Die Männer gingen in eins der Cafés auf dem Platz. Danny bestellte einen Eistee, Encona »das Übliche«. Danny fiel auf, dass der Kellner sich beeilte, ihre Getränke schnell zu bringen, und andere Gäste dabei überging.

»Sie schreiben also für *Sureste News*«, sagte Santiago Encona und strahlte dabei, als sei es das Aufregendste, das er je gehört hatte.

»Ich arbeite auf freiberuflicher Basis für sie.«

»Was für ein Zufall. Der Stadtrat hat sich überlegt, in der britischen Presse Werbung zu schalten.«

Danny schwieg. Encona zündete sich eine Zigarette an und lächelte ihn unverdrossen weiter an.

Mit seinem teuren Anzug, den Dreihundert-Euro-Schuhen und dem vielen Rasierwasser, das er aufgetragen hatte, verkörperte Encona einen gewieften Politiker, und trotzdem hatte er etwas an sich, das Danny das Gefühl gab, dass er nicht so kompetent und kontrolliert war, wie er sich gab. Bei seiner Rasur hatte er eine Stelle übersehen, seine Augen waren rot unterlaufen und hatten dicke Tränensäcke, und auf seinem weißen Kragen konnte Danny einen Blutfleck ausmachen. Encona wirkte gestresst. Ungewöhnlich für einen spanischen Politiker, vor allem für einen, der durch seine Mutter ins Amt gekommen war.

»Hat Señor Belasco Ihnen von dem anderen Grab erzählt?«, fragte Encona.

»Wie ich Ihrer Mutter schon gesagt habe, gebe ich meine Informanten nicht preis. Aber warum war der Friedhofsgärtner so nervös, als ich ihn nach den geschändeten Gräbern fragte? Ich gehe mal davon aus, dass er sein Gehalt von der Stadtverwaltung bekommt.«

»Ich habe keine Ahnung. Das fällt nicht in meinen Zuständigkeitsbereich. Vielleicht wäre es hilfreich, wenn Sie mir mitteilen würden, warum Sie so daran interessiert sind, was auf dem Friedhof geschehen ist«, sagte Encona.

»Weil es bei einer anderen Sache, mit der ich gerade befasst bin, eine Rolle spielt.«

»Und die wäre?«

»Sie kennen das Gebäude auf der Hochebene über dem Golfplatzareal? Santa Cristina? Im Stadtarchiv erzählte man mir, vor Kurzem seien einige Dokumente gestohlen worden, die mit der Ruine in Zusammenhang stehen. Der Mann, der sie höchstwahrscheinlich an sich genommen hat, ist jetzt tot. Es könnte sein, dass die beiden Ereignisse etwas miteinander zu tun haben, und deshalb wüsste ich gerne, weshalb der Stadtrat beschlossen hat, den Diebstahl nicht publik zu machen.«

Enconas Mundwinkel sackten ab. »Darüber weiß ich nichts«, sagte er.

»Tatsächlich? Denn wenn der Stadtrat beschlossen hat, keine Presseerklärung herauszugeben, dann stehen Sie hinter dieser Entscheidung, oder etwa nicht?«

»Hören Sie«, Encona rückte seinen Schlips gerade, »genau das ist der Grund, warum ich mit Ihnen sprechen wollte. Einige Geschäftsabschlüsse befinden sich in der entscheidenden Phase. Sie würden in Gefahr geraten, falls El Cerrón in den Fokus der Öffentlichkeit rückte. Das Letzte, was wir jetzt gebrauchen können, sind wilde Vermutungen über geschändete Gräber und verschwundene Krankenakten.«

»Dann *haben* Sie also die Entscheidung getroffen, den Diebstahl im Archiv zu verheimlichen?«

»Nein.«

»Und woher wissen Sie, dass die Akten vermisst werden?«

Encona wurde immer nervöser. »Ich habe nicht gesagt … Ich meine, vielleicht hat jemand mal so etwas erwähnt. Aber ich persönlich habe keine Kenntnis von der Sache. Ich muss …«

»Ich hoffe, Sie spielen keine Kartenspiele, Señor Encona – wenn das Ihr Pokerface ist. Also, was sind das für Geschäftsabschlüsse, die Sie erwähnt haben? Meinen Sie den Golfplatz?«

Genau das tat Encona – es lag auf der Hand, denn er konnte Danny plötzlich nicht mehr in die Augen sehen. »Dazu kann ich nichts sagen, mir sind die Hände gebunden«, erwiderte er. »Aber ich kann Ihnen versichern, die Sache auf dem Friedhof ist vollkommen harmlos. Aus genau diesem Grund ist dem Stadtrat auch daran gelegen, dass nur harte Fakten an die Presse gelangen.«

»Harte Fakten? Also Ihre Version der Wahrheit, oder ist das jetzt zynisch von mir?«

»Der Stadtrat«, sagte Encona, lehnte sich vor und flüsterte, »wird sich glücklich schätzen, bei allen erdenklichen Storys mit Ihnen zusammenzuarbeiten. Aber ich muss betonen, dass wir das, was Sie schreiben, vorher lesen wollen, ehe es in Druck geht. Wie ich Ihnen schon sagte, planen wir eine Werbekampagne, und ich bin mir sicher, dass wir in diesem Zusammenhang mit Ihrer Zeitung wunderbar kooperieren könnten. Dann werde ich auch ganz sicher Ihren Namen erwähnen …«

Danny überdachte, was er gerade gehört hatte, und nickte. Dann sah er Encona direkt ins Gesicht. »Sind Sie schon lange Pressesprecher des Stadtrats?«

»Wieso fragen Sie das?«

»Weil ich seit zwanzig Jahren Journalist bin und man mir noch nie auf eine so ungeschickte Art eine Rückvergütung angeboten hat.«

Enconas Stuhl schrammte über den Boden, als er aufstand. Ohne das Hundert-Watt-Lächeln wirkte seine Miene zänkisch. »Ich habe versucht, vernünftig mit Ihnen zu reden, Señor Sánchez, aber wie ich sehe, sind Sie kein Profi. Schreiben Sie nur Ihre verleumderischen Artikel, wir sehen uns dann vor Gericht.«

Er ging, ohne Danny die Hand zu schütteln. Und ohne zu zahlen, was dieser erst merkte, als Encona schon verschwunden war.

Danny hatte Hunger, also blieb er sitzen, bestellte sich noch eine Cola und etwas zu essen. Anschließend rief er Julio an, einen Radioreporter, dessen Familie aus dem Süden der Provinz Almería stammte.

»Was kannst du mir über den Stadtrat von El Cerrón erzählen?«, fragte Danny, als er Julio am Telefon hatte. »Wie korrupt ist er?«

»Wie in Andalusien üblich.«

»So schlimm?«

Julio lachte. »Stell dir Tammany Hall im Sonnenschein mit Bergen im Hintergrund vor, dann hast du einen Eindruck. In den letzten was weiß ich wie vielen Jahren hat Bürgermeisterin Encona die ganze Stadt unter ihrem Klüngel aufgeteilt. Ihr Schwager ist der Polizeichef, die Pöstchen in der Stadtverwaltung sind mit ihren Cousins und Cousinen, ihren Neffen und Nichten besetzt. Jedes Unternehmen, jeder Laden, jeder Geschäftsmann muss erst an ihr vorbei. Das Wörtchen Klientelismus beschreibt nicht annähernd, was sie auf die Beine gestellt hat – das Ganze hat geradezu feudale Ausmaße.«

»Warum wählen die Leute sie dann immer wieder?«

»Da geht's ums Geld. Die Geschäftsleute lieben sie, weil sie ohne Rücksicht auf Verluste jeden gesetzlichen und ethischen Grundsatz mit Füßen tritt, wenn es dem Wachstum ihrer Stadt dient. Seit sie die Zügel in der Hand hält, ist El Cerrón auf das Dreifache angewachsen. Anfangs hatte das einen Aufschwung ohnegleichen zur Folge. Außerdem war ihr Vater in der Diktatur ein berühmter Falangist und später, als Spanien eine Demokratie wurde, der erste gewählte Bürgermeister der Stadt. Leticia hat das Amt direkt von ihm übernommen. Mit anderen Worten: Die Stadt wird seit 1978 von den Enconas regiert.«

»Wie hieß der Vater?«

»Amancio Encona. Aber das war vor meiner Zeit, ich hatte also nicht viel mit ihm zu tun. Er starb in den späten Neunzigern.«

»Was ist mit Santiago Encona?«

Julio lachte verächtlich. »Schon als Teenager hing er am Rockzipfel von *mamá*. Alles, was man sich nur wünschen kann, wurde ihm auf dem goldenen Tablett serviert: Geld im Überfluss, Geschäftsbeziehungen. Aber was immer er anfasst, verwandelt sich in Scheiße. Früher hat er ein rechtes Lotterleben geführt – Drogen, Alkohol, Nutten, das Übliche halt. Wahrscheinlich hat *mamá* ihm die Leviten gelesen, deshalb hat er sich gebessert.«

»Und wann wurde er Pressesprecher seiner Mutter?«

»Wie schon gesagt, auf ehrliche Arbeit hat Santiago noch nie Lust gehabt. Er hat auch keine besonderen Begabungen, also war klar, dass er früher oder später als Politiker enden würde. Pressesprecher ist er wirklich nur dem Namen nach. Ich bezweifle, dass er überhaupt die Befugnis hat, Presseerklärungen zu verfassen. Er ist nicht gerade die hellste Kerze auf dem Kuchen.«

»Was ist mit dem Namen Santa Cristina? Klingelt da was bei dir?«

»Nur ganz leise. War das nicht eine Klinik, die später abgebrannt ist? Wieso fragst du?«

»Santiago schien es nicht zu behagen, dass ich mich nach dem Golfplatz erkundigte, den sie in deren Nähe bauen wollen.«

»Natürlich nicht. Schließlich gehört er zu der Unternehmensgruppe, die das Land gekauft hat.«

»Santiago Encona ist Teil von Grupo Halcón Development?«

»Ja. Aber das weiß jeder in der Stadt. Die Papiere sind völlig in Ordnung. Das kann ich dir sagen, weil ich sie selbst überprüft habe. In den frühen Nullerjahren hat die Gruppe das Land der Kirche abgekauft. Aber das Arroyo-Springs-Projekt ist schon lange mausetot.«

»Nicht wenn man Santiago Encona glaubt.«

»Das zeigt nur, wie dumm er wirklich ist. Das ganze Land steckt wegen der Immobilienblase in der Krise, es gibt über eine Million unverkaufte Neubauten, trotzdem ist Santiago Encona immer noch davon überzeugt, dass er ein Projekt, bei dem es um Hunderte von Timeshare-Apartments geht, wieder zum Laufen bringen kann. Das Problem ist wahrscheinlich auch, dass er eine solche Menge an Eigenkapital in dem Projekt versenkt hat, dass er jetzt alles drangeben muss, damit das Ganze noch funktioniert. Aber wenn du an dem Dreck interessiert bist, den die Familie Encona am Stecken hat – ich bin letztens auf einen interessanten Leckerbissen gestoßen: Ramón Encona ist zurück, wo auch immer er in den letzten achtzehn Jahren gesteckt hat.«

»Und wer ist das?«

»Ramón ist das dreckige kleine Familiengeheimnis. Herminia Encona ist die Tante der Bürgermeisterin, die Schwester von Amancio. Ramón ist ihr Sohn.«

»Dann ist er Santiagos Onkel?«

»Eigentlich schon. Aber der Altersunterschied zwischen den beiden beträgt nur ein paar Jahre, sie sind eher wie Cousins.«

»Ich nehme jetzt mal an, dieser Ramón ist nicht der perfekte Schwiegersohn?«

»Oh ja, er ist absolut bösartig. Ich kenne ihn noch aus der Schule. Er war durch und durch grausam. Ich erinnere mich noch gut daran, wie Ramón einmal die Handfläche eines Lederhandschuhs mit Sekundenkleber beschmierte und ihn dann einem der älteren Jungen ins Gesicht drückte. Es war ein Wunder, dass er nicht erstickt ist. Aber weil Ramón ein Encona ist, musste er nie dafür geradestehen. Allerdings ist er, im Gegensatz zu Santiago, nicht dumm. Als junge Männer steckten sie immer zusammen. Das war damals, als Ramón noch mit Drogen dealte. Santiago war stets in seiner Nähe und stopfte sich Koks in die Nase. Dann gab es irgendeinen Skandal, und Ramón verschwand. Wenn man der Gerüchteküche Glauben schenkt, hat Leticia ihn bezahlt, dass er verschwindet – und auch verschwunden bleibt. Der Plan hat bis letzten Monat funktioniert.«

»Eine Ahnung, warum er zurückgekommen ist?«

»Die Leute munkeln, seine Mutter macht es nicht mehr lange. Vielleicht hat der Gedanke an die Erbschaft ihn angelockt. Aber wer weiß das schon bei einem Kerl wie ihm? Vielleicht war er nicht mehr wohlgelitten da, wo er sich versteckt hatte. Ich sag dir jedenfalls eins: Wenn die Jahre den nicht sanfter gemacht haben, dann wird es nicht mehr lange dauern, bis er wieder Ärger macht.«

5

Nachdem Ramón aus Álvaro Iglesias jedes noch so kleine Detail über den Mord an der jungen Frau herausgequetscht hatte, ging er zu einer der Bars auf dem Hauptplatz und beobachtete, was sich nahe dem Rathaus abspielte. Er pfiff auf die Vereinbarung, die er mit Cousine Leticia getroffen hatte. Er würde mit Santiago reden und den Schweinehund dann fertigmachen. So wie damals die Mädchen in Sevilla. Er musste nur aufpassen, dass der Moment, in dem er an ihn herantrat, gut gewählt war.

Ramóns Gedanken rasten. Was Iglesias ihm erzählt hatte, war kaum zu glauben – aber genau das war ein untrügliches Zeichen dafür, dass es die Wahrheit war. Und es war typisch für Santiago, ein solches Riesendurcheinander anzurichten.

Laut Iglesias hatte alles vor einer Woche begonnen, als Santi Álvaro Geld dafür geboten hatte, in Enix in das Haus eines alten Mannes einzubrechen. Álvaro hatte es im Vagen gelassen, warum genau Santi den Einbruch von ihm verlangt hatte, aber in einem Punkt war sich der Fettwanst sicher gewesen: Irgendjemand versuchte, Santiago zu erpressen.

»Auf dem Friedhof muss etwas passiert sein«, hatte Álvaro ihm erzählt. »Und dann hat Santi herausgefunden, dass die Roten eine Kiste mit Krankenakten aus dem Stadtarchiv gestohlen hatten, mit der sie versuchten, ihn in die Falle zu locken. Deshalb hat er mich und *El Porquero* dafür bezahlt, in das Haus einzubrechen, aber die Akten haben wir nicht gefunden. Nur drei alte Hauptbücher von einer Klinik.«

An diesem Punkt war Ramón fast in Lachen ausgebrochen. Wie konnte man sich nur so ein Einbruchspärchen aussuchen: den krankhaft fettleibigen Álvaro und den Volltrottel von *El Porquero*? Aber die Wahl war letztlich nur zu seinem Vorteil: Sollte Ramón seine Karten richtig ausspielen, wären damit die finanziellen Probleme gelöst. Denn falls irgendjemand den kleinen Santi um Geld betrügen sollte, so würde er das sein, Ramón. Schließlich waren sie alle eine Familie.

Kurz nach Mittag sah Ramón Santiago und einen Mann mit blonden Locken aus dem Rathaus kommen. Der Typ trug Jeans und eine Jeansjacke, außerdem eine Kamera und eine Schultertasche. Ramón beobachtete, wie sie sich auf der Terrasse eines Cafés auf der anderen Seite des Platzes an einen Tisch setzten. Der Mann sah aus wie ein Ausländer, aber sie unterhielten sich ganz eindeutig auf Spanisch. Obwohl man Santiago auf teure Schulen geschickt hatte, waren seine Fremdsprachenkenntnisse so gut wie nicht existent.

Ramón vermutete, dass der Mann Journalist war. Schließlich war der kleine Santi ja jetzt *mamás* Pressesprecher, nicht wahr? Ramón fragte sich, wie viele Presseerklärungen Cousine Leticia diesen dummen Kerl wohl schreiben ließ. Nicht viele, falls sie halbwegs bei Verstand war.

Nach fünf Minuten stand Santiago Encona plötzlich auf und verließ den Tisch. Er und der Journalist hatten sich nicht im Guten getrennt – die angepisste Miene kannte Ramón noch aus Kindertagen; Santiago verzog das Gesicht wie ein verwöhnter Junge, der seinen Willen nicht bekommt.

Ramón verfolgte Santiago durch die Stadt und sah ihn in seinen Jaguar steigen, unerlaubt wenden und in Richtung der alten Stierkampfarena davonrasen. Ramón blickte dem Wagen hinterher, bis er außer Sicht war. Santiago hatte die Stadt in östlicher Richtung verlassen, also musste er auf dem Weg zu Onkel Amancios altem Haus sein. Seine Mutter hatte erzählt, Santiago habe das Haus geerbt. Das war gut. Das hieß, dass Ramón dort allein mit ihm reden konnte.

Eigentlich war Ramón ein Cousin von Santiagos Mutter, aber er war nur zwei Jahre älter als Santi. Als der Ältere hatte es ihm früher großen Spaß gemacht, seinen Neffen in Schwierigkeiten zu bringen. In Ramóns Kindheit war das das einzig Sinnvolle gewesen. Sie konnten Santiago noch so sehr mit Geschenken und Aufmerksamkeiten überhäufen, es würde doch nichts an der Tatsache ändern, dass er ein Versager war.

Als Erwachsener hatte Ramón voller Schadenfreude zugesehen, wie Santiago von einer Katastrophe in die nächste schlitterte. Ihm wurden endlos viele Geschäftsmöglichkeiten angeboten, und jede hatte Santiago vergeigt, weil er mit einer Mischung aus mangelnder Urteilskraft und Arroganz zu Werk gegangen war. Und dann hatte es auch jede Menge Skandale gegeben: Verkehrsunfälle durch Trunkenheit am Steuer, Schlägereien, Affären. Nur Santiagos Familienname und der große Einfluss seiner Mutter hatten ihn immer wieder aus schwierigen Situationen gerettet.

Nun, aus der jetzigen würde seine Mami ihm nicht wieder heraushelfen können.

Das Landhaus war ein großes dreistöckiges Gebäude, auf halbem Weg Richtung Berge gelegen, umgeben von Olivenhainen, die sich bis zum Horizont erstreckten, über fünfzig Morgen ausschließlich diese verdammten Bäume. Ramón parkte vor dem Gebäude an der Straße. Die Bäume waren übervoll von Oliven, in der Luft hing ein öliger Geruch. Die Auffahrt zu dem Anwesen war hundert Meter lang und wurde von an Gittern wachsenden Weinreben beschattet. Die Nachmittagssonne schien durch das grüne Laubdach, als Ramón auf das Haus zuging.

Santiago war im Freien und erteilte den Arbeitern, die mit der Instandhaltung der Außenanlagen beschäftigt waren, Anweisungen. Erstaunen trat in das Gesicht seines Neffen, als er Ramón auf das Haus zuschlendern sah. Einen kurzen Moment lang sahen sie sich in die Augen, dann drehte Santiago sich um und ging ins Haus.

Der Chefgärtner des Anwesens machte ein paar Schritte Richtung Ramón, schüttelte den Kopf und gestikulierte ihm, sich nicht zu nähern. »Sie können nicht herkommen, Ramón«, sagte er. »Sie kennen die Regeln. Wenn Sie nicht …«

»Geben Sie Santiago Bescheid, dass ich über die junge Frau im Bilde bin. Ich werde hier so lange warten, bis Sie ihm die Nachricht überbracht haben«, sagte Ramón und setzte sich auf eine Steinbank.

Eine Minute verging, bis Santiago wieder auftauchte. »Was meinst du damit?«, fragte er. Er versuchte zu bluffen, hatte aber längst die Stimme gesenkt und versuchte, Ramón von den Arbeitern fernzuhalten. »Ich habe keine Ahnung, wovon du redest. Welche junge Frau? Wenn meine Mutter erfährt, dass …«

»Ich habe gerade mit Álvaro Iglesias gesprochen. Der fette Schweinehund hat dich verpfiffen, *primo*.« Ramón beobachtete mit Genugtuung, wie Santiago blass wurde und über die Schulter sah. Alle Arbeiter starrten sie an. »Warte in La Piltra auf mich«, sagte er.

La Piltra war ein kleines Haus auf der anderen Seite des Anwesens, einen Kilometer vom Hauptgebäude entfernt. Als junge Männer hatten sie dort gefeiert. Ramón fuhr in gemächlichem Tempo. Zehn Minuten später kam Santiagos Auto auf dem Kies vor dem Haus schleudernd zum Stehen.

»Hör zu, Ramón, ich weiß ja nicht, was dieser fette Idiot dir erzählt hat, aber ich versichere dir, es ist alles …«

»Ich kann dir genau sagen, was er mir erzählt hat: Er sagt, es sei alles deine Schuld.«

»Meine Schuld? Wie zum Teufel kommt er auf so was?«

»Er selbst sei bloß zu dem Haus des alten Mannes gegangen, um ein paar medizinische Hauptbücher oder Aktenordner oder so was Ähnliches zu stehlen. Und um die junge Frau habe sich *El Porquero* gekümmert.«

»Das ist Schwachsinn«, fauchte Santiago ihn an, aber seine Miene bettelte um Verständnis. »Keinem von denen sollte ein Härchen gekrümmt werden. Der alte Mann sollte eigentlich die ganze Nacht außer Haus sein und auf einer politischen Versammlung eine Rede halten. Aber er kam früher als erwartet zurück und überraschte sie im Haus. Dann griff er sie mit so einem dämlichen Stockdegen an, den er bei sich trug, und rammte ihn Álvaro ins Bein. Als *El Porquero* ihn zurückhalten wollte, brach der alte Mistkerl zusammen und starb auf der Stelle.«

»Weiß ich«, sagte Ramón. »Und die junge Frau hat alles gesehen. Also bekamen die beiden Panik, fesselten sie und luden sie in den Kofferraum von Álvaros Auto.«

Santiago schüttelte den Kopf. Seine Entrüstung war so groß, dass er alle Vorsicht fahren ließ. Er sprach jetzt schneller. »Die Idioten dachten nicht einmal daran, Masken zu tragen. Ich war zu der Zeit in Madrid. Dass sie die junge Frau gefangen hielten, habe ich erst am Donnerstagabend erfahren, als ich zurückkam. Álvaro rief mich zu Hause auf dem Festnetz an und fragte, was er mit ihr machen solle.«

Ramón konnte sich schon denken, wie das Gespräch verlaufen war. Santiago hätte ihm niemals den direkten Befehl erteilt, sie zu töten – so klug war er dann eben doch –, aber er dürfte gewusst haben, dass die Gefangenhaltung auf ihn zurückfallen und ihm schaden könnte. Selbstschutz hatte bei

Santi immer schon eine hohe Priorität besessen. Die junge Frau hatte alles mit angesehen und konnte ihre Entführer identifizieren. Was den sicheren Gefängnisaufenthalt für jeden einzelnen von ihnen bedeutet hätte. Santi hätte das Problem also wieder mit Geld aus der Welt schaffen müssen, um sich die Hände in Unschuld zu waschen.

»Weißt du, wie *El Porquero* sie getötet hat?«, fragte Ramón.

»Um Gottes willen, natürlich nicht. Und ich will es auch gar nicht wissen.«

Ramón betrachtete seine Fingernägel. Die Unterhaltung machte ihm Spaß. »Álvaro hat mir alles erzählt. Du weißt schon, warum *El Porquero* so heißt, oder?«

»Sein Vater war Schweinehirt.«

»Stimmt. Alles, was er bis zu diesem Zeitpunkt in seinem Leben getötet hatte, waren Schweine …« Er hielt inne, ließ die Bedeutung seiner Worte sinken.

Santiago ließ ein lang gezogenes Stöhnen vernehmen, während ihm der Kopf nach vorn zwischen die Hände kippte.

»Das ist einer der Gründe, warum der arme Álvaro so aufgewühlt ist«, sagte Ramón. »Als er die Leiche holen wollte, baumelte sie noch am Strick. Die Situation ist folgende: Du und ich, wir wissen, warum *El Porquero* das auf diese Art gemacht hat«, sagte er und behielt den Plauderton bei. Er wollte den Dreckskerl leiden sehen. »Aber was wird die Polizei deiner Meinung nach aus der Sache machen? Eine grausame und ungewöhnliche Tat, so werden die Beamten denken. Sadistisch. Bei solchen Fällen kommen die richtig auf Hochtouren. Die werden alle Hebel in Bewegung setzen, um den Scheißkerl zu finden, der das getan hat. Aber sie werden nicht erfolgreich sein, nicht wahr? Ich meine, es gibt absolut nichts, was euch mit der jungen Frau in Verbindung bringen könnte. Es war ja sowieso alles nur ein großer Zufall. Und Álvaro war so klug, das Auto des Mädchens wegzufahren und woanders abzustellen, sodass die Polizei wahrscheinlich keinen Zusammenhang zwischen dem Einbruch und ihrem Tod herstellen wird. Es hängt also alles davon ab, ob *El Porquero* in der Zeit, in der er das Mädchen im Schlachthaus gefangen hielt, geil geworden ist oder nicht.«

Santiago riss die Augen weit auf. »Du glaubst, er hat sie vergewaltigt?«

»Sie war zwei ganze Tage dort, bevor er sie getötet hat. Denkst du ernsthaft, das minderbemittelte Vieh wäre imstande gewesen, so lange die Hände von einem jungen hübschen Ding zu lassen? Wenn man bedenkt, dass er früher immer damit geprahlt hat, die Schweine seines Vaters zu ficken.«

»Oh Gott. Aber inwiefern betrifft das uns?«

Uns. Ramón musste insgeheim lächeln. Er hatte vergessen, wie einfach es war, mit Santi sein Spiel zu treiben.

»Es ist nur von Bedeutung, wenn *El Porquero* schon mal im Gefängnis war.«

»War er.«

»Weswegen?«

»Sex mit Minderjährigen. Mit einer seiner Nichten.«

Ramón tat so, als habe er das noch nicht gewusst, und zog scharf die Luft ein. »Wenn er wegen einer Sexualstraftat vorbestraft ist, ist die Polizei wahrscheinlich im Besitz einer DNA-Probe von ihm. Und wenn er bei dem Einbruch nicht einmal so klug war, eine Maske zu tragen, kannst du dir dann ernsthaft vorstellen, dass er keine Spuren an der Leiche der jungen Frau hinterlassen hat? Die brauchen nur Sperma, Schamhaare oder ein Stückchen Haut unter einem ihrer Fingernägel. Und wenn sie dadurch auf *El Porqueros* Namen stoßen, ist die Kacke am Dampfen. Man kann nie wissen, was ein Schwachkopf wie der so alles von sich gibt, oder? Die Polizei wird ihn in die Mangel nehmen.«

Schließlich sah man Santiago an, dass er verstand. Er stöhnte auf und legte wieder den Kopf in seine Hände.

»Aber mach dir keine Gedanken, *primo*. Ich kann dir helfen.«

»Wie denn?«

Ramón klopfte ihm beschwichtigend auf den Rücken. »Sagen wir es mal so: Falls du nach einer dauerhaften Lösung für das Problem *El Porquero* suchst, dann bin ich dein Mann. Aber ich warne dich – einfach wird es nicht werden. Und billig auch nicht.«

6

Josefina Hernández lebte in einem der kleinen Dörfchen, die es in der Provinz Almería, wo die Grenze zwischen Stadt und Land fließend verlief, zu Dutzenden gab. Danny parkte vor einem Café mit viel Glas und glänzendem Chrom und überquerte eine mit Ziegenkot verdreckte Straße.

Josefina Hernández war eine typische Vertreterin ihrer Generation. Sie hatte die krumme, o-beinige Haltung eines Menschen, der sich ein Leben lang auf Feldern gebückt hat, und sprach das breite, lispelnde Spanisch der andalusischen Dörfer.

Bei Dannys Ankunft warf sie im Hof neben ihrem Haus ein paar dürren Hühnern Maismehl vor die Schnäbel. Er machte ein paar Fotos von ihr mit den Hennen, dann gingen sie hinein ins Wohnzimmer.

Bilder von der Erstkommunion der Enkel in Matrosenanzügen und Spitzenkleidchen hingen dicht an dicht neben den kitschigen goldgerahmten Bildern und Figürchen der Virgen del Mar, der heiligen Schutzherrin von Almería. Im Fernsehen lief eine Phone-in-Sendung eines Lokalsenders, in der man sich Tarotkarten legen lassen konnte. Frömmigkeit und Aberglaube, Seite an Seite in einem Raum: Auch das war typisch für Leute wie Josefina Hernández, eine Erinnerung daran, dass es hinter der Fassade aus Wohlhabenheit und Modernität, die mit der Demokratie Einzug gehalten hatte, noch ein anderes Spanien gab. Man nannte es *la España profunda*, das traditionelle Spanien, ein Land des Aberglaubens und der Ignoranz, der Geheimniskrämerei und der Bosheit, ein Ort, an dem der Erste-Welt-Status Spaniens Risse aufwies.

Ein muskelbepackter Mann in Bauarbeiterkleidung kam ins Haus, als Josefina Hernández Kaffee einschenkte, und wurde Danny als José, ihr jüngster Sohn, vorgestellt. »Ein gut aussehender Junge«, sagte Danny, als José in die Küche ging, um Milch zu holen.

Junge. Nicht Mann: Er wollte Josefina subtil daran erinnern, weshalb er hier war.

Regel Nummer eins bei einem heiklen Interview lautete: Lass den Interviewten den Augenblick, in dem das Thema angesprochen wird, selbst bestimmen. Das war nicht nur eine allgemeingültige Anstandsnorm, es war auch der einzige Weg, um die vollständigen Informationen zu erhalten. Bei einer Geschichte wie dieser waren die Fakten wie ein Schwarm Vögel, der auf einem Baum hockte: Ging man zu schnell auf ihn los, flatterten die Vögel einfach davon.

»Ich nehme an, Sie wollen etwas über die Sache mit Manuel und dem Grab wissen?«, fragte sie schließlich, nachdem sie sich auf dem Sofa niedergelassen hatte. Ihr Sohn saß neben ihr, den muskulösen Arm schützend um ihre Schultern gelegt.

»Wenn Sie sich dazu äußern möchten.«

Sie nickte.

»Wann wurde Manuel geboren?«, fragte Danny.

»Am dreizehnten Oktober 1961.«

»Wo?«

»In einem Krankenhaus. Oder, besser gesagt, in einer Klinik. Die Ärzte meinten, es würde eine schwierige Geburt werden, denn es war mein erstes Kind, deshalb wurde ich in eine Privatklinik gebracht.«

»Das war bestimmt teuer.«

»Es war ein Akt der Wohltätigkeit. Ein Priester hat alles organisiert. Sie haben mich mit dem Krankenwagen geholt.« Sie schien stolz darauf zu sein. »Aber meine anderen Kinder sind zu Hause auf die Welt gekommen.«

»Erinnern Sie sich an den Namen der Klinik?«

»Aber sicher: Santa Cristina. Er ist mir im Gedächtnis geblieben, weil es der Name meiner Schwester ist.«

»Wie viele Kinder haben Sie?«

»Vier. Die überlebt haben. Manuel ist kurz nach der Geburt gestorben, weil es zu Komplikationen kam.«

»Was ist Ihrer Meinung nach mit Manuels Grab passiert?«

Sie ließ den Kopf hängen. Als sie weitersprach, war ihre Stimme nur noch ein Flüstern. »Das? Das war Schicksal.«

»Schicksal?«

»Es war Gottes Strafe. Sein Zorn.«

»Tut mir leid. Das verstehe ich nicht.«

Sie erhob sich und zog die Schublade einer alten Kredenz auf. »Den anderen Reportern habe ich das Foto nicht gezeigt. Die waren ja selbst noch Kinder. Die waren zu jung für solche Sachen.«

Sie kam auf Danny zu, blieb dann aber mitten im Raum stehen und tippte mit dem Zeigefinger auf das Foto. *»Mi sol, mi vida, mi alma«*, sagte sie. Meine Sonne, mein Leben, meine Seele.

Danny erinnerten die geflüsterten Worte an seine Kindheit, so nannten die Spanier liebevoll ihre Kinder und Enkel.

Eine einzelne Träne rollte über ihr faltiges Gesicht, als Josefina Hernández Danny das Foto reichte. Wieder legte José seiner Mutter den Arm um die Schultern.

Es dauerte einen Augenblick, bis Danny begriffen hatte, dass die Frau auf dem Schwarz-Weiß-Foto Josefina war. Sie war nicht nur fünfzig Jahre jünger, ihr Gesicht war zudem verzerrt vor Erschöpfung und Kummer, während sie im Nachthemd dastand und ein gewickeltes Baby im Arm hielt. Seine Augen waren geschlossen. Danny brauchte eine Weile, bis ihm klar wurde, was er da betrachtete.

»Die haben Sie mit Ihrem toten Kind im Arm fotografiert?«, fragte er.

»Ja!« Die Stimme der alten Frau bebte. »Damals hat man mir auch gesagt, das arme Ding sei verflucht.«

»Verflucht? Wie das?«

Sie ließ sich in einen Stuhl sinken und starrte auf die zitternden Hände in ihrem Schoß. »Manuel war mein erstes Kind. Ich habe am zwölften April 1961 geheiratet. Er kam im Oktober zur Welt.«

April bis Oktober.

Sechs Monate.

»Genau«, sagte sie, als sie Danny ansah, dass er begriffen hatte. »Wir haben das arme Kind durch unsere Sünde verflucht. Wir waren zwei Jahre verlobt, und mein Mann, Friede seiner Seele, hat mich nie bedrängt.« Sie machte das Kreuzzeichen. »Aber in einer Nacht dachte ich, dass wir ja sowieso bald heiraten würden, und da ...«

Sie senkte vor Scham den Kopf.

»Und Sie glauben, dass das Kind deshalb verflucht gewesen ist?«

»Ich weiß es. Das Foto wurde zwanzig Minuten nach der Geburt aufgenommen, und als ich das Baby im Arm hielt, war es schon kalt. Hören Sie? Kalt wie ein Grabstein. Und das ist auch auf dem Friedhof passiert.« Ihr Zeigefinger flog Richtung Decke. »Der Zorn Gottes. Er vergisst nichts. Das haben sie damals immer über die Leichen von den Roten gesagt, die nach dem Krieg exekutiert wurden. Dass die Erde ihre Knochen ausspucken würde, weil sie sie nicht haben will. Mit dem Kind ist es genauso. Es war unehelich gezeugt und liegt jetzt nicht mehr auf heiligem Boden. Die Polizei sagt, es sei nichts von ihm übrig geblieben. Kein einziger Knochen. Er hat den Preis für unsere Sünde bezahlt. Für meine Sünde.« Noch mehr Tränen rollten über die Runzeln und Falten ihres Gesichts.

José tätschelte seiner Mutter den Arm. »Ich denke, das waren jetzt genug Fragen, das reicht«, sagte er. »Ich bring Sie noch zur Tür, Señor Sánchez.«

Auf dem Gehsteig zündete José sich eine Zigarette an und bot Danny eine an. »Sie müssen das verstehen, meine Mutter kommt aus einer anderen Generation«, sagte er. »Sie ist nach dem Krieg aufgewachsen. Damals war Spanien ein anderes Land. Die Frauen erhielten wenig oder keine Bildung, und wenn, dann nur von der Kirche. Meine Mutter stammt aus einer Familie von Roten. Die Kinder dieser Familien bekamen immer eine Sonderbehandlung, um sicherzustellen, dass sie mit einer ordentlichen Portion gesunder Angst vor der Verdammnis aufwuchsen.« Er grinste spöttisch. »Seit ich erwachsen bin, habe ich nie wieder einen Fuß in eine dieser verfluchten Kirchen gesetzt. Aber der eigentliche Grund, warum ich Sie sprechen wollte, ist der, dass ich gerne wüsste, was Ihrer Meinung nach mit Manuels Grab passiert ist.« José beobachtete Dannys Miene genau.

»Ich glaube nicht, dass seine Leiche je in diesem Grab lag«, sagte Danny.

José nickte, als hätte er mit dieser Antwort gerechnet. »Seit die Sache mit den illegalen Adoptionen durch die Presse ging, hatte ich die Befürchtung, dass damals etwas Schreckliches geschehen ist. Aber verstehen Sie, meine Mutter würde die Wahrheit nicht überleben. Sie ist alt und gebrechlich, und schon allein der Verdacht, man könnte ihren Erstgeborenen gestohlen haben, würde sie umbringen. Daher haben ich und meine Geschwister beschlossen, erst nach ihrem Tod nach unserem Bruder zu suchen, nicht vorher. Ich weiß nicht genau, worüber Sie schreiben wollen, aber ich flehe Sie an, nichts zu erwähnen, was meine Mutter die Wahrheit vermuten lassen würde.«

»Das verstehe ich vollkommen«, sagte Danny. »Sie haben mein Wort, dass ich über nichts schreiben werde, was Ihre Mutter aufregen könnte.«

Sie schüttelten einander die Hände.

»In dem Fall kann ich Ihnen ja sagen, dass meine Mutter Ihnen nicht die ganze Geschichte erzählt hat.«

»Soll ich Notizbuch und Stift noch einmal herausholen?«, fragte Danny.

José nickte. »Angeblich war mein Bruder Manuel eine Totgeburt, das heißt, er starb ungetauft. Eine der Nonnen in dieser Klinik Santa Cristina hat von der Sekunde an, in der Manuel gestorben ist, ohne Unterlass auf meine Mutter eingeredet und ihr gesagt, seine Seele sei dazu verdammt, ewig im Fegefeuer zu bleiben. Stellen Sie sich das nur mal vor: Wenige Minuten, nachdem Sie ein Kind geboren haben, erzählt man Ihnen nicht nur, es sei tot, sondern Sie müssen sich auch noch einen endlosen Sermon über seinen verdammten Platz im Himmel anhören. Wie auch immer, die Nonne sagte jedenfalls, sie könne sich um den Leichnam kümmern und dafür sorgen, dass er auf geweihtem Boden begraben wird. Falls meine Mutter sich damit einverstanden erkläre, dass die Klinik die Beerdigung übernimmt. Sie sagte ihr, die Nonnen könnten eine Fürbitte für Manuel sprechen, und Gott werde dem Kind in seiner unendlichen Güte den Zutritt zum Himmel gewähren. Wenn meine Mutter aber darauf bestünde, sich selbst um den Leichnam zu kümmern, dann werde sie höchstpersönlich dafür sorgen, dass er ihr weggenommen und neben Ungläubigen auf dem englischen Friedhof beigesetzt wird. In diesem Fall wäre das Kind dann zweifach verdammt. So eine zynische Hexe.«

»Wissen Sie, wie diese Nonne hieß?«, fragte Danny.

»Ja. Ich wollte ihren Namen unbedingt herausfinden: Schwester María Pilar Arriola.«

7

Damals, Mitte der Neunzigerjahre, hatte Ramón Encona El Cerrón und Umgebung fast allein mit Drogen versorgt. Er war außerordentlich gut im Dealen gewesen, denn anders als die anderen war er auf das Zeug, das er verkaufte, selbst nicht scharf: Cannabis machte ihn antriebslos und paranoid, von Pillen wurde ihm schlecht, und vom Koksen bekam er Herzrasen.

Primitivo Pozos – oder *El Porquero*, wie er in der Stadt genannt wurde – war einer seiner besten Kunden gewesen und hatte bei den Konsumenten, die mit ihrer Zahlung im Rückstand waren, für Ramón den Geldeintreiber gespielt. Das Gute an Pozos war, dass er nicht nur den Körperbau eines Ackergauls hatte, sondern noch dazu sehr hilfsbereit und damit äußerst einfach zu manipulieren war. Zudem hatte er die Bezahlung in Kokain oder Pillen stets klaglos akzeptiert.

Ramón hoffte sehr, dass sein Appetit auf Drogen immer noch so groß war wie früher.

Pozos lebte in dem alten Schlachthaus, das früher seinem Vater gehört hatte. Ramón erinnerte sich daran, dass es damals schmutzig, aber funktional gewesen war. Ein typisches Landhaus mit Tierhaltung. Als er aber in dem ausgetrockneten Flussbett, das zum Haus führte, um die Ecke bog, sah er, dass es mittlerweile praktisch baufällig war.

Ein Flachdachhaus mit einem großen Hof aus gestampfter Erde, der von an manchen Stellen komplett in sich zusammengefallenen Lehmmauern umgeben wurde. Vom Dach hing ein Wirrwarr aus schwarzen Stromkabeln und sich ablösendem Klebeband. Ein Holzgatter führte zum Schlachthaus, einem Gebäude aus normalem Beton und Schlackenbetonblöcken. In den Fenstern des Schlachthauses fehlte das Glas, und Ramón konnte sehen, dass ein Teil der Decke nach innen eingestürzt war.

Unkraut wucherte durch die Risse in der Oberfläche des Betonweges, der zur Haustür führte, der Hof war mit verrostenden Gerätschaften zugemüllt: mit Leitern, Werkzeugkisten, einem Zementmischer. Aus einem offen stehenden Fenster konnte Ramón den blechernen Klang eines Fernsehers hören.

Pozos hatte seinen Lieferwagen nahe dem Schlachthaus geparkt. Ramón kroch zur Tür an der Fahrerseite und versuchte, sie zu öffnen. Sie war nicht abgeschlossen, also öffnete er sie leise und zog eine Büroklammer aus der Tasche. Er hatte sie schon zu einem Metallspieß aufgebogen, steckte diesen ins Zündschloss und bewegte ihn so lange hin und her, bis er tief drinsteckte. Dann brach er ihn ab und schloss die Tür.

Von seinem Posten aus konnte er ins Innere des Schlachthauses blicken, in jene Hälfte, die noch intakt war. Auf dem Boden lag eine verdreckte Matratze, er erkannte die rostigen Haken und Ketten, an denen man früher die Schweine zum Ausbluten aufgehängt hatte.

Hier war Teresa del Hoyo gefangen gehalten worden, und hier war sie auch gestorben. Ramón schüttelte ungläubig den Kopf, als er sich umsah: Auf der Innenseite der Tür und an den Wänden waren frische Blutspritzer. Er würde wetten, dass der ganze Raum voll war mit DNA-Spuren der jungen Frau. Ein Wunder, dass die Polizei die beiden nicht schon festgenommen hatte.

In einem hölzernen Stall neben dem Schlachthaus hockten sechs oder sieben abgemagerte Hühner. Es gab auch einen Hund, ein dürres Gerippe, das mit einer kaum zwei Meter langen Wäscheleine an einen Baum gebunden war. Ramóns Augen verengten sich zu Schlitzen, als er erst den Hund und dann das Haus ins Visier nahm. Er würde seinen Spaß haben.

Ramón lief über den Hof und klopfte an die Wellblechtür. Der Fernseher wurde leise gestellt, jemand machte sich am Schloss zu schaffen, dann ging die Tür quietschend nach innen auf.

Die Zeit hatte *El Porquero* nicht schöner gemacht. Seine zusammengewachsenen Brauen wucherten immer noch buschig über tiefen Augenhöhlen, sein Gesicht war das körperliche Gegenstück seiner äußerlichen Verwahrlosung, die durch die mittlerweile weißfleckige Kopfhaut unterstrichen wurde. Er sah aus wie ein Säufer, seine Augen waren gräulich und rot geädert. Einige seiner Muskeln hatten sich in Fett verwandelt, aber er war immer noch ein wahrer Hüne: eins fünfundneunzig groß und gut über hundert Kilogramm schwer.

»Ramón?«, fragte Pozos langsam. »Bist du das?«

»Leibhaftig.«

»Wann bist du zurückgekommen?«

»Vor Kurzem.«

El Porquero trug einen schäbigen alten Morgenmantel. Er stand da und starrte Ramón dumm an, seine gerunzelte Stirn ein Zeichen dafür, dass er versuchte, die Information zu verarbeiten. »Was willst du?«, fragte Pozos.

»Begrüßt man so einen alten Freund? Möchtest du mich nicht hereinbitten?«

Pozos' Haus war tatsächlich nur ein Kasten aus Backsteinen und Zement. Es gab keine Zimmer im eigentlichen Sinne, nur einen einzigen rechteckigen Raum. Plastikkisten voll dreckigem Geschirr standen unter einem Spülbecken, neben ihnen lag ein halbes Dutzend Müllsäcke, gefüllt mit leeren Blechbüchsen und zusammengequetschten Bierdosen. Auf einem Getränkekasten stand ein kleiner Fernseher, davor ein schmuddeliges Sofa. Neben einem wackligen Holzstuhl und einem Haufen von Kissen, der als Bett diente, war das das einzige Mobiliar.

Im Haus roch es streng nach einer ganzen Reihe von Dingen, keines davon angenehm: Feuchtigkeit, Schweiß, ungewaschene Kleider, verfaultes Essen. Und nach Alkohol – allerdings handelte es sich nicht um den angenehmen, heimeligen Geruch eines Pubs, sondern um den Gestank aus alten Dosen, die zusammen mit leeren Flaschen jede ebene Fläche bedeckten.

Ramón wusste, dass die besten Lügen immer so viel Wahrheit wie möglich enthielten. Nachdem er sich hingesetzt und ein bisschen Smalltalk über die vergangene Zeit betrieben hatte, erzählte er Pozos, wann und warum er in die Stadt zurückgekommen war. Er sprach über seine Zeit im Bordell und darüber, wie die Polizeirazzia dieser ein Ende gemacht hatte.

Pozos drehte sich eine Zigarette aus einer Plastiktüte voller Kippen, und sein feuchter Mund stand offen, während er Ramóns Schilderungen zuhörte, welche Kleider die Mädchen tragen mussten und was für die jeweiligen Dienste verlangt wurde.

Beim Erzählen sah Ramón, wie der große Mann in die Tasche seines Morgenrocks griff und sich im Schritt rieb. Er tat so, als nehme er es nicht wahr und erzählte, er habe vor, wieder als Drogendealer einzusteigen. »Ich denke, ich fange erst mal mit Kokain an. Das kommt nie außer Mode, oder?

Ich kaufe es in Hundertgrammpäckchen und strecke es, so wie wir es damals schon gemacht haben: mit ein bisschen Glukose und ein klein wenig Lidocain-Gel. Das betäubt den Rachen so schön. Erinnerst du dich?«

Pozos konnte sich gut erinnern. Er leckte sich die Lippen, und in seine rot-grauen Augen trat ein gieriger Glanz.

»Deshalb brauche ich deine Hilfe«, sagte Ramón und lehnte sich vor, um Pozos den Arm zu tätscheln. »Du musst die Verteilung, die Auslieferung und das Geldeinsammeln übernehmen – den ganzen Kram, den du früher auch gemacht hast. Ich werde dich natürlich so wie damals bezahlen. Bist du interessiert?«

Pozos nickte eifrig. Dann stellte er Ramón genau die Frage, auf die dieser gehofft hatte. »Hast du vielleicht ein bisschen was dabei?«

»Was denn?«

»Koks.«

Ramón lächelte wissend. »Du meinst, du willst einen Vorschuss?«

»Nein, ich zahl es dir. Ich hab Geld da.«

»Okay.« Ramón wühlte in seiner Tasche und holte ein Plastikpäckchen heraus. »Das ist Topqualität, das halbe Gramm kostet fünfzig Euro. Aber weil wir alte Freunde sind, geb ich dir ein ganzes Gramm für den gleichen Preis.«

Pozos kramte in einer Plastiktüte nach Geld. Ramón nahm die schmutzigen, zerknitterten Scheine und ließ das Päckchen in die große ledrige Handfläche des Mannes fallen. Dann erhob er sich. »Wie auch immer, ich hab noch zu tun. Soll ich morgen vorbeikommen und dich abholen? Dann bringen wir die Dinge wieder ins Rollen.«

»Magst du dir keine Linie reinziehen?«, fragte Pozos und wischte einen Teller sauber.

»Nein, das ist mir nie bekommen. Und so bleibt mehr für dich übrig.«

Pozos griff nach seiner Hand. »Danke dir, Ramón.«

Ramón klopfte ihm auf die Schulter. »Viel Spaß mit dem Koks. Da, wo ich das herhabe, gibt's noch viel mehr.«

Draußen hielt Ramón den Atem an, bis er zwanzig Meter vom Haus entfernt war, und sog dann die reine Luft ein. Es würde eine Woche dauern, bis er den Gestank dieser Kloake nicht mehr riechen würde. Als seine Übelkeit vergangen war, lief er durch das trockene Flussbett ein wenig zurück, versteckte sich hinter einem Busch und wartete ab.

Damals in Sevilla hatte er einen Katalanen gekannt, der behauptete, einen Rivalen umgebracht zu haben, indem er Rattengift in dessen Heroin gemixt habe. Ramón hoffte, dass das Rezept auch mit Kokain funktionierte.

Zuvor war Ramón am frühen Nachmittag nach Almería-Stadt gefahren, um im Viertel *la Chanca* einem der Zigeunerkinder auf der Straße ein Gramm Kokain abzukaufen. In seiner Wohnung hatte er anschließend die Rattengiftpellets, die er besorgt hatte, zerstoßen und mit dem Kokain gemischt.

Hoffentlich würde es Pozos bei dem trüben Licht in dem Haus nicht auffallen, dass das Kokain, das er schnupfen wollte, eine seltsame Farbe hatte: Die Giftpellets waren grau gewesen. Außerdem machte die Masse des Mannes Ramón einige Sorgen. Er hatte keine Ahnung, ob er die Dosis hoch genug gewählt hatte, um einen Kerl wie ihn zu töten.

Die Zeit würde es zeigen.

Ramón lehnte sich an einen Baumstamm. Er fühlte sich durch und durch schmutzig, als würden Kakerlaken ihm über die Haut kriechen. Später würde er sich zu Hause eine ganze Stunde unter die Dusche stellen. Ramón verabscheute nichts so sehr wie das Gefühl, schmutzig zu sein …

Er war elf Jahre alt gewesen, als er seine Mutter zum ersten Mal geschlagen hatte. Es war früh am Morgen passiert, sie wollte ihn verprügeln, weil er sein Bett nicht ordentlich gemacht hatte. Da war es einfach mit ihm durchgegangen, und er hatte sie ins Gesicht geschlagen. Nicht fest genug, um ihr wirklich wehzutun, aber in ihren Augen war eine so wilde Wut aufgeflammt, dass Ramón aus dem Haus geflohen war.

Er war naiv gewesen zu glauben, er könnte Mutters Zorn entkommen, wenn er wegbliebe. Stunden später, als er eine Straße entlanglief, hatte Onkel Amancios Wagen neben ihm plötzlich eine rasante Bremsung hingelegt.

Onkel Amancio prügelte ihn an Ort und Stelle, mitten in der Stadt, windelweich. Der Hauptverkehr kam zum Erliegen, als sein Onkel ihn mit Tritten und Hieben von einem Gehsteig über die Straße zum anderen trieb, es war das erste Mal in seinem Leben, dass Ramón hart mit Füßen getreten wurde.

Als er blutbeschmiert und benommen dalag, lud Onkel Amancio ihn in den Kofferraum, fuhr ihn zu Mutters Haus zurück und schleifte ihn auf die Dachterrasse.

Ramón dachte, der Mann würde ihn vom Dach werfen und töten wollen – er kannte die Geschichten, was sein Onkel nach dem Krieg mit den Roten angestellt hatte –, aber stattdessen zog Amancio Ramón an den Haaren bis zu dem Platz, an dem Mutters vier Hühnerställe unter einem Sonnenschutz standen.

Er schob einen davon in die Mitte des Daches, stieß Ramón hinein und sperrte den Stall zu. Dann kippte er ihn nach hinten, sodass die eigentliche Drahtfront nach oben zeigte, und ging ins Haus.

Der Stall war so klein, dass Ramón weder stehen noch liegen konnte. Er kniete sich darin hin, so gut es er konnte, Knie und Hände voll mit Hühnerscheiße und Federn.

Aber das war nicht die eigentliche Bestrafung gewesen.

Gegen zehn Uhr morgens wanderte die Julisonne um den Schornstein und begann, den Hühnerstall zu bescheinen. Sie ließen ihn den ganzen Tag im Käfig. Mittlerweile zitterte und wimmerte Ramón in einem Delirium aus Durst und Erschöpfung, seine Haut verbrannt bis aufs rohe Fleisch.

Als Onkel Amancio ihn schließlich aus dem Hühnerstall zerrte, stand seine Mutter lachend hinter ihm. Amancio beugte sich über Ramón und sagte: »Wenn du je wieder gegen jemanden aus meiner Familie die Hand erhebst, dann wirst du dasselbe noch einmal erleben. Vergiss das nicht.«

Ramón hatte es nicht vergessen. Als er sechs Monate später wieder seine Mutter schlug, war er auf Onkel Amancio vorbereitet. Der Fettsack raste wütend zu seiner Mutter und versuchte, die Hausdachnummer zu wiederholen, aber Ramón war gewarnt und schlitzte ihm mit einem Küchenmesser die Handfläche auf.

Das war einer der schönsten Augenblicke in Ramóns Kindheit gewesen. Noch heute konnte er den Ausdruck aufrichtigen Entsetzens in Amancios Augen sehen, als dieser nach hinten taumelte, während Blut aus seiner Hand spritzte und ihm klar wurde, dass ihm der Junge, der vor ihm stand, die achtzehn Zentimeter rasiermesserscharfen Stahls einfach in den Bauch oder die Brust oder die Augen rammen konnte.

Ramón winkte mit dem Messer und sagte: »Wenn du je wieder Hand an mich legst, bringe ich dich um.«

Er wusste, dass die Drohung gewirkt hatte, denn anschließend hörte er Amancio im Erdgeschoss schreien: »Von jetzt an ist er dein Problem, Herminia. Ich will ihn nie wiedersehen. Er gehört jetzt ganz dir …«

Dieses Ereignis war der erste richtige Sieg in Ramóns Leben gewesen, aber als er älter wurde, verwandelte sich die

Erinnerung. Er erinnerte sich nicht mehr so häufig, wie er Onkel Amancio verletzt hatte, sondern stattdessen an das erste Mal, als der Fettwanst ihn auf der Straße bewusstlos getreten hatte.

Anfangs hatte Ramón angenommen, der Grund, warum niemand eingegriffen und einen erwachsenen Mann daran gehindert hatte, einen elfjährigen Jungen bewusstlos zu schlagen, sei die allgemeine Angst vor Amancio gewesen – schließlich war er damals ein mächtiger Mann gewesen, sowohl körperlich als auch politisch –, doch später, als Bilder der Gesichter der Schaulustigen wiederholt in seinen Träumen auftauchten, hatte er die Wahrheit erkannt: Niemand hatte Amancio zurückgehalten, weil alle froh gewesen waren, dass er tat, was er tat. Tatsächlich hatten einige der Männer und Frauen beim Zuschauen gelächelt und gelacht.

Als ihm das klar wurde, fühlte es sich an, als stecke ein roter grober Splitter tief in seiner Seele. Das Gefühl, dass ihn die Leute insgeheim auslachten, verließ ihn von diesem Augenblick an nie wieder. Das war auch der Grund, warum er immer, und zwar lange vor der verheerenden Entwicklung der Dinge in Sevilla, gewusst hatte, dass er eines Tages wieder nach El Cerrón zurückkehren würde. Ein paar Rechnungen waren noch offen. Eines Tages würde er einen Weg finden, wie er den dummen Bauern zeigen konnte, wer verdammt noch mal Ramón Encona wirklich war …

Die Tür von Primitivo Pozos' Haus flog mit einem lauten Knall auf, und der große Mann tauchte auf, hustend und würgend und sich an den Hals fassend, sich räuspernd und spuckend, als stecke ihm etwas in der Kehle fest. Er hatte den Hof zur Hälfte überquert, da wurde er plötzlich von einem Krampf gepackt und fiel zu Boden.

Ramón schielte an einer Seite des Baums hervor und sah

zu, wie die Muskeln und Sehnen im Gesicht des Mannes, der Nacken und die Arme sich anspannten und verdrehten.

Der Anfall ging vorüber, und Pozos kam wankend wieder auf die Beine. Aber als er sein Auto erreichte, hörte Ramón ihn vor lauter Wut aufschreien. Der Zündschlüssel wollte ums Verrecken nicht in das Schloss. Ramón hatte das Ganze gut geplant.

Pozos stolperte zurück zum Haus, als er einen weiteren Anfall erlitt und hinfiel.

Sein Todeskampf dauerte fast eine Stunde. Der Anblick war überaus interessant. Jeder Anfall war heftiger als der vorhergegangene, die Abstände zwischen ihnen wurden immer kürzer. Ein schwächerer Mann wäre ihnen schneller erlegen, aber Pozos stand immer wieder auf. Selbst als die Anfälle so schnell aufeinander folgten, dass es wirkte wie ein einziger Krampf und sein Rücken sich zu einem solchen Bogen spannte, dass Ramón dachte, Pozos' Wirbelsäule würde brechen, schaffte er es immer noch, an der Autotür zu kratzen.

Schließlich wurde er still.

Ramón wartete fünf Minuten, dann ging er hinüber, um zu überprüfen, ob er tot war. Pozos war steif wie ein Brett, das Gesicht zu einer hässlichen Fratze verzogen, die Augen hatten Einblutungen, waren hervorgetreten und sahen aus wie gekochte Eier. Ramón stieß den Leichnam mit den Zehen an, dann bewegte er ihn ein wenig mit dem Fuß.

Anschließend ging er ins Haus, nahm Konservendosen vom Regal, holte einen Öffner und ein Messer aus der Schublade und ging ums Haus zu dem Hund. Der winselte und duckte sich ängstlich, als Ramón auf ihn zukam, aber der machte besänftigende Geräusche, während er die Büchsen öffnete und Thunfisch und Hot-Dog-Würstchen auf den Boden kippte. Das Tier beschnüffelte sie, dann begann es, sie hinunterzuschlingen.

Mit dem Messer zerschnitt Ramón die Wäscheleine, die den Hund an den Baum band, und sah mit Genugtuung, wie er schnüffelnd im Hof herumlief.

»*Primo*«, sagte er, nachdem er Santiagos Nummer gewählt hatte. »Das kleine Problem, über das wir gesprochen haben, ist gelöst. Komm mit dem Geld zum vereinbarten Treffpunkt.«

8

Danny ging nach Hause und googelte den Namen der Nonne. Die Suche ergab einige Treffer, viele der Links führten ihn auf Websites, die den Opfern illegaler Adoptionen in Spanien gewidmet waren. Die Geschichten handelten vom menschlichen Elend in all seinen Schattierungen: Mütter suchten ihre Kinder, Kinder suchten ihre Eltern, Brüder und Schwestern suchten ihre Geschwister. Einige waren schon seit über vierzig Jahren auf der Suche nach vermissten Angehörigen.

In fast allen Forumsbeiträgen, in denen Schwester Arriola erwähnt wurde, sah man dasselbe Schwarz-Weiß-Foto, das irgendwann in den Siebzigerjahren aufgenommen worden war, als Arriola in einer Geburtsklinik und einem Waisenhaus auf Teneriffa gearbeitet hatte. Sie war eine untersetzte Frau mit einem runden fröhlichen Gesicht gewesen. Obwohl sie durch die gestärkten weißen Flügel ihrer Nonnenhaube äußerlich recht streng wirkte, strahlte sie Güte und Wohlwollen aus.

Die Kommentare in den Threads vermittelten allerdings einen anderen Eindruck. In Dutzenden von Beiträgen wurden die sadistischen Strafen geschildert, die Schwester Arriola den Kindern in ihrer Obhut auferlegt hatte: Sie wurden geschlagen und gedemütigt, und ihnen wurden Mahlzeiten vorenthalten. In den Kommentaren wurde behauptet, die Schwester hätte eine ganz besondere Antipathie hübschen jungen Mädchen in der Pubertät gegenüber gehegt. Vier verschiedene Frauen hatten gepostet, durch sie jeder Chance auf ein normales Sexualleben beraubt worden zu sein.

Laut der Website war Schwester Arriola 1997 verstorben, einige der Threads enthielten Links zu Zeitungs- und Zeitschriftenartikeln. Das Foto von Schwester Arriola, das immer wieder in dem Forum benutzt wurde, stammte aus einem Artikel, der 1995 in einer Zeitung auf Teneriffa erschienen war. Die Überschrift lautete: *Waisenhaus handelte mit Kindern wie mit Vieh*.

Doch es war das Foto unter dem Artikel, das Dannys besondere Aufmerksamkeit auf sich zog. Es zeigte einen metallenen Kühlschrank. Eine seiner schweren Türen stand offen, und im Innern war deutlich ein nacktes Baby zu erkennen, das man auf gefaltete Decken gebettet hatte.

Laut dem Bericht hatten die Ärzte der Geburtsklinik, die dem Waisenhaus auf Teneriffa angegliedert war, eine tiefgefrorene Babyleiche aufbewahrt. Jedes Mal, wenn eine Totgeburt vorgetäuscht werden musste, verschwand das Neugeborene wie durch Zauberei in einem anderen Raum, und das gefrorene Baby wurde in Decken gewickelt den Eltern als Beweis für den Tod ihres Kindes präsentiert.

Danny zündete sich eine Zigarette an. Er dachte über das Foto von Josefina Hernández nach und darüber, was sie über ihr Kind gesagt hatte, das so kalt gewesen war. Dann erinnerte er sich an Frank Dales Entdeckung im Keller der Klinik Santa Cristina und wusste nicht, ob er darüber glücklich sein sollte oder nicht.

Die Journalistin, die 1995 den Artikel geschrieben hatte, hieß Natalia Duva. Als Danny bei der Zeitung auf Teneriffa anrief, die damals den Artikel veröffentlich hatte, erfuhr er, dass Duva jetzt die Herausgeberin war.

»Ich kann mich noch sehr gut an den Artikel erinnern«, sagte sie. »Ich habe bei Gott lange genug gebraucht, bis er endlich in Druck ging.«

»Tatsächlich?«

»Die erste Fassung schrieb ich 1984.«

»Und es hat so lange gedauert, bis Sie ihn veröffentlichen konnten?«

Sie lachte ironisch. »Ja. Zumindest in der Form, die ich wollte.«

»Können Sie mir die Hintergründe schildern?«

»Es begann im Winter 1984. Damals arbeitete ich für eine Zeitschrift auf dem spanischen Festland. Wir wurden auf eine ehemalige Nonne aufmerksam gemacht. Sie behauptete, in dem Waisenhaus und in der Geburtsklinik auf Teneriffa wären ungeheuerliche Dinge vor sich gegangen. Da ich von Teneriffa stamme, wurde ich mit dem Interview beauftragt. Was die Nonne erzählte, war hanebüchen. Sie behauptete, im Auftrag von reichen Familien seien Neugeborene gestohlen worden. Es habe ein Netzwerk gegeben, das sich über das ganze Land erstreckte. Sie erzählte, es wären bis zu zweihundertfünfzigtausend Peseten pro Kind berechnet worden. Dafür bekam man damals in den Achtzigerjahren eine ganze Wohnung. Die ehemalige Nonne sagte, sie hätten ihre Opfer sorgfältig ausgewählt: Frauen aus armen Familien, unverheiratete Mütter, Feministinnen, Geschiedene, die Art von Frauen, denen man, falls sie hinterher einen Aufstand machen sollten, keinen Glauben schenken würde. In einigen Fällen habe man der neuen Mutter sogar eine Wattierung gegeben, die sie tragen sollte, um eine Schwangerschaft vorzutäuschen, bevor sie das gestohlene Kind bekam. Daran kann man sehen, wie zynisch die Nonnen agierten. Und wie siegessicher. Sie wählten eine schwangere Frau als Zielobjekt und erschlichen sich ihr Vertrauen. Von dem Augenblick an war das Kind dieser Frau verloren. Wie dem auch sei, die Exnonne behauptete außerdem, in der Geburtsklinik hätten sie ein totes Baby auf Eis konserviert, um den Müttern überzeugend zu vermitteln, dass ihr Kind eine Totgeburt war. Die Nonne sagte, sie habe eine Freundin, die uns in die Klinik einschleusen würde, damit wir Beweisfotos machen könnten. Also flog ich mit ihr nach Teneriffa, und es war genau so, wie sie gesagt hatte. Es gab einen Kreißsaal, und direkt nebenan, in einem Eisschrank, lag ein in Handtücher gewickeltes totes Baby.«

Die Erinnerung daran ließ ihre Stimme brüchig werden.

»In dreißig Jahren Journalismus habe ich noch nie etwas so Erschütterndes gesehen. Ich schrieb meinen Artikel als eine Art Enthüllungsstory über den Kinderhandel, der dort vor sich ging. Aber der verfluchte Korrektor der Zeitschrift änderte die Aussage der Geschichte. Er sagte, die Herausgeber hätten beschlossen, das Thema Kinderhandel sei zu kontrovers, stattdessen konzentrierten sie sich ganz auf das tote Baby im Eisschrank. Als sie genug an dem Artikel herumgepfuscht hatten, las er sich wie ein billiges Stück Sensationsjournalismus, sämtliche seriösen Aspekte waren gelöscht worden.«

»Und der Handel mit den Babys ging in den Achtzigern weiter?«

»Der letzte aktenkundige Fall, in dem einer Frau ihr Kind gestohlen wurde, stammt aus dem Jahr 1987, Señor Sánchez.«

»Aber Franco ist 1975 gestorben. Wie konnte das so lange in der Demokratie weitergehen?«

»Zum einen war die Kirche immer noch für etliche soziale Institutionen zuständig: für Krankenhäuser, Schulen, Waisenhäuser. Außerdem gab es in Spanien einige Gesetzeslücken, durch die sich diese Praxis weiterentwickeln und florieren konnte. Während der Franco-Diktatur wurde 1941 ein Gesetz erlassen, das es ausdrücklich gestattete, Geburtsurkunden so zu manipulieren, dass die Adoptiveltern eines Kindes zu deren biologischen Eltern erklärt wurden. Es wurde bis 1987 nicht geändert. Außerdem war das Thema der außerehelichen Kinder so mit Scham behaftet, dass ein Arzt völlig legal ›Mutter unbekannt‹ ins Zivilregister eintragen konnte, um die Identität der unverheirateten Frau zu schützen. Erst im Internetzeitalter wurde den Leuten klar, in welchem Ausmaß das Ganze betrieben worden war. Man begann, in Foren über das Thema zu schreiben, und es wurde offensichtlich, wie viele Existenzen diese Hexen ruiniert hatten. ANADIR, die größte NGO-Organisation der Opfer, geht davon aus, dass es vom Ende des Bürgerkriegs bis zum Jahr 1987 etwa dreihunderttausend Fälle von Kinderhandel gegeben hat.«

»Weshalb haben Sie sich 1995 den Artikel wieder vorgenommen?«

»1989 kündigte ich bei der Zeitschrift, kehrte nach Teneriffa zurück und fing an, für diese Zeitung zu arbeiten. 1995 stolperte ich rein zufällig noch einmal über den Fall der Schwester Arriola, diesmal war eine Freundin der Anlass. Ich konnte ein Interview mit Arriola vereinbaren, ohne ihr vorher zu verraten, worum es ging.«

»Was hatte sie zu dem Thema zu sagen?«

»Sie war mittlerweile eine alte Frau. Aber sie gab alles zu.«

»Sie gab es zu?«

»Warum auch nicht? Sie hatte nicht das Gefühl, irgendein Unrecht begangen zu haben. Ein klassischer Fall von ›Korruption mit den besten Absichten‹. Solange man Gutes im Sinn hat und man davon überzeugt ist, richtig zu handeln, ist es im Endeffekt egal, was man tut. Tritt das wahre Böse nicht immer in diesem Gewand auf? Schwester Arriola glaubte letztlich, den Kindern einen Gefallen getan zu haben, indem sie sie in gute und stabile katholische Familien gab. Und natürlich war sie sehr stolz darauf, für die Kirche so viel Geld erwirtschaftet zu haben.«

»Warum wird sie in dem Artikel nicht zitiert?«

»Weil Anwälte der Erzdiözese meinen Herausgeber aufsuchten und darauf bestanden, den Artikel vor dem Druck zu lesen. Sie legten jedes Wort, das Schwester Arriola von sich gegeben hatte, auf die Goldwaage, taten alles als Geschwafel einer alten Frau ab und drohten mit rechtlichen Schritten. Unterdessen fiel die kirchentreue Presse über mich her. Sie deckten meine Verbindungen zur Spanischen Sozialistischen Arbeiterpartei auf, führten ins Feld, dass meine Onkel prominente Sozialisten gewesen waren, und sorgten dafür, dass auch wirklich alle Welt erfuhr, dass ich geschieden war. Am Ende zweifelte jeder an meiner Neutralität. Hätte ich mehr Zeit gehabt, hätte ich Arriola in die Enge treiben können, aber ich hatte nur zwei oder drei Minuten mit ihr, bis ein paar der jüngeren Nonnen merkten, in welche Richtung meine Fragen zielten, und sie schnell wegbrachten.«

»Hat Schwester Arriola jemals erwähnt, dass sie früher in einer Klinik in Almería gearbeitet hat? In der Klinik Santa Cristina?«

»Ich denke, das hat sie. Ich weiß, dass sie bis in die späten Sechzigerjahre im Süden Spaniens gelebt hat, habe da aber nie genauer nachgefragt. Ich war viel zu sehr mit ihrer Geschichte beschäftigt.«

Die späten Sechziger. Als die Klinik Santa Cristina niederbrannte.

Danny bedankte sich bei Natalia Duva und legte auf. Er massierte sich den Kopf. Er war immer noch verkatert, aber es half alles nichts: Er musste mit Leonard Wexby sprechen.

»Leonard, ich komme heute Abend gegen acht bei dir vorbei«, sagte er, sobald er ihn in der Leitung hatte. »Ich erwarte, dass du rasiert, sauber, nüchtern und gesprächsbereit bist.« Er legte auf, bevor Leonard antworten konnte.

Anschließend ging Danny zum Supermarkt und kaufte zwei Flaschen Bombay Sapphire. Dann fuhr er zu einem Parkplatz am Strand, döste ein wenig auf dem nach hinten gekippten Autositz und lauschte dem sanften Rauschen der Brandung, während das Sonnenlicht auf dem fast teichglatten Wasser des Mittelmeers tanzte.

Er brauchte seinen Schlaf, denn es versprach, eine lange Nacht zu werden.

9

Carmen verließ den Beichtstuhl. Sie fühlte sich jetzt besser.

Die Fotos auf Teresas Laptop hatten ihr einen ziemlichen Schrecken eingejagt. Anfangs waren es einfache Aufnahmen von Teresa in verschiedenen Phasen der Entkleidung gewesen – ohne Büstenhalter, langsam ihren Schlüpfer herunterziehend –, aber dann hatte es Videos gegeben, in denen sie es mit ihrem Freund trieb, mit allen pornografischen Einzelheiten. Carmen hatte nie gedacht, dass solche Sauereien überhaupt existierten.

Sie befand sich in der Kathedrale. Das Bauwerk mit der Gewölbedecke, den Marmorpfeilern und dem Chorgestühl aus Walnussholz hatte auf sie immer ein wenig protzig gewirkt, doch heute schlenderte sie durch den Kreuzgang und empfand seine Größe und Pracht als angenehm.

Vor der Kapelle hinter dem Hauptaltar kniete sie nieder und begann, den Rosenkranz zu beten. Und zum ersten Mal, seit der ganze Ärger mit Teresa begonnen hatte, spürte sie wieder Gleichmut und Klarheit, ein Zeichen für die Gegenwart Gottes lenkender Hand. Tränen der Erleichterung rollten über ihre Wangen, als sie das Gesicht nach oben wandte und Ihm für seine Gnade und Güte dankte.

Als sie sich erhob, merkte sie, dass ein stattlicher Mann mittleren Alters im Gewand eines Sakristans reglos hinter ihr stand. Sie brauchte eine Weile, bis sie ihn erkannte.

»Antonio?«, fragte sie lächelnd. »Bist du das?«

Sie umarmten sich. Antonio roch wie immer nach Bier und

seiner letzten Mahlzeit, aber auf eine gute, gesunde Art. Sein rotes Gesicht lächelte, als er Carmens Hand hielt und sie ansah.

»Was zum Teufel machst du hier?«, fragte sie.

»Ich bin befördert worden, Carmen. Ich bin jetzt einer der Sakristane dieser Kathedrale. Die alte Kirche – na ja, nach dem Tod von Pfarrer Javier war es nicht mehr dasselbe. Nicht dass ich den neuen Priester kritisieren will, versteh mich nicht falsch, aber es war Zeit für eine Veränderung, bevor ich zu alt bin, um noch irgendwie von Nutzen zu sein.«

»Unsinn, du siehst wunderbar aus.«

»Wunderbar dick«, sagte er und tätschelte sich den Bauch. Dann wurde er ernst. »Aber was fasele ich hier für einen Unsinn, auf deinen Schultern muss das Gewicht der Welt lasten. Wie geht es deiner Mutter?«

»Besser. Die Ärzte meinen, sie kann bald nach Hause.«

»Das ist gut. In den Fernsehnachrichten wird immer so ein düsteres Bild gemalt, nicht wahr? Und die arme Teresa ... An ihr Lächeln werde ich mich immer erinnern. Wir wollen beten, dass die Polizei den Fall bald aufklärt und du Frieden finden kannst.«

»Das werden die Beamten ganz bestimmt.«

»Unterdessen kannst du deinen Schmerz dem Herrn anvertrauen. Und sei dir sicher, deine Freunde aus der Gemeinde sind nur einen Telefonanruf entfernt.«

»Mach dir keine Sorgen. Ein Freund von Pfarrer Javier hat sich sehr aufmerksam um mich gekümmert.«

»Tatsächlich? Darf ich fragen, wer?«

»Monsignor Meléndez.«

Antonios dichte Brauen zogen sich missbilligend zusammen.

»Was ist?«, fragte Carmen.

Antonio lächelte wieder. »Ich habe nur den Namen noch nie gehört. Und dabei dachte ich, ich würde alle geistlichen Freunde von Pfarrer Javier kennen. Schließlich habe ich mehr als dreißig Jahre lang für ihn gearbeitet. Aber mein Gedächtnis ist auch nicht mehr das, was es einmal war. Wie auch immer, ich muss jetzt wieder meiner Pflicht nachgehen.«

Sie umarmten einander noch einmal zum Abschied und versprachen, in Kontakt zu bleiben. Als Carmen durch das Tor der Kathedrale ging, hatte sie das Gefühl der Gleichmut schon wieder verlassen.

10

Leonard Wexby lebte nahe der Stadt Sorbas in einem prachtvollen restaurierten Bauernhaus aus dem neunzehnten Jahrhundert.

Danny war jetzt schon bei seinem zweiten Gin Tonic angelangt, den Wexby ihm eingeschenkt hatte, einem Siebzigdreißig-Gemisch, garniert mit einem einzigen Eiswürfel und einer dicken Zitronenscheibe.

»Früher konnte man solche Sachen in jedem Ramschladen kaufen«, sagte Wexby und deutete auf eine Glasvitrine, in der verschiedene Helme aus dem Bürgerkrieg ausgestellt waren. »Anfang der Neunziger wurden die Leute allmählich klüger. Umso besser für mich. Mittlerweile ist das alles wahrscheinlich ein Vermögen wert.«

Im obersten Fach der Vitrine lagen drei Militärhelme: einer der seltsam geformten spanischen M26-Helme, die bevorzugt in der republikanischen Armee getragen worden waren, ein italienischer M16 mit dem Joch und den Pfeilen als Symbol der Falange und ein französischer Helm aus dem Ersten Weltkrieg, der einem Freiwilligen der Internationalen Brigaden gehört hatte. Auf der Glasplatte darunter fanden sich eine rot-schwarze Anarchistenkappe, eine rote Mütze der Carlisten sowie Armbinden und Wimpel der Gewerkschaftsunion. Ein Mauser-Gewehr war neben der Vitrine an die Wand geschraubt.

»Schau dir diesen hübschen Fang an, hab ich vor Kurzem gemacht, ein absolutes Schnäppchen«, sagte Wexby, stellte sein Getränk ab, öffnete die Vitrinentür und holte ein Buch heraus. »*Britons in Spain* von William Rust mit dem Original-Schutzumschlag und«, sagte er schwärmerisch, während er das Buch aufschlug, um Danny eine Reihe von Unterschriften auf der Titelei zu zeigen, »unterzeichnet von sämtlichen britischen Führungsmitgliedern der Internationalen Brigaden. Alle sind sie versammelt: Tom Wintringham, Fred Copeland, Bill Alexander.«

Danny nickte und versuchte, Interesse zu heucheln. Eine Führung durch Leonards jüngste Errungenschaften war ein fester Bestandteil eines Besuchs des Hauses, aber diesmal war er nicht aus Gründen der Geselligkeit hier, daher achtete Danny vor allem darauf, nicht zu viel zu schnell zu trinken. Danny brachte bestimmt zwanzig Kilo mehr auf die Waage als Wexby, aber er wusste aus bitterer Erfahrung, dass die Katastrophe programmiert war, wollte man mit ihm mithalten. Leonard war einer dieser schlanken Männer, die offenbar hohle Beine hatten, wenn es ums Trinken von hartem Alkohol ging, und Danny wusste genau, dass er einen klaren Kopf bewahren musste, bis er die Informationen, die er haben wollte, aus Leonhard herausbekommen hatte.

Als die Tour schließlich zu Ende war, gingen sie ins Wohnzimmer, einen riesigen offenen Raum mit Fliesenboden und einem großen Kamin.

Äußerlich hatte ihn Leonard immer an den Schauspieler John Hurt erinnert. Er hatte eine recht theatralische Art zu reden, vor allem wenn er seine Anekdoten zum Besten gab. An diesem Abend trug er ein weißes Hemd und Chinos sowie lose um den Hals gebunden eine rote Krawatte mit Paisley-Muster.

»Lass uns über Frank Dale sprechen, Leonard«, sagte Danny und setzte sich aufs Sofa.

Wexby nippte an seinem Drink, dann steckte er eine frische Dunhill in die Zigarettenspitze. »Was willst du wissen?«

»Hast du ihm die Geschichte, die er dir erzählt hat, geglaubt? Die von dem toten Kind im Keller?«

»Na ja, Dale war ziemlich überzeugt. Und du hättest die Narbe auf seinem Unterarm sehen sollen. Aber Spukhäuser haben das nun mal so an sich, dass sie die Leute dazu bringen, irgendwelche Dinge zu sehen, oder? Es könnte auch einfach nur eine Kinderpuppe gewesen sein, und der Rest war Einbildung. Aber es ist schon seltsam, dass du Dale und seine Gespenstergeschichte gerade jetzt erwähnst. Erst kürzlich bekam ich von einem spanischen Typen eine Mail. Er ist so eine Art Sammler lokaler Folklore und erforscht übernatürliche Phänomene: Jungfrauenerscheinungen, Gespenster, Poltergeister, solche Sachen. Er schickte mir eine …«

»Wenn du mir schon wieder mit dieser Legende von der *dama pálida* das Ohr abkauen willst, will ich es nicht hören. Ich glaube weder an den Himmel noch an die Hölle, und ganz bestimmt nicht an Gespenster.«

Wexby lächelte Danny durch einen Schleier aus Zigarettenrauch an. »Was für eine graue, freudlose Welt ihr bekennenden Atheisten doch bewohnt. Und das behauptet jemand, der freimütig gestanden hat, dass er, nachdem er *The Blair Witch Project* gesehen hatte, zwei Tage lang nur noch mit eingeschaltetem Licht schlafen konnte.«

Danny verdrehte die Augen. »Das war was anderes. Ich lebe allein in einem Haus mitten im Nirgendwo. Die Einbildung spielt einem manchmal Streiche. Jedenfalls war es nichts, was man mit ein paar starken Schnäpsen vor dem Zubettgehen nicht hätte kurieren können.«

»Das unterschreibe ich!«, sagte Leonard und griff nach einer Flasche Bombay Sapphire. »Aber jetzt mach einfach mal, was ich dir sage, und hör dir an, was der Kerl mir geschickt hat.« Leonard stand auf und ging zu seinem Computer. »Wie ich schon gesagt habe, ist er so eine Art folkloristischer Ermittler paranormaler Phänomene. Manchmal legt er rund um Santa Cristina Aufnahmegeräte mit geräuschaktivierter Einschaltautomatik in der Hoffnung aus, einen Beweis für die *dama pálida* einzufangen. Vor ein paar Tagen hat er mir etwas ... Merkwürdiges gemailt.«

Die MP3-Datei begann mit dem schwachen Geräusch des Windes und knackender Äste.

»Ist das alles?«, fragte Danny, aber Leonard machte ihm mit der Hand ein Zeichen, still zu sein. Dann sagte er: »Kannst du's nicht hören? Ich dreh mal lauter.«

Doch außer dem verzerrten Heulen des Windes war nichts zu hören. Danny wollte Leonard schon bitten, die Datei zu schließen ... aber dann hielt er inne und legte den Kopf schief. Da war tatsächlich noch etwas, ein Geräusch unter dem Wind, sanft und leise. Es klang wie ein Stöhnen.

»Du hörst es auch, oder?«, fragte Leonard und kreuzte zufrieden die Arme.

»Ja. Könnte ein Tier sein.«

»Hör weiter zu.«

Das Stöhnen dauerte an, so leise, dass es von den anderen Tönen fast nicht zu unterscheiden war. Dann verstummte es einen Moment, und ein neuer Ton kam dazu, ein kurzer Ton, der sich viermal wiederholte. Anschließend verschluckte der Wind das Geräusch, und die Aufnahme stoppte.

»Das war eine Stimme, oder?«, fragte Leonard.

Danny stieß hörbar Luft aus. »Stimmt. Klang so.«

»Und hast du gehört, was sie gesagt hat? Es kam mir vor wie: *socorro*.«

Danny lachte. »Das hast *du* vielleicht gehört. Ich habe eine

Menge verzerrtes Zeug gehört, das alles Mögliche heißen könnte. Warum sollte ein Geist außerdem um Hilfe rufen?«

»Mann, jetzt provozier mich nicht! Wenn das der Geist der Frau war, hat sie vielleicht um Erlösung von ihren ewigen Qualen gebeten.«

»Ich möchte nicht länger meine Zeit mit so einem Quatsch verschwenden. Erzähl mir von Santa Cristina. Du sagtest, du wüsstest was.«

»Tu ich auch. Und du kannst sicher sein, dass die echte Geschichte von Santa Cristina noch viel düsterer und sehr viel interessanter ist als die bleiche Frau und ihre erstickten Babys. Aber *quid pro quo*, lieber Daniel. Deine Augen – und im Übrigen auch die Tatsache, dass du deinen Drink eher verdunsten lässt, als ihn zu trinken – verraten mir, dass du irgendetwas auf der Spur bist. Sag mir, was es ist, dann plaudere ich noch die allerkleinste Kleinigkeit aus, versprochen.«

Auf diesen Augenblick hatte Danny gewartet. Er versuchte, Wexbys Miene zu deuten. Es war klar, dass er etwas wusste. Leonard war nicht der Typ, der Wissen vortäuschte, das er nicht besaß, nur um seinerseits an Informationen zu gelangen. Außerdem waren sie beide potentielle Rivalen. Den Zeitungen war es gleich, wer was als Erstes herausfand.

Danny begann, die Geschichte von Teresa del Hoyo, Gordon Pavey, Vladi und den Dokumenten, die man aus dem Archiv gestohlen hatte, zu erzählen, und erwähnte dann eher beiläufig Santa Cristina und die Kindergräber auf dem englischen Friedhof, bevor er wieder zum vorherigen Thema wechselte.

Wexby hörte interessiert zu. Als Danny geendet hatte, sagte er: »Historische Archive, gestohlene Dokumente und bei den Ketzern begrabene spanische Babys? Könnte es sein, dass du auf einen Beweis für die illegalen Adoptionen in Almería gestoßen bist, Daniel Sánchez? Jetzt komm schon, raus damit. Man hat den alten Leonard vielleicht vor ein paar Jahren gefeuert, aber mein Verstand ist noch nicht so benebelt, dass man mir einen Knüller vor die Nase halten kann, ohne dass ich es merke.«

»Erzähl mir erst, was *du* hast, dann können wir über meine Geschichte weiterdiskutieren.«

»Und du willst das den hiesigen Zeitungen verkaufen?«

»Natürlich. Sobald die Geschichte sich als wasserdicht erweist.«

»Also gut. Was ich weiß, passt sehr gut zu deinen Vermutungen bezüglich der illegalen Adoptionen. Und wenn wir den Enconas etwas anhängen könnten, dann wären wir für die Hälfte der Bewohner von Almería Helden.«

»Den Enconas? Welchen Zusammenhang gibt es zwischen der Familie und Santa Cristina? Ich meine, ich weiß, dass Santiago Encona auch zu dem Golfplatz-Konsortium gehört, aber das ist mittlerweile schon ein alter Hut.«

Wexbys verschlagenes Lächeln kehrte zurück. »Oh, dann weißt du das noch nicht?«

»Was?«

»Leticia Enconas Vater war leitender Geburtshelfer in Santa Cristina.«

»Tatsächlich?«

»Dachte ich's mir doch, dass dich das interessieren würde. Doktor Amancio Encona.«

Danny hatte Notizbuch und Stift schon parat. »Erzähl mir alles.«

»Nichts lieber als das. Aber lass uns erst über die Vergütung reden.«

Danny hatte schon geahnt, dass so etwas kommen würde.

Leonard war kein Narr und litt nicht unter plötzlichen Anfällen von Wohltätigkeit. »Lass mich raten. Du willst den Artikel als Coautor mit mir schreiben?«

Leonard grinste wie ein Schuljunge. »Man sollte eigentlich meinen, dass jemand in meinem Alter ein bisschen schlauer geworden ist, nicht wahr? Aber so ist es, Daniel Sánchez. Wenn du meine Motive mit so brutaler Grausamkeit offenlegen möchtest: Ja, genau das will ich.«

»Aber warum? Das Geld wirst du wohl nicht brauchen.«

»Natürlich nicht. Aber Geld ist nicht alles. Ich bin mein ganzes Leben lang jemand gewesen: Leonard aus England, Leonard der Gerichtsübersetzer, Leonard der Journalist. Und wer bin ich jetzt? Der widerliche hühnerbeinige Leonard, der jeden Mittwoch in die Klinik schlurft, um sich seine Pillen abzuholen. Leonard, der alte Trottel. Leonard, der Schluckspecht. Ich möchte wieder mit den Großen mitspielen.«

»Okay. Je nachdem, wie bedeutsam deine Informationen sind, werden wir den Artikel zusammen schreiben. Möchtest du darauf einschlagen?«

»Ganz gewiss nicht. Ich weiß ja nicht, wo du vorher gewesen bist«, sagte Leonard und griff nach der Flasche Bombay Sapphire. »Wir werden unsere Abmachung wie Gentlemen besiegeln: mit einem Drink.«

Sie stießen miteinander an.

Danny lehnte sich auf dem Sofa zurück, den gezückten Stift in der Hand.

Leonard steckte sich eine weitere Dunhill in die Zigarettenspitze. »Wo fang ich nur an?«, fragte er bedächtig. »Nach dem Interview mit Frank Dale, das war 2006, merkte ich, dass die Santa-Cristina-Geschichte mich nicht mehr losließ. Also fing ich an, hier und da herumzustochern, die Leute im Ort zu befragen und in den Zeitungsarchiven zu stöbern.

Weißt du, warum die Leute glauben, dass Santa Cristina verflucht ist? Diese ganze *Dama-pálida*-Sache begann damit, dass die Säuglingssterblichkeit an diesem Ort ungewöhnlich hoch war …«

Er ging zu den Bücherregalen, suchte unter den Stapeln von Aktenordnern nach etwas und kehrte dann mit einem blauen Ringordner an den Tisch zurück. Er legte die Zigarettenspitze auf dem Rand des Aschenbechers ab, bevor er den Ordner aufschlug. Es befanden sich etliche Zeitungsausschnitte darin, alte Fotografien und mit Leonards krakliger Handschrift vollgeschriebene DIN-A4-Blätter. Ein Bündel Papiere und Fotografien zog er heraus, schüttelte aber, als Danny nach ihm greifen wollte, den Kopf. »Sei so gut und gewähre einem alten Mann das Vergnügen, die Geschichte auf seine Art zu erzählen. Als Mr Dale über Santa Cristina sprach, vermischte er die Legende mit der Ortsgeschichte. Denn während die *dama pálida* nichts weiter ist als eine besonders detailreiche Gespensterstory, entspricht das hier«, er tippte auf das Blatt Papier vor sich, »eindeutig der Wahrheit.«

Leonard reichte Danny ein Schwarz-Weiß-Foto. Es zeigte eine in zerrissene, schmutzige Lumpen gehüllte Frau mit wirrem Haar. Ihr leerer Blick schien direkt in die Kamera zu starren, eine Hand hielt sie nach oben gereckt, als wollte sie sich das Gesicht mit ihren dreckigen Nägeln zerkratzen.

»Wer ist das?«

»Das, Señor Sánchez, ist María Topete.«

»Und?«

»Sie ist die Frau, die 1969 Santa Cristina abgefackelt hat. Wie es scheint, hat sie sich damals einfach einen Benzinkanister geschnappt, Benzin in Stroh geschüttet, das in einem hölzernen Plumpsklo neben dem Hauptgebäude lagerte, ein

Streichholz entzündet und es hineingeworfen. Ein Wunder, dass niemand dabei ums Leben kam.«

Danny sah sich das Foto genauer an. »Und was ist ihre Geschichte?«

»Sie wird dich interessieren, Danny. Lass mich dir ein weiteres Foto der armen María zeigen.«

Leonhard reichte Danny das Studioporträt einer attraktiven jungen Frau mit Brautschleier, und Danny verglich die beiden Fotos. »Das kann nicht ein und dieselbe sein.«

»Ist es aber. Schau dir ihre Nase an, das Kinn. Die beiden Fotos wurden in einem Abstand von nur sieben Jahren aufgenommen.«

Mit einem Kopfschütteln musste Danny eingestehen, dass Leonard recht hatte: Es *war* dieselbe Frau. »Was zum Teufel ist mit ihr passiert?«

»Das Hochzeitsfoto wurde irgendwann Anfang des Jahres 1961 aufgenommen. Im Jahr darauf bekam María in der Santa-Cristina-Klinik ein Kind. Leider war das Baby eine Totgeburt. Die Legende besagt, dass sie vor Schmerz über den Tod des Kindes verrückt wurde und anfing, in Lumpen gekleidet weinend über die Hügel zu wandern und allen zu erzählen, ihr Kind sei von der *dama pálida* gestohlen worden. Ich habe ein paar Nachforschungen angestellt und mich mit dem Stammbaum der Familie Topete beschäftigt. Und hier fängt die Geschichte an, so richtig düster zu werden. Denn es war nicht die Totgeburt, die María um den Verstand brachte. Es war das hier.« Wexby klopfte auf den Ordner in seinem Schoß und holte ein weiteres Foto heraus. »Wie du siehst, bekam María am ersten Jahrestag des Todes ihres Babys einen Umschlag zugeschickt. Darin war nur eines: das Foto eines einjährigen Kindes, das auf einem hölzernen Stuhl saß und in die Kamera starrte. Fortan erhielt sie jedes Jahr am gleichen Tag ein weiteres Bild desselben kleinen Jungen, immer ein Jahr älter.«

Wexby reichte Danny eine Reihe von Schwarz-Weiß-Fotos. Auf allen war ein kleiner Junge zu sehen, immer in der gleichen Pose: Er saß steif auf einem hölzernen Stuhl vor einer Backsteinwand. Insgesamt waren es sieben Fotos, gemacht in Intervallen von einem Jahr: Auf dem ersten war der Junge kaum alt genug, um auf dem Stuhl zu sitzen; auf dem letzten blickte er verlegen in die Kamera, die Hände gefaltet, das schwarze Haar an den Seiten und im Nacken kurz geschoren.

»Wer auch immer die geschickt hat, er wollte, dass María Topete glaubte, dieser Junge wäre ihr Sohn«, sagte Danny, nachdem er sich alle Fotos angesehen hatte.

»Und María hat das bestimmt getan. Letztlich bin ich auch der Meinung. Sieh dir die Nase und die Augen an. Erkennst du die Familienähnlichkeit? Es kamen keine Fotos mehr, nachdem Santa Cristina abgebrannt war und María im Gefängnis saß. Sie starb 1975 in einer psychiatrischen Klinik.« Leonard blinzelte. »Ist das nicht ganz wie aus einem Stück von Lorca? Die *Bluthochzeit* ist nichts dagegen.«

»Aber warum hätte jemand so etwas tun sollen?«

»Nun, diese Fotos wurde bei María Topetes Neffen gefunden. Er war überzeugt, dass Marías Ehemann, ein Mann namens Gualterio Blanco, sich mit Amancio Encona überworfen hatte, auch wenn er sich über den Grund nicht sicher war. Die wahrscheinlichste Erklärung sind die damaligen politischen Machenschaften in Spanien. Encona war eine *camisa vieja*, ein altes Hemd, so wurden diejenigen genannt, die im Bürgerkrieg an der Seite Francos gekämpft hatten. María Topetes Ehemann hingegen war einer der jungen aufstrebenden Technokraten, die in den späten Fünfzigerjahren an die Macht kamen. Die beiden Lager waren einander nicht grün, glaub mir.«

»Sie haben ihr das Kind also wegen eines politischen Zerwürfnisses gestohlen? Das nehme ich dir nicht ab.«

»Ist dir klar, was für ein ausgemachter Hurensohn Amancio Encona war? Er hat im Bürgerkrieg bei den Carlisten gedient und wahrscheinlich über ein Dutzend Menschen ermordet, als er nach El Cerrón zurückkam. Hier ist ein Bild von ihm.«

Er reichte Danny ein weiteres Schwarz-Weiß-Foto, auf dem drei Männer zu sehen waren, die in einer Reihe gehend eine religiöse Prozession anführten. Ein hölzernes Bild der Virgin del Mar war hinter ihnen sichtbar, ein riesiges kitschiges Ding, das auf den Schultern mehrerer Personen getragen wurde. Die Männer und Frauen, die dicht gedrängt auf den Gehsteigen standen, reckten den steifen Arm zum faschistischen Gruß. Unter dem Foto stand: *Bürgerliche Obrigkeiten führen die Prozession an, El Cerrón 1954.* »Der Mann ganz links ist Amancio Encona.«

»Stimmt«, sagte Danny. Dic Ähnlichkeit mit Leticia Encona war eindeutig. Sie hatte das breite Gesicht und das aggressiv vorspringende Kinn ihres Vaters geerbt. Amancio Encona trug die Uniform der Falange, eine schicke weiße Militärjacke mit Lederriemen, die quer über der Brust und unter dem Revers der Jacke verliefen. Danny sah sich das Foto genauer an. Die Uniform hatte er schon einmal gesehen, genauso wie das Gesicht des Mannes.

Als Leonard zur Toilette ging, holte Danny das Foto heraus, das er in Sally Allens Haus gefunden hatte, das Bild von dem Paar vor der Klinik Santa Cristina. Es gab keinen Zweifel: Der dritte Mann darauf war Amancio Encona.

Wexby sagte er nichts von seiner Entdeckung. Er wollte

noch ein Ass im Ärmel behalten. Es war unwahrscheinlich, dass Leonard ihm schon die ganze Geschichte erzählt hatte, daher musste er sich ein Druckmittel für später aufsparen.

Wexby besaß noch mehr Fotos von Amancio Encona aus den Fünfzigerjahren. Auf einem davon war er Arm in Arm mit einer Frau zu sehen. »Das ist seine Schwester, Herminia Encona«, sagte er. »Ein Miststück in jeder Hinsicht. Sie war die Leiterin der SF, La Sección Feminina, der faschistischen Frauenorganisation.«

Danny musterte die Frau. Sie war ganz in Schwarz gekleidet, das Gesicht von einer *mantilla* umrahmt, einem schwarzen, über einen Kamm drapierten Schleier, der am Hinterkopf festgesteckt wurde. Neben Amancio Encona, dem Schrank von einem Mann, wirkte sie klein und zart, aber ihre dunklen Augen starrten mit unverhohlener Hochnäsigkeit in die Kamera.

Um elf war die zweite Flasche Gin zur Hälfte geleert, obwohl Danny mittlerweile zu Bier in der Hoffnung übergegangen war, die Geister zu besänftigen, die in seinem Magen wüteten. Das Gespräch driftete zu anderen Themen: zu spanischer Politik, Geschichte, lokalem Klatsch. Abende mit Leonard endeten immer damit, dass Danny beim sanften Plätschern seiner Stimme wegdöste. Gegen Mitternacht lag Danny fast schon in der Horizontalen auf dem Sofa. Als Leonard ihn zehn Minuten später fragte, ob er noch wach sei, erhielt er keine Antwort mehr.

»Du weißt, dass ich ein Gästezimmer habe«, sagte er noch, zog Danny die klobigen Stiefel aus und legte ein Handtuch neben ihn.

11

Carmen, die im Sessel im Wohnzimmer ihrer Eltern lag, wurde vom Klingeln des Telefons geweckt. Sie konnte sich nicht einmal mehr daran erinnern, eingeschlafen zu sein. Wenn sie ehrlich war, konnte sie sich nicht einmal erinnern, nach ihrem Besuch in der Kathedrale nach Hause gegangen zu sein.

Sie griff zu spät nach ihrem Handy, aber ein Blick aufs Display zeigte ihr, dass Nuñez angerufen hatte, der Beamte der Guardia Civil. Es war dreiundzwanzig Uhr vierunddreißig. Carmen rief zurück.

»Señorita del Hoyo? Ich dachte mir, Sie möchten das erfahren: Wir haben den Mann gefunden, von dem wir annehmen, dass er Ihre Schwester getötet hat.«

»Was? Wer ist es? Wo ist er?«

»Sein Name ist Primitivo Pozos. Aber ich fürchte, er ist tot.«

»Tot? Wie das?«

»Wir wissen noch nichts Genaues. Er hatte offenbar eine Art Anfall, als er in einem baufälligen Haus in El Cerrón Kokain geschnupft hat. Ich dachte, ich sage Ihnen das gleich. Es sieht so aus, als wäre er eines extrem qualvollen Todes gestorben.«

»Wo sind Sie? Ich möchte den Ort sehen.«

»Es tut mir leid, aber Sie können nicht herkommen.«

»Warum nicht? Ich habe ein Recht darauf zu wissen, wo der Schweinehund meine Schwester geschändet hat.«

»Das ist ein Tatort. Zurzeit darf ihn außer den Spezialisten von der Spurensicherung niemand betreten.«

Nachdem Carmen aufgelegt hatte, setzte sie sich auf das Sofa und dachte nach.

Sie wusste, dass sich diese Gefühle nicht für sie schickten, aber sie war froh, dass der Drecksack tot war. Auge um Auge. Gottes gerechte Rache war der Tat auf dem Fuß gefolgt. Ihr kam sie allerdings nicht hart genug vor. Sie hätte es lieber gesehen, wenn man Teresas Mörder vor Gericht gestellt, ihn erniedrigt und ins Gefängnis geworfen hätte.

Ruhelosigkeit und Wut begannen, sie zu quälen. Warum wollten sie sie den Ort, wo ihre Schwester gestorben war, nicht sehen lassen? Niemand hatte ein größeres Anrecht als sie darauf. Die ganze letzte Woche war sie nichts als eine ohnmächtige Beobachterin gewesen, eine schreckliche Enthüllung hatte die nächste gejagt.

Jetzt war Schluss damit. Das war nicht die Art, wie Carmen del Hoyo ihr Leben führen wollte. Sie lebte nach den Gesetzen des Herrn und keinen anderen.

Sie schnappte sich die Autoschlüssel und ging zur Tür.

3. Teil

Offene Geheimnisse

1

Danny erwachte um acht Uhr vierundzwanzig, als ein Sonnenstrahl ihm direkt ins Gesicht schien. Er setzte sich auf dem Sofa auf und leckte sich über die Lippen, im Mund den schalen Geschmack nach Tabak und bitterem Gin.

Er fühlte sich nicht schlecht, aber schließlich war es noch früh am Tag. Wie alles andere in der Lebensmitte waren auch Dannys Kater Spätstarter und brauchten zwei oder drei Stunden des Wachseins, um ihre maximale Kraft zu entfalten. Er suchte in seiner Tasche nach der Reisezahnbürste, die er überallhin mitnahm.

Leonard saß im seidenen Morgenmantel an der Küchentheke, die Zigarettenspitze in der Hand. Als Danny aus dem Bad kam, bot er ihm ein komplettes englisches Frühstück an. Danny erwiderte, ein Kaffee würde genügen.

»Also, wie gehen wir jetzt vor?«, fragte Leonard, während er den Kessel mit Wasser füllte. »Erinnerst du dich an die Vereinbarung, die wir letzte Nacht getroffen haben?«

»Schreib auf, was du mir über María Topete erzählt hast, über die Zerstörung von Santa Cristina und die Fotos des Jungen, dann sehen wir weiter.«

Leonard reichte ihm eine Mappe. »Darum habe ich mich längst gekümmert. Hier sind tausendzweihundert Wörter meiner ungemein gewaltigen Prosa, zusammen mit hochaufgelösten Ausdrucken sämtlicher relevanten Fotos.«

Danny schlug die Mappe auf und warf einen Blick auf Leonards Text. »Wir sind sehr motiviert, was?«

»Denk einfach daran, dafür zu sorgen, dass mein Name druntersteht, wenn du die Story an eine hiesige Zeitung verkaufst.«

»Mach mir jetzt endlich einen Kaffee, dann setze ich deinen Namen sogar noch vor meinen.«

Danny hatte seinen Kaffee halb ausgetrunken, als das Handy klingelte. Es war Sally Allen.

»Mr Sánchez? Sie haben doch nichts über Mr Pavey veröffentlicht, oder?«

»Nein.«

»Gott sei Dank! Können Sie jetzt gleich bei mir zu Hause vorbeikommen? Ich fürchte, die ganze Sache hat eine ziemlich ungute Wendung genommen.«

Nach San José waren es mit dem Auto dreißig Minuten. Danny fuhr zuerst zu seinem eigenen Haus zurück, zog sich um und schluckte ein paar Nurofen Express. Leonards Aktenordner mit den Informationen stellte er auf den Schreibtisch in seinem Büro und machte sich dann auf den Weg nach San José.

Er parkte vor Sally Allens Haus und schnappte sich Kamera, Notizbuch und Umhängetasche. Das Sonnenlicht kam ihm an diesem Morgen besonders hell vor. Aber vielleicht waren das noch die Nachwirkungen vom Gin, der hinter seinen Lidern summte. Er griff ins Handschuhfach, setzte seine Pilotensonnenbrille auf und wandte sich Sally Allens Grundstück zu …

… und dann brach die Hölle los.

Das weiße Gartentor sprang auf, und eine kleine, in Tweed gekleidete Frau eilte heraus. Sally Allen folgte ihr bis auf den Bürgersteig, wo die Frau in Tweed sich umdrehte und etwas sagen wollte, aber von Sally Allen niedergebrüllt wurde. Sie wich ein paar Schritte zurück, hörte dann anscheinend etwas, das sie wütend machte, denn plötzlich nahm sie eine kämpferische Haltung ein. Schließlich redeten beide Frauen gleichzeitig aufeinander ein. Überall in der Straße öffneten sich Türen und Fenster, weil erstaunte Nachbarn wissen wollten, wer so einen Radau veranstaltete.

Ein spanischer Nachbar half Danny, die Frauen zu beruhigen und sie zurück auf Sally Allens Grundstück zu führen, wo die stämmige Dame in Tränen ausbrach. Der Nachbar nötigte sie, ein Glas Wasser zu trinken, während Danny sich mit der Frau in Tweed in den Garten setzte.

Sie war ungefähr in Sally Allens Alter, aber in beinahe allem ihr Gegenstück: klein, zart und tadellos gekleidet, das Haar zu einem strengen Dutt gedreht. Sie stellte sich als Ms Naseby vor. Der Name passte zu ihr, dachte Danny, zu ihrer schrecklich präzisen Aussprache und den spießigen englischen Manieren.

Und dennoch war die Frau ganz unverkennbar ein Mittelmeertyp. Dunkelbraune Augen, krähenschwarzes Haar und eine Haut, die das ganze Jahr über gebräunt wirkte. Es war merkwürdig, wie wenig ihre äußere Erscheinung zu ihrer Kleidung und ihrem Verhalten passte. Eigentlich hätte die Kombination komisch wirken müssen, hätte die Frau nicht einen zutiefst unglücklichen Eindruck gemacht: Ihre Augen waren tief eingesunken und gerötet, sie wirkte nervös und abgekämpft, so wie jemand, der kaum noch essen und schlafen kann.

»Ich möchte gleich zur Sache kommen, falls Sie einverstanden sind, Mr Sánchez«, sagte sie, »denn ich habe noch einige dringliche Angelegenheiten zu erledigen. Ms Allen hat mir mitgeteilt, dass Sie einen Artikel schreiben wollen, der auf den Anschuldigungen beruht, Gordon Pavey habe sie um ihre Miete betrogen. Mr Pavey und ich haben jahrelang der gleichen Kirchenkongregation angehört, und ich kann Ihnen versichern, dass die Anschuldigungen vollkommener Unsinn sind – ich werde dafür sorgen, dass Ihre Verleumdung juristische Folgen nach sich ziehen wird, falls Sie auch nur ein einziges Wort drucken, das Mr Paveys guten Charakter in den Schmutz zieht.«

Danny musste schmunzeln über ihre einschüchternde, direkte Art. Ms Naseby sprach wie die Latina-Variante von Katherine Hepburn. Er klappte seinen Spiralblock auf, um sich Notizen zu machen. »Als Erstes darf ich Ihnen versichern, dass ich nicht die Absicht habe, einen Artikel dieser Art zu schreiben.«

»Tatsächlich? Denn Ms Allen ist überzeugt davon, dass Sie Mr Pavey an den Pranger stellen wollen.«

»Da muss sie etwas falsch verstanden haben.«

Ms Naseby entspannte sich ein wenig. »Gut. Denn ich kann mich nicht nur für Mr Paveys exzellenten Charakter verbürgen, Sie müssen auch wissen, dass er auf meine Anordnung und auf *meine* Kosten hier war. Sie verstehen also, dass die Vorstellung, Mr Pavey könnte sich aus dem Staub machen, ohne seine Miete zu zahlen, ziemlich lächerlich ist.«

Sie öffnete ihre Tasche und holte ein Polaroidfoto aus einer Aktenmappe. Sie reichte es Danny mit einer Miene, die besagte, dass es keiner weiteren Beweise für Paveys tadellose Referenzen bedurfte.

Das Bild zeigte Pavey vor dem Hintergrund einer nasskalten englischen Landschaft. Für die Pose hatte er einen Fuß auf den Felsen gestellt, auf dem Rücken trug er einen großen Rucksack. Sein Haar wurde von der Kapuze eines Plastikregenmantels verdeckt, aber am sauber getrimmten Bart war zu sehen, dass der Mann braunhaarig war.

»Wissen Sie, wo Mr Pavey ist?«, fragte Danny. »Ich würde ihn sehr gerne sprechen.«

»Das ist genau der Grund, warum ich in Spanien bin, Mr Sánchez.« Die Knöchel von Ms Nasebys dünnen Händen wurden weiß, als sie die Handtasche schloss. »Der arme Gordon scheint verschwunden zu sein.«

»Tatsächlich?«

»Wie ich schon sagte, ist Mr Pavey nach Spanien gekommen«, Ms Naseby machte eine Pause und suchte nach den richtigen Worten, »um in einer Angelegenheit zutiefst persönlicher Natur zu *ermitteln*, die überhaupt nichts mit dem vorliegenden Fall zu tun hat. In den ersten Tagen, in denen er hier war, hatten wir telefonischen Kontakt, aber seit Sonntagmorgen, seit dem zweiten Oktober, habe ich nichts mehr von ihm gehört.«

»Hatte die Angelegenheit, in der er seine Nachforschungen anstellte, etwas mit einem Grabstein auf dem englischen Friedhof zu tun? Und mit der Klinik Santa Cristina?«

»Woher wissen Sie das?«, fragte sie.

»Mr Pavey hat die Quittung von einem örtlichen Marmorhändler zurückgelassen zusammen mit einer Fotografie.« Danny kramte in seiner Tasche nach der Rechnung und dem Bild.

Ms Naseby runzelte die Stirn und streckte die Hand aus. »Diese Dinge gehören mir. Ich habe keine Ahnung, wie sie in Ihren Besitz gelangen konnten, aber ich danke Ihnen, dass Sie sie mir zurückgeben.«

»Das ist die Quittung für einen Grabstein«, sagte Danny und reichte sie weiter. »Ich habe ihn mir auf dem Friedhof angesehen. Er war für eine Person namens María del Mar Torres García bestimmt. Mr Pavey hat sich offenbar auch für die illegalen Adoptionen interessiert, die hier in Spanien stattgefunden haben. Ich weiß mittlerweile«, fuhr Danny fort, »wer der Spanier auf dem Foto ist.«

Ms Naseby wandte mit zitternden Lippen ihren Blick ab. Sie mühte sich redlich, ihre Selbstbeherrschung nicht zu verlieren. »Das ist ja alles sehr interessant, aber momentan möchte ich nur wissen, wo Gordon ist.«

»Vielleicht kann ich Ihnen weiterhelfen. Wenn Sie mir verraten, worum genau es geht, kann ich Sie bestimmt mit den richtigen Leuten in Kontakt bringen.«

Ms Naseby holte ein kleines Notizbuch heraus und begann zu lesen. »Am achtundzwanzigsten September kam Gordon hierher. Ich bin leider keine Internetnutzerin, daher war das Telefon die einzige Möglichkeit, Kontakt zu halten, und Gordon versprach mir, mich jeden Tag anzurufen. Am Wochenende meldete er sich, um mir zu sagen, dass ihm zwei Spanier dabei helfen würden, Zugang zum historischen Archiv zu bekommen, in dem Dokumente mit Hinweisen auf das Gebäude der Klinik Santa Cristina lagern. Mein letztes Gespräch mit Mr Pavey fand vor dreizehn Tagen statt, am Sonntag, dem zweiten Oktober, als er mich anrief, um mir mitzuteilen, dass er etwas gefunden habe, was unmittelbar mit der Sache zusammenhing, die er untersuchte, er sich aber mit den Spaniern zerstritten habe. Sie hätten die Informationen zu politischen Zwecken nutzen wollen, und er habe ihnen gesagt, dass uns das nicht recht sei. Jedenfalls habe er alle relevanten Dokumente eingescannt und auf einem USB-Stick gespeichert. Dann sagte er mir, er gedenke, noch mindestens drei weitere Tage in Spanien zu bleiben. Das war das Letzte, was ich von ihm gehört habe. Anfangs machte ich mir keine großen Sorgen, denn Gordon ist ein sehr impulsiver, abenteuerlustiger Mann. Ich nahm an, er sei zu beschäftigt und habe vergessen, sich bei mir zu melden. Erst am Dienstag wurde ich unruhig. Als ich versuchte, ihn auf seinem Handy zu kontaktieren, kam nur die Ansage, dass der Anschluss vorübergehend nicht erreichbar sei. Also rief ich am Mittwoch und am Donnerstag unzählige Male in der Pension an, aber diese seltsame Ms Allen war mir alles andere als eine Hilfe. Ich erzählte ihr, ich hätte die Befürchtung, Gordon könnte etwas passiert sein, aber sie dachte nur an ihr verdammtes Geld. Ich habe es das ganze Wochenende über immer wieder versucht, aber sie ist nicht mehr rangegangen.«

»Ms Allen war in England.«

»Das ist keine Entschuldigung. Sollte Gordon etwas passiert sein, dann will ich diese verfluchte Frau dafür hängen sehen, und wenn ich den Fall selbst durch alle Instanzen des Zivilgerichts jagen muss. Wie kann jemand einfach verschweigen, wenn einer seiner Gäste plötzlich verschwindet? Wie auch immer, am Samstag, dem Achten, kontaktierte ich das britische Konsulat, aber auch dort konnte mir niemand weiterhelfen, da Ms Allen eben nicht zu erreichen war. Immerhin wurden sämtliche Details an die spanischen Behörden weitergeleitet, die bestätigten, dass keine auf diese Beschreibung passende Person in ein Krankenhaus eingewiesen wurde oder in einen Unfall verwickelt gewesen war. Gestern ist es dem Konsulat schließlich gelungen, Kontakt mit Ms Allen aufzunehmen, die dem Mitarbeiter noch einmal diesen Unsinn erzählte, Gordon schulde ihr Geld. Also beschloss ich, herzufliegen und die Sache persönlich in die Hand zu nehmen.«

Danny hatte sich zu allem Notizen gemacht und versucht, möglichst neutral zu wirken. Falls das stimmte, was Ms Naseby sagte, war Pavey unter Umständen schon seit ganzen dreizehn Tagen verschwunden. Das klang gar nicht gut. »Haben Sie Kontakt zu Mr Paveys Bank aufgenommen, um herauszufinden, ob es irgendwelche Kontenbewegungen gegeben hat?«

»Auf die Idee bin ich nicht gekommen.«

»Die Polizei in England wird Ihnen dabei helfen, wenn Sie ihr mitteilen, dass Mr Pavey vermisst wird.«

»Aber was kann ich hier tun? Ich bin mir sicher, dass Gordon nicht nach England zurückgekehrt ist. Können Sie mir einen anständigen Dolmetscher empfehlen?«

»Machen Sie sich darum mal keine Gedanken«, sagte Danny. »Ich werde für Sie übersetzen. Haben Sie eine Ahnung, bei welcher Firma Ihr Bekannter das Auto geliehen hat?«

»Nein. Aber ich weiß, dass es eine am Flughafen war.«

»Dann lassen Sie uns dorthin fahren. Es gibt nur vier oder fünf Leihfirmen, die am Flughafen einen Schalter haben. Jemand wird sich bestimmt an Mr Pavey erinnern.«

Sally Allen wartete schon seit ein paar Minuten ungeduldig darauf, dass das Gespräch ein Ende nahm. Als Danny Richtung Gartentür gehen wollte, packte sie ihn am Arm und sagte: »Sie sorgen dafür, dass sie erfährt, dass ich nichts Falsches getan habe, nicht wahr? Die Situation ist offensichtlich ein wenig komplizierter, als ich anfänglich geglaubt habe.«

Danny sah sie traurig an. »Ich habe das Gefühl, die Dinge werden noch viel komplizierter werden, noch bevor der Tag vorüber ist, Ms Allen.«

2

Carmen del Hoyo lenkte ihr Auto auf die Hauptstraße nach El Cerrón. Es war nun schon das zweite Mal in den letzten beiden Tagen, dass sie in die Stadt fuhr.

In der Nacht zuvor war sie in El Cerrón gewesen und hatte Leute auf der Straße nach dem Haus von Primitivó Pozos gefragt. Schließlich erzählte ihr ein alter Mann, Pozos würde nicht in der Stadt, sondern außerhalb im Schlachthaus seines Vaters wohnen, also war Carmen dorthin gefahren und hatte sich das verdreckte Gebäude angeschaut.

Sie war erst kurz vor zwei Uhr morgens dort eingetroffen, die Polizei hatte Flutlichter aufgestellt, und Beamte in weißen Overalls sammelten Beweismaterial. Das grelle Licht verlieh den rissigen, bröckelnden Wänden des Schlachthauses etwas Gespenstisches, und Carmen schauderte bei dem Gedanken daran, dass man Teresa an einem so unbeschreiblich verwahrlosten Ort gefangen gehalten hatte. Man konnte den Gestank knapp zehn Meter weit riechen.

Sofort waren Beamte in Uniform auf sie zugestürmt. Als sie ihnen erklärte, wer sie war, kam die Beamtin, die für den Tatort zuständig war, zu ihr, um mit ihr zu sprechen.

»Sie sollten sich wirklich nicht hier aufhalten, Señorita. Fahren Sie nach Hause und lassen Sie uns unsere Arbeit machen. Ich rufe Sie an, sobald ich etwas weiß, versprochen.« Mittlerweile hatten sich auch Fotografen und Journalisten vor Ort versammelt, und Carmen machte sich auf den Rückweg, ohne von jemandem erkannt worden zu sein.

Den darauffolgenden Morgen hatte sie mit *mamá* im Krankenhaus verbracht und fuhr jetzt wieder nach El Cerrón.

Die Zeitungen hatten ein Foto von Pozos gedruckt, auf dem der Mann aussah wie ein riesiger grotesker Troll. Carmen malte sich mit Genugtuung aus, wie er jetzt in der Hölle schmorte, aber das war ihr nicht genug. Heute würde sie nach Pozos' Familie suchen und ihr klarmachen, was sie über den Schweinehund dachte. Dann würde sie seinen Verwandten die Fotos zeigen, die sie von Teresa gesammelt hatte, damit alle sehen könnten, was für eine Frau dieser Mann getötet hatte. Sie hatte Pozos' Namen, das sollte genügen. In spanischen Käffern kannte jeder jeden, es würde nicht lange dauern, bis sie herausgefunden hatte, wo seine Verwandten lebten.

Während der Fahrt hörte sie sich auf COPE, einem Radiosender der katholischen Kirche, eine Diskussion an. Die geladenen Gäste sprachen über den Mutwillen und die verdorbenen Sitten der modernen spanischen Jugend und verglichen ihre lockere Einstellung zu Sex und Beziehungen mit denen der Generation ihrer Eltern und Großeltern.

Carmen ertappte sich dabei, wie sie bei den meisten der vorgebrachten Argumente zustimmend nickte – bis einer der Diskussionsteilnehmer sagte: »Denkt nur an den jüngsten Mord in Almería. Das weibliche Opfer war ein Junkie, eine Abtreibungsbefürworterin und eine wohlbekannte Kirchenhasserin. Ich weiß aus sicherer Quelle, dass sie in einem absurd jungen Alter ihre Jungfräulichkeit verlor und schon als Teenager neben ihrem Bett Sexspielzeug und pornografische Zeitschriften hortete.«

Es dauerte einen Moment, bis Carmen klar wurde, dass über Teresa gesprochen wurde.

»Weil das hier ein christlicher Sender ist, werde ich nicht

weiter ins Detail gehen«, fuhr die Stimme im Radio fort, »aber ihre Todesumstände sind ein erdrückender Beweis dafür, welche Strafen man auf sich zieht, wenn man ein sündhaftes Leben führt. Hätte sie weniger Zeit auf dem Rücken und mehr auf den Knien beim Beten verbracht, dann wäre sie, daran habe ich keinen Zweifel, heute noch am Leben und könnte ...«

Carmen schaltete das Radio aus.

Wie hatten diese verfluchten Journalisten bloß die Sache mit dem Vibrator und den Zeitschriften herausgefunden? Davon wusste nur ihre Familie. Außerdem hatte Carmen es gegenüber Monsignor Meléndez in einer ihrer Unterhaltungen über Teresa erwähnt, aber er konnte das unmöglich weitererzählt haben.

Teresa musste ihren Freunden davon berichtet haben, schloss Carmen. Sie war immer unglaublich frivol und in Sachen Sex offen gewesen und hatte ihren Spaß daran gehabt, Details zu enthüllen, von denen sie wusste, dass sie andere damit schockierte oder vor den Kopf stieß. Trotzdem, von COPE hätte Carmen einen höheren journalistischen Standard erwartet. Diese Medienleute waren doch alle gleich.

Als mit Teresas Verschwinden Carmens Martyrium begann, war sie naiv genug gewesen, daran zu glauben, dass die Medien ihr helfen wollten. Aber die hatten ihre Gutmütigkeit nur ausgenutzt. Jetzt wusste sie es besser: Teresa und der Schmerz ihrer Familie waren für die anderen nichts als eine Story, die sich gut verkaufen ließ. Monsignor Meléndez hatte sie zu Recht gewarnt. Die Presseheinis waren Schakale, allesamt.

Sie parkte am Stadtrand von El Cerrón und erkundigte sich in den Läden nach Primitivo Pozos. Sie wollte wissen, wo seine Familie wohnte. Alle gaben ihr die gleiche Auskunft: Pozos habe keine Familie. »Aber sein Freund Álvaro hat einen DVD-Laden«, sagte eine alte Frau. »Sprechen Sie mal mit ihm.«

Carmen ging zu dem Laden, den Ordner mit den Fotos fest unter den Arm geklemmt.

Die Tür ging auf, man sah reihenweise DVDs, es stank nach abgestandener Luft und ungewaschenen Leibern. In den Wandregalen lagen noch mehr Filme, gestapelt vom Boden bis zur Decke, die Plastikhüllen eingerissen und abgegriffen. Verblasste Filmplakate füllten die Schaufenster in ihrer ganzen Breite aus und ließen kein Tageslicht in den Raum.

Im Hintergrund des Ladens standen sechs verdreckte, veraltete PCs auf Tapeziertischen. Über die Tischplatten verlief ein dickes Kabelgewirr, das an eine mit Klebeband umwickelte Achter-Steckerleiste angeschlossen war. Die einzigen Kunden waren vier Jungs, die ein Onlinespiel spielten. Sie bewarfen einander mit Schimpfwörtern, während sie sich beschossen und aufschlitzten.

Auf dem gläsernen Tresen in der Ecke gegenüber der Tür stapelten sich Chipstüten und Schachteln mit Süßigkeiten. Dahinter saß ein unglaublich fetter Mann. Auf dem Tresen waren Zeitungen ausgelegt – er schien jedes einzelne nationale und internationale Blatt gekauft zu haben –, alle auf der Seite aufgeschlagen, auf der über Primitivo Pozos' Tod und seine Rolle bei der Ermordung von Teresa berichtet wurde.

»Sie wünschen?«, fragte er, als er Carmen bemerkte.

»Sie sind Primitivo Pozos' Freund, nicht wahr?«

Die Augen des Mannes weiteten sich in Panik, als er sagte: »Nein. Ich kenne ihn nicht. Nicht gut jedenfalls.«

»Jeder in der Stadt sagt, Sie und er seien beste Freunde gewesen. Ich finde es merkwürdig, dass Sie sich so für seinen

Tod interessieren«, sagte sie und ging auf den Tresen und die Zeitungen zu.

»Ich habe ihn nicht gekannt«, antwortete der Fettwanst, und seine Stimme wurde schrill.

Er log. Carmen öffnete ihre Mappe und fing an, die einzelnen Fotos nacheinander auf den Tresen zu klatschen.

»Hier«, sagte sie und deutete auf das erste, »das ist meine Schwester, als sie vier war. Auf dem hier ist sie acht. Zehn. Vierzehn. Schauen Sie nicht weg, Sie feiger Hund«, sagte sie, als er seinen Kopf in die Hände sinken ließ. »Ich will, dass Sie sich anschauen, was für ein Leben Ihr Freund zerstört hat. Wissen Sie, dass er sie vergewaltigt hat? Und dann hat er sie an den Knöcheln aufgehängt und sie ausbluten lassen wie ein …«

»Nein!«, schrie der Dicke, warf ein paar Kisten um und erhob sich wankend.

Carmen sah, dass er weinte.

Er rannte zu einem Hinterzimmer, riss mit lautem Knall die Tür auf, fiel auf die Knie und übergab sich.

Die vier Jungs im hinteren Bereich des Ladens hatten aufgehört zu spielen und starrten Carmen mit aufgerissenen Augen und Mündern an, wie Kinder es tun, wenn sie Zeuge des schockierenden Verhaltens von Erwachsenen werden.

Carmen sammelte die Fotos ein und verließ den Laden. Sie hatte erreicht, wofür sie gekommen war. Das erste Mal seit Langem fühlte sie sich wieder besser. Sie wusste, die Kirche hätte ihr geraten, über solch niedere Gefühle erhaben zu sein, aber es fühlte sich gut an, seine Wut an einer Person auszulassen, die sie verdient hatte.

Sie stand vor dem Laden und starrte in die grauen Wolken. Ihre Wut verblasste, und sie bemerkte, dass sie zitterte. Wie immer, wenn sie die Beherrschung verlor.

Sie überquerte die Straße, ging in ein Café und bestellte einen Kaffee. Dann setzte sie sich an einen Tisch am Fenster und sprach ein stilles Gebet, in dem sie um Verzeihung bat für das, was sie gerade getan hatte. Am Abend würde sie zur Beichte gehen müssen.

Sie trank gerade ihren Kaffee aus, als sie sah, wie der dicke Mann die vier Jungen auf die Straße scheuchte, die Tür abschloss und das breite Metallgitter vor der Eingangstür des Ladens hinunterzog. Sein fettes Gesicht war bleich, die Augen vom Weinen gerötet, trotzdem hatte er eine unverkennbar hinterhältige Art an sich, etwas Nervöses, Flatterhaftes, wie ein Tier, das allein in die Ecke getrieben wird und den Schutz des Rudels sucht.

Carmen kam ein Gedanke: Was, wenn dieser Pozos gar nicht allein gewesen war, als er Teresa getötet hatte? Was, wenn noch andere in das Verbrechen verwickelt waren?

Sie legte Geld auf den Tisch und verließ hastig das Café. Sie wollte wissen, wohin der Mann ging.

Es war einfach, ihm durch die Stadt zu folgen. Der Mann war so adipös, dass er sich nur im Schneckentempo vorwärtsbewegte – Carmen musste sogar aufpassen, ihn nicht einzuholen. Dabei musste sie ihn nicht einmal unbedingt im Blick behalten, um ihn zu verfolgen: Die Schweißwolke, die er hinter sich herzog, konnte man zwanzig Meter weit riechen.

Nach zehn Minuten gelangten sie in den *casco antiguo*, die Altstadt von El Cerrón. Hier waren die Häuser älter, die Straßen enger, allesamt Einbahnstraßen. Als sie den Platz in der Stadtmitte überquerten, wurde Carmen klar, dass der Mann Richtung Rathaus unterwegs war.

Sie sah auf die Uhr. Es war schon nach drei, das Rathaus würde bald schließen.

Sie beobachtete, wie er an das Hauptportal klopfte. Ein Polizist öffnete ihm, sie sprachen miteinander, dann wurde der dicke Mann hereingelassen und hinter ihm die Tür geschlossen.

Carmen stieg die Stufen hinauf und klopfte an.

Derselbe Polizist öffnete. »Wir haben geschlossen«, sagte er.

»Warum haben Sie dann den Mann gerade hereingelassen?«

»Er hat etwas mit dem Stadtrat zu besprechen.«

»Tatsächlich? Und mit wem genau?«

Dem Polizist gefiel Carmens Tonfall nicht. »Was geht Sie das an?«, sagte er, schloss die Tür und verriegelte sie.

Carmen ging wieder zu ihrem Auto zurück. Hatte sie sich das eingebildet, oder war der Fettwanst ins Rathaus gerannt, um dort Schutz zu suchen? Was um Himmels willen ging hier vor? Sie dachte an die Dokumente auf Teresas Computer, an die Artikel, die sie über die Suche nach den toten Republikanern in El Cerrón geschrieben hatte. Könnte das etwas damit zu tun haben?

Auf dem Weg zum Auto sah sie den Zeitungskiosk. Sie war schon drei oder vier Schritte daran vorbeigegangen, als ihr bewusst wurde, wessen Gesicht sie soeben auf der Titelseite von *Gente de Hoy*, einem dieser Skandalblätter, gesehen hatte.

Langsam ging Carmen rückwärts, sie konnte es kaum fassen. Das Foto war offensichtlich alt – Teresa war darauf kaum älter als neunzehn –, die roten Augen und der verschleierte Blick deuteten darauf hin, dass sie entweder betrunken oder zugedröhnt war. Carmen nahm die Zeitschrift in die Hand.

Die Titelüberschrift lautete: *Ein angekündigter Tod? Aufdeckung der schmutzigen Geheimnisse eines Mordopfers. Von Danny Sánchez.*

3

Danny fuhr Richtung Flughafen von Almería. Ms Naseby saß auf dem Beifahrersitz, die Hände um ihre Handtasche gekrampft. Sie hatten beschlossen, sich zu erkundigen, ob eine Autoverleihfirma etwas über Paveys Verbleib wusste. Anschließend würde Danny die Frau zu einem Kontaktmann von der Nationalpolizei bringen.

»Natürlich könnte ich Ihnen leichter helfen, wenn ich wüsste, warum Mr Pavey hier in Spanien ist und in welcher Angelegenheit er ermittelt«, sagte Danny.

Ms Naseby war einen Augenblick lang still und überlegte, dann öffnete sie ihre Tasche und holte eine Aktenmappe heraus. »Ich denke, ich fange am besten am Anfang an«, sagte sie und verstummte, als wüsste sie nicht, wie sie weitermachen sollte.

Schließlich nahm sie das Foto von den drei Personen heraus, die vor der Klinik Santa Cristina standen. »Das sind meine Eltern«, sagte Ms Naseby und deutete, als Danny einen kurzen Blick zur Seite warf, auf das Paar in der Mitte. »Zumindest sind es die Menschen, bei denen ich aufgewachsen bin.« Sie rutschte nervös auf ihrem Sitz herum. »Ich hatte schon immer den Verdacht, adoptiert worden zu sein. Das Foto macht deutlich, dass ich keinem meiner Elternteile ähnlich sehe. Und dann bekam ich ja auch so einiges mit: Da wurde geflüstert, es herrschte ein seltsames Schweigen, und in der Pubertät wurden bestimmte Dinge gar nicht erst erwähnt. Mein Vater war nicht der Mann, mit dem man ein heikles Thema wie die Adoption – oder letztlich überhaupt irgendein Thema – hätte besprechen können. Er war sehr streng, und wir kamen nicht gut miteinander aus. Als junge Frau beschloss ich dann, Mitglied der Kirche von England zu werden, war das der Tropfen, der das Fass endgültig zum Überlaufen brachte.«

Ihr Nasenrücken zuckte kurz, und sie tat einen tiefen Seufzer. »Wie dem auch sei, bis 1994 war nichts davon wirklich von Bedeutung. Meine Mutter war schon gestorben, als mein Vater ernsthaft erkrankte und es meine Aufgabe wurde, ihn zu pflegen. Infolgedessen erfuhr ich bestimmte medizinische Details, von denen ich vorher nichts gewusst hatte. Es stellte sich heraus, dass er als junger Mann eine Kriegsverletzung davongetragen hatte, in deren Folge er ...« Sie wurde rot und suchte nach den richtigen Worten. »Vielleicht muss ich Ihnen nur sagen, dass die Verletzung sich in der Leistengegend befand und ihn auf die schmerzlichste und unangenehmste Art verwundete, die es für einen Mann geben kann. Da ich 1949 geboren bin, wurde ich neugierig und wollte erfahren, wann er diese Verletzung erlitten hatte, schließlich war sie ein Indiz dafür, dass Harold Naseby nicht mein biologischer Vater sein konnte. Ich hatte angenommen, sie würde aus dem Zweiten Weltkrieg stammen, aber als ich in seinen persönlichen Unterlagen nachsah, stellte sich heraus, dass sie von viel früher herrührte, nämlich vom März 1938.«

»Er hat im Spanischen Bürgerkrieg gekämpft?«

»Ja.«

»Dann war er Mitglied der Internationalen Brigaden?«

»Im Gegenteil. Er kämpfte für die Sache der Nationalisten.«

»Tatsächlich? Das ist recht ungewöhnlich.«

»Mein Vater war ein überzeugter Katholik und hasste den Kommunismus. Laut einem Briefwechsel, auf den ich später stieß, hat Francos Nationalistische Vertretung in England es meinem Vater ermöglicht, unter dem Deckmantel des Journalismus nach Burgos zu reisen. Er verließ England mit nichts als dem .44er Revolver seines Vaters und einer Sammlung spanischer Redewendungen. Heute kommt einem das recht unüberlegt vor, aber die Menschen damals waren anders, nicht wahr? Am Ende kämpfte er für die carlistischen Truppen, die Requetés, bevor er von einer Handgranate an der Lende verwundet und nach Hause geschickt wurde. Diese Erfahrung machte einen sehr verbitterten Mann aus ihm. Als er 1995 starb, dachte ich nicht weiter über die Sache nach, aber vor ein paar Monaten merkte ich, dass ich meine Geburtsurkunde verlegt hatte.« Ms Naseby fuhr sich über die trockenen Lippen. »Und jetzt kommen wir zu dem merkwürdigsten Teil der Geschichte.« Sie öffnete wieder die Mappe und holte eine Geburtsurkunde heraus. Der dünne Karton roch frisch und neu. »Ich hatte das Einwohneramt kontaktiert und mich um eine Kopie bemüht. Wie Sie sehen, steht auf dieser nicht nur, dass ich in Almería, Spanien, geboren bin, auch werden Harold und Elisabeth Naseby ganz eindeutig als meine biologischen Eltern aufgeführt – *nicht* als meine Adoptiveltern.«

Danny fuhr langsamer, um einen kurzen Blick auf das Dokument zu werfen.

»Ich machte mich natürlich gleich ans Werk und durchwühlte die Hinterlassenschaften meiner Eltern«, fuhr Ms Naseby fort, »und entdeckte dabei, dass mein Vater mit einem ehemaligen Kameraden aus dem Bürgerkrieg, mit Amancio Encona, einen Briefwechsel geführt hatte. 1948 schickte dieser Mann ihm ein Schreiben. Ich habe den Brief hier. Das Original war auf Spanisch, ich habe es übersetzen lassen«, sagte sie und faltete ein Blatt Papier auf. Sie begann, laut vorzulesen:

»Lieber Harold,
deinen letzten Brief habe ich erhalten. Mit großer Freude vernahm ich, dass du geheiratet hast, und ich teile deine Gefühle, was den langfristigen Erfolg der bolschewistischen/jüdischen Verschwörung angeht, die Weltherrschaft anzutreten. Der Krieg mit Sowjetrussland wird nicht mehr lange auf sich warten lassen, und dann werden die Briten bitterlich den Tag bereuen, an dem sie beschlossen, sich gegen die Deutschen zu erheben. Sei versichert, wir wissen immer noch genau, wie wir mit den Roten in Spanien zu verfahren haben. Ich habe in letzter Zeit oft an dich denken müssen. Ich erinnere mich gut an deinen Mut im Geschützfeuer und was für einen schrecklichen Preis du dafür zahlen musstest, die Spanier vom marxistischen Schmutz zu befreien. Durch die Entwicklungen in meinem eigenen Leben ist es mir jetzt vielleicht möglich, etwas wiedergutzumachen. Ich werde dir helfen, die Probleme zu lösen, die du zu ertragen hast, da du keinen Erben zeugen kannst. Lass uns die Sache telefonisch besprechen.
Dein Freund
Doktor Amancio Encona«

»Der Spanier neben Ihren Eltern auf dem Foto ist Amancio Encona«, sagte Danny.

Ms Naseby nickte. »Das dachte ich mir schon.«

»Was hatte Mr Pavey mit alldem zu tun?«

»Gordon spricht gut Spanisch. Als ich den Brief fand, habe

ich ihn ihm gezeigt, und er hat ihn für mich übersetzt. Dann fanden wir die Quittung von dem Marmorhändler, und ich erinnerte mich wieder daran, wie mein Vater am Ende seines Lebens war. In den letzten Monaten der Krankheit hatte er sich bemüht, sich von seinen Sünden reinzuwaschen. Er wollte ›mit einer reinen Weste sterben‹, wie er selbst sich ausdrückte. In Spanien ließ er auf dem Friedhof den Grabstein und die Statue errichten, das war das Letzte, was er tat, als er noch bei Verstand war. Es bedeutete ihm offenbar sehr viel. Mr Pavey rief bei dem Steinmetz an und erkundigte sich, was genau mein Vater damals in Auftrag gegeben hatte. Dabei stieß er auf die eigentümliche Grabinschrift, die ›fehlende Kleine‹ zusammen mit dem Namen des Mädchens. Aber das eigentlich Beängstigende war das Geburtsdatum. Sie wurde an dem Tag als Totgeburt gemeldet, an dem *ich* zur Welt kam. Und dann erzählte Gordon mir von diesem schrecklichen Geschäft mit illegalen Adoptionen und gestohlenen Kindern, und die Sache begann, in mir zu arbeiten und mir sehr zuzusetzen. Was, wenn ich eines von diesen Kindern war? Also bot Gordon sich an, für mich nach Spanien zu fahren und in der Angelegenheit zu ermitteln. Er flog gleich am nächsten Tag, nachdem wir darüber gesprochen hatten. So ist er eben: ein herzensguter Mensch, aber sehr impulsiv und risikofreudig.«

Sie seufzte tief. »Da stehe ich nun: zweiundsechzig Jahre alt, ledig, keine Familie und wenige Freunde. Und plötzlich scheine ich nicht einmal mehr eine Vergangenheit zu haben. Jedenfalls nicht die, die ich dachte zu haben. Das Ganze kommt mir vor wie ein schlechter Witz. Was, wenn ich irgendwo eine Schwester habe? Oder Neffen? Und jetzt sieht es so aus, als wäre Gordon verschwunden und alles meine Schuld …«

Sie begann zu weinen und verbarg ihr Gesicht in einem Taschentuch, um ihr Schluchzen zu dämpfen. Danny streichelte ihr beim Fahren die Schulter. Er bot ihr an anzuhalten, aber sie riss sich zusammen.

»Lassen Sie uns zum Flughafen fahren und Gordon finden«, sagte sie.

Der Flughafen von Almería liegt fünfzehn Minuten außerhalb der Provinzhauptstadt, nah genug an der Küste, um von der Abflughalle aus das Meer zu sehen. Es ist ein kleiner Flughafen, außerhalb der Saison werden täglich etwa fünfundzwanzig Flüge abgewickelt und meistens Ziele in Spanien und Großbritannien angeflogen.

Als Danny und Ms Naseby ankamen, standen spanische Geschäftsleute und britische Touristen vor dem Hauptgebäude und trotzten Kaffee trinkend und rauchend dem heftigen Wind. Gruppen von Reinigungspersonal in himmelblauen Uniformen wischten schlammige Fußspuren vom Boden.

Es gab fünf Autoverleihfirmen.

Danny würde bei jedem einzelnen Schalter nachfragen, ob sich jemand an einen Kunden namens Gordon Pavey erinnern konnte, und erklären, der Mann werde möglicherweise vermisst. Schon bei dem dritten, dem einer Gesellschaft namens Alquilalmería, hatte er Glück.

»Hier habe ich die Buchung«, sagte der bärtige Mann am Schalter. »Er hat am Mittwoch, dem achtundzwanzigsten September, einen blauen Ford Focus bei uns gemietet.«

»Und wann hat er ihn zurückgebracht?«

»Gar nicht. Am Ende hat er die verdammte Karre mitten im Nirgendwo stehen lassen. Sie war schon zwei Tage überfällig, als wir hingefahren sind und sie uns selbst zurückgeholt haben.«

»Haben Sie die Polizei eingeschaltet?«

Die Idee wies der Mann weit von sich. »Glauben Sie etwa,

das ist das erste Mal, dass jemand ein Mietauto irgendwo abstellt? Im Wagen haben wir eine Kontaktnummer gefunden. Als wir sie anriefen, war eine englische Frau dran, die herumzuzetern begann, Señor Pavey habe sie um ihr Geld betrogen und sei ein richtiger Nichtsnutz. Also haben wir die Kreditkarte des Kunden einfach mit den Kosten für die überfälligen Tage belastet.«

»Woher wussten Sie, wo Sie das Auto finden würden?«

»Unsere Wagen sind alle mit GPS ausgestattet. Sobald das System ein Auto als verspätet meldet, orten wir es und schicken jemanden raus, um es zu holen.«

»Können Sie herausfinden, wo Mr Pavey das Auto abgestellt hat?«

Der Mann drehte den Monitor, sodass Danny die GPS-Karte sehen konnte. Er brauchte eine Weile, bevor er es realisierte: Paveys Auto war an der Straße stehen gelassen worden, die hinter dem geplanten Golfplatz entlangführte und vor den Toren von Santa Cristina endete.

Der Mann vom Autoverleih fragte ihn, ob das alles sei, was er wissen wolle, aber Danny hörte nicht mehr hin. Er blätterte eilig die Notizen durch, die er sich bei Leonards Besuch gemacht hatte. Die Tonaufzeichnung von dessen Bekannten in Santa Cristina fiel ihm wieder ein. Die Aufnahme einer leisen Stimme, die um Hilfe rief – und dazu ein vermisster Mann, nach dem niemand suchte. Er hatte sich richtig erinnert: Die Aufnahme war am vierten Oktober gemacht worden. »Und Mr Pavey hat den Wagen dort am zweiten Oktober stehen lassen?«

»Das ist richtig.«

»An Ihrer Stelle würde ich die Karte geöffnet lassen«, sagte Danny zu dem Mann am Schalter und tippte eine Nummer in sein Handy. »Die Polizei wird sie sehen wollen.«

4

Ramón Encona saß auf dem Bettrand und starrte mit zusammengebissenen Zähnen auf den Stapel Fünfzig-Euro-Scheine vor sich. Er hatte zehntausend Euro von Santiago verlangt für das, was er mit *El Porquero* gemacht hatte. Nicht schlecht für eine einzige Nacht Arbeit. Warum fühlte er sich dann so niedergeschlagen? Vielleicht lag es daran, dass die Geschichte sich wiederholte.

Früher hatte Ramón einen Großteil seiner Zeit damit verbracht, Santiago aus der ein oder anderen verfahrenen Situation zu retten – das dumme Arschloch hatte Leute beleidigt, Autos zu Schrott gefahren, Freundinnen und Ehefrauen gevögelt.

Ramón hatte das aus einer Art Pragmatismus heraus getan. Er wusste: Solange er Santi in der Tasche hatte, war er einigermaßen davor gefeit, dass sich die hiesige Polizei für seine Drogengeschäfte interessierte – letztlich verdankten alle Bullen ihre Stellung seiner Cousine Leticia, also würden sie es nicht riskieren, ihren Sohn festzunehmen.

Im Grunde genommen war es sogar Santis Schuld, dass er El Cerrón hatte verlassen müssen. Es hatte einen Geschäftskonkurrenten gegeben, einen etwas über zwanzigjährigen Möchtegerngangster mit Verbindungen zu den Zigeunern, der Ramón in der Stadt schlechtgemacht hatte.

Eines Nachts lockte Ramón den jungen Burschen mit einem Trick an einen einsamen Ort und verpasste dem kleinen Arschloch eine Lektion mit der Fahrradkette, während *El*

Porquero ihm die Arme auf dem Rücken fixierte. Santis Beitrag beschränkte sich darauf, ihn mit Schreien anzufeuern, während der Bursche Blut und Zähne spuckte und Ramón anflehte aufzuhören.

Die Sache war als schnelle, aber effektive Lektion gedacht gewesen, die dem Burschen seinen Platz zeigen sollte. Aber hinterher brüstete sich Santi in der ganzen Stadt damit, wie er allein den kleinen Schnösel fertiggemacht hatte. Irgendwie bekam die Nationalpolizei Wind davon, und am folgenden Tag wurde Santi festgenommen.

Zum Glück erfuhr Ramón sofort von der Verhaftung. Er wusste genau, dass die Nationalpolizei nur Minuten – wenn nicht Sekunden – brauchen würde, um aus einem feigen Arschloch wie Santi die ganze Wahrheit herauszupressen. Als die Beamten Ramón holen wollten, waren seine Wohnung und sein Auto von jeder Spur einer kriminellen Tat befreit.

Was war es für ein Genuss gewesen zu sehen, wie die Polizei jede horizontale Fläche in seiner Wohnung in der Hoffnung absuchte, irgendwo Drogen zu finden, und dabei zusehends frustrierter wurde. Anschließend weigerte sich der Bursche, den Ramón mit der Fahrradkette gequält hatte, ihn zu identifizieren, und die Anwälte von Cousine Leticia brachten Santiago dazu, seine Zeugenaussage zu widerrufen, wodurch Ramón von jedem Verdacht losgesprochen wurde.

Doch am nächsten Tag kam Cousine Leticias Schwager, der Polizeichef, bei Ramón mit einem Umschlag vorbei, der zwei Millionen Peseten und das Angebot für einen Deal enthielt. »Es liegt an dir, ob du bereit bist, noch heute Abend die Stadt zu verlassen und nie wieder mit Santiago Encona zu sprechen. Wenn nicht, werden wir Santiago dazu bringen, erneut seine ursprüngliche Zeugenaussage zu machen, und dafür sorgen, dass du ins Gefängnis wanderst.«

Was für eine Wahl hatte Ramón? Jeder wusste, dass er mit Unmengen von Drogen handelte. Es wäre ein Kinderspiel für sie gewesen, ihn abzufangen, wenn er das nächste Mal Nachschub kaufte. Und falls das nicht gelang, konnten sie ihm einfach irgendetwas in die Schuhe schieben.

Er nahm das Geld. Er verabschiedete sich von niemandem, aber eines der letzten Dinge, die er auf der Fahrt aus der Stadt sah, war ein lachender und Bier trinkender Santi auf der Terrasse irgendeiner Bar.

So war es eigentlich immer gewesen. Santiago hatte stets als der Liebling der Familie gegolten, der älteste männliche Enkel. Seiner Mutter war es eine Freude gewesen, Ramón das immer wieder unter die Nase zu reiben. Eines Tages im Herbst, Ramón war zehn oder elf Jahre alt gewesen, versammelte sich die ganze Familie Encona in Onkel Amancios Haus, um Santiagos erste Kommunion zu feiern. Der gesamte Encona-Clan war anwesend – Cousins und Onkel und Tanten und Neffen und Nichten. Über hundert Leute. Es dauerte fast eine Stunde, um alle für ein Foto zusammenzutrommeln und sie auf den Treppenstufen vor dem Haus für das Bild posieren zu lassen. Als der Fotograf gerade loslegen wollte, sagte Mutter zu ihm: »Geh und hol mir ein Glas Wasser aus dem Haus, mein Junge.«

Als Ramón zurückkam, war alles schon vorbei gewesen. Santiago hatte ihn verhöhnt, als Ramón sich darüber aufregte.

»Warum würden wir ein Foto mit dir wollen, du dreckiges kleines Ferkel?«

Die Erwachsenen wollten ihn sofort zum Schweigen bringen und zerrten ihn fort, aber Ramón hatte weiter Santiagos triumphierenden Blick vor Augen …

»Ihre Familie scheint der Quell Ihrer Frustrationen Ihrer

Verbitterung zu sein«, hatte der Armeepsychologe einmal zu ihm gesagt. Ramón erwiderte, das sei Unsinn, aber der Psychologe bestand auf einer Wortassoziationsübung. Er nannte ein paar Worte wie Kindheit, Wertschätzung, Onkel und Cousin, und Ramón sollte das erste Wort nennen, das ihm dazu in den Sinn kam.

Ramón hatte diese Übung schon in Filmen gesehen, er wusste also, wie er sich verhalten musste, und antwortete mit so harmlos klingenden Worten wie: Schlappohrkaninchen, Zuckerwatte, Wolken.

Der Psychologe nahm seine Brille ab und kniff sich in den Nasenrücken. Ramón hielt das für eine Geste der Resignation, aber dann sah der Psychologe plötzlich auf und fixierte Ramón.

»Und was ist mit ›Mutter‹, Ramón?«, fragte er. »Welche Wörter assoziieren Sie mit Ihrer Mutter?«

Mit einem Mal fiel Ramón das Lächeln schwer – denn ein Bild, das er während des Tests unterschwellig im Kopf gehabt hatte, rückte plötzlich scharf in den Fokus: ein großes weites Nichts hinter einem langen spindeldürren Schemen aus Stöcken und Stacheldraht.

Der Psychologe spürte, dass etwas falschlief. »Wie ist es mit Frauen, Ramón?«

»Was soll mit denen sein?«

»Sie haben in einer früheren Sitzung erwähnt, Sie hätten nicht viele Freundinnen gehabt.«

»Nur weil ich keine Zeit für sie hatte.«

»Glauben Sie, das hatte irgendetwas mit Ihrer Mutter zu tun?«

»Natürlich nicht.«

»Ich spüre bei Ihnen einen Widerstand, Sie reden nicht gerne darüber. Liege ich richtig mit meiner Vermutung?«

»Nein.«

»Haben Sie Angst, wenn Sie mit einer Frau zusammen sind?«

»Was? Nein!«

»Hatten Sie schon einmal Erektionsprobleme?«

»Was soll der Scheiß? Was soll das heißen? Ich habe mehr Frauen gefickt, als ... Was zum Teufel wollen Sie mir unterstellen?«

In dem Moment hatte sich der Psychologe vorgelehnt und in leisem, ernstem Tonfall gesagt: »Gefreiter Encona, ich gebe Ihnen genau fünf Sekunden, sich wieder auf Ihren Stuhl zu setzen und Ihre Fäuste zu entspannen, sonst lasse ich die Beamten der Militärpolizei kommen ...«

Ramón schreckte zusammen. Er war so in seinen Erinnerungen versunken gewesen, dass er das Hämmern gegen seine Wohnungstür nicht bemerkt hatte. Wer zum Teufel mochte das sein?

Er griff sich ein Messer aus der Küche, kroch zur Tür und riss sie mit einem Ruck auf.

Draußen stand Santiago. Er sah verwirrt und wütend aus, ging direkt an Ramón vorbei, die Fäuste tief in den Taschen seines Kaschmirmantels vergraben.

»Was ist los?«, fragte Ramón.

Santiago schüttelte den Kopf, er war verärgert und zerfloss zugleich in Selbstmitleid. »Diese Heulsuse von Álvaro wird uns noch alle hochgehen lassen.«

»Wie das?«

»Die Schwester der Ermordeten war in seinem Laden und hat ihn angeschrien. Er bekam Panik, rannte sofort in mein Büro im Rathaus und brach dort vor allen in Tränen aus. Er ist überzeugt, dass die Polizei ihn festnehmen will, und wenn er sich weiter so benimmt, wird es mit Sicherheit so kommen. Der Mann schiebt eine solche Panik, dass er sich auch gleich ein großes Ich-bin-schuldig-Schild um den Hals hängen könnte.«

»Du meinst, er wird für uns zum Problem?«

Santiago wühlte in seiner Mantelinnentasche herum und brachte einen dicken Umschlag zum Vorschein, den er Ramón hinstreckte. »Der Fettsack hat ein zu großes Maul. Beseitige ihn, Ramón.«

Ramón starrte auf das Kuvert. Jetzt wurde ihm klar, was ihn vorhin so bedrückt hatte. Die Art, wie Santiago ihn behandelte. So als wäre Ramón einfach nur irgendeiner von seinen Scheißangestellten. Er deutete mit dem Kinn auf den Umschlag. »Wie viel ist da drin?«

»Zehntausend. Wie beim letzten Mal.«

Langsam schüttelte Ramón den Kopf. »Nicht genug. Nicht dafür. Das mit *El Porquero* war einfach, er war so unglaublich dumm. Aber Álvaro ist vorsichtig. Er wird mir nicht trauen. Das kostet dich dreißig.«

Santiagos Augen wurden groß. »Aber das ist dreimal so viel.«

»Was soll ich sagen, *primo*? Nicht der Käufer bestimmt den Preis.«

Enconas Stimme wurde zu einem besorgten Flüstern. Er legte die Hand auf Ramóns Unterarm: »So viel kann ich nicht aufbringen, Ramón. Und denk dran: Wir stecken beide in der gleichen Scheiße.«

Ramón begegnete seinem starren Blick, Verachtung sprach aus seinen ausgemergelten Gesichtszügen. »Was zum Teufel soll das heißen?«

»Du hast *El Porquero* umgebracht. Du steckst genauso tief drin wie ich.«

Ramón stieß seinen Neffen mit dem Rücken gegen die

Wand und presste ihm die Spitze des Küchenmessers gegen die Kehle. »Soll das eine Drohung sein? Ist es das?« Seine Stimme war kaum noch zu hören. »Du hast verdammt recht, ich habe *El Porquero* getötet. Und er war nicht der Erste«, sagte er und drückte das Messer fester ins Fleisch.

Santiago begann, Entschuldigungen zu stammeln. »Okay«, sagte er schließlich. »Ich besorge dir das Geld. Aber du musst es jetzt tun. Bevor die Polizei auftaucht und Álvaro einknickt.«

5

Vizekonsul Brian Smith setzte sich als Letzter.

»Danny«, sagte er auf Spanisch, »das ist Chefinspektor Bosquet. Er befehligt das Team der Bergrettung, das für den Einsatz in El Cerrón zusammengestellt wurde. Er möchte Ihnen ein paar Fragen stellen.«

Bosquet war groß, Ende vierzig, hatte dunkles Haar und einen grau melierten Bart. Die dichten Augenbrauen zogen sich bis zum Nasenansatz hinunter, er wirkte streng. »Der Boden rund um Santa Cristina ist außerordentlich gefährlich«, sagte er. »Bevor ich meinen Leuten grünes Licht gebe, möchte ich von Ihnen wissen, weshalb Sie sich so sicher sind, dass der Mann sich dort oben befindet.«

Danny klappte den Laptop auf und drehte ihn so, dass der Polizist den Monitor sehen konnte. Ein digitalisiertes Bild der GPS-Daten des Autoverleihs erschien. »Laut GPS-Ortung des Autos, das Pavey gemietet hatte, fuhr er am Sonntag, dem zweiten Oktober, bis hierhin, wo die Straße zu dem Grundstück von Santa Cristina abzweigt. Als die Verleihfirma zwei Tage später bemerkte, dass der Wagen nicht zurückgegeben wurde, und nachprüfte, wo er sich befand, stand das Auto immer noch dort. Es war zwei Tage lang nicht bewegt worden.«

»Und warum glauben Sie, er könnte zu der Ruine hinaufgegangen sein?«

»Señor Pavey stellte Ermittlungen über die Klinik an, die früher einmal dort oben stand. Er hat das Stadtarchiv besucht, daher wusste er, dass die dort befindlichen Dokumente aus dem Keller von Santa Cristina stammen. Ich nehme an, er hegte die Hoffnung, in der Ruine noch mehr Material zu finden.«

Dann spielte Danny dem Polizisten die Datei vor, die Leonard Wexby ihm kopiert hatte. »Die Aufnahme stammt ganz aus der Nähe des Grundstücks von Santa Cristina.«

Bosquet hörte sie sich schweigend und mit finsterer Miene an. »Sie haben recht«, sagte er. »Man hört eine Stimme um Hilfe rufen. Ich muss zugeben, der Beweis ist zwingend. Ich gebe meinem Team Bescheid. Es soll anfangen, die Gegend abzusuchen. Und ich brauche die Nummer von diesem Geisterjäger. Ich möchte wissen, wo genau er die Aufnahme gemacht hat. Die Information könnte uns helfen, das Gebiet, das wir unter die Lupe nehmen müssen, einzugrenzen.«

Das britische Konsulat von Almería liegt in der Nähe des Fährhafens, der Spanien und Nordafrika verbindet, in einem Stadtteil namens *Parque Viejo*. Das Konsulat schließt gewöhnlich mittags, aber Dannys Anruf erforderte spezielle Schritte, sodass der Großteil der Belegschaft noch anwesend war. Danny konnte durch die Milchglasscheibe des Gesprächszimmers Schemen vorbeihuschen sehen: Konsularbeamte und Sekretärinnen, die sich um Ms Naseby kümmerten.

Sally Allen war zuvor herberufen worden, mittlerweile aber von der spanischen Polizei mitgenommen worden, um ihre offizielle Aussage zu Protokoll zu geben.

»Sie kann von Glück reden, wenn die Polizei keine Anklage erhebt«, hatte ein Konsulatsmitarbeiter gesagt. »Dumme Kuh.«

Danny hatte nichts darauf erwidert, war aber der gleichen Meinung: Ms Allen schien kein schlechter Mensch zu sein, aber sollte Pavey tatsächlich in eines der Löcher vor Santa Cristina gefallen sein, hatte ihre Untätigkeit den Mann zu einem langsamen und schmerzvollen Tod verurteilt. Es war kein leichter Tod, Wind, Wetter und wilden Tieren ausgesetzt zu sein.

Ms Naseby hockte in einer Ecke des Hauptraums, die Augen hielt sie geschlossen, die Hände wie zum Gebet im Schoß gefaltet.

Danny rief Paco Pino an. »Fahr zu der Adresse, die ich dir gleich schicke. Die Polizei sucht nahe der Ruine nach der Leiche eines britischen Mannes. Ich werde jetzt dreihundert Wörter runterschreiben. Wenn du bis heute Nachmittag Fotos hast, können wir das Ganze rechtzeitig für die morgige Ausgabe losschicken.«

Anschließend gab es nichts mehr zu tun, als abzuwarten, was geschah.

Danny arbeitete gerade an dem Artikel, als sein Freund Gregorio vom katholischen Radiosender COPE sich meldete.

»Tut mir leid, Danny, ich hätte dich früher anrufen sollen«, sagte er. »Ich hab's einfach vergessen.«

»Heißt das, du weißt, wer dieser Monsignor Meléndez ist?«

»Ja. Und es ist sehr seltsam, dass du ihn erwähnst, denn er war gestern Morgen beim Sender und hat sich lange mit meinem Chef unterhalten.«

»Eine Ahnung, worüber sie gesprochen haben?«

»Nein. Aber seit seinem Besuch berichtet unser Sender auf eine höchst merkwürdige Art über den Mord an Teresa del Hoyo. In einigen Talkshowprogrammen wird regelrecht über sie hergefallen, und unseren Nachrichtenteams wurde gesagt, die Tatsache, dass ihr Mörder an einer Überdosis Drogen starb, sei in den Vordergrund zu rücken. Wenn ich es nicht besser wüsste, würde ich meinen, hier versucht jemand, Teresa gezielt in den Schmutz zu ziehen.«

»Wer ist Meléndez?«

»Ein ehemaliger Missionar, der schon an vielen nicht so schönen Orten gearbeitet hat. Seit den späten Neunzigern ist er nur noch als Sonderbeauftragter für den Aufsichtsrat einer Institution namens Die Legion Mariens tätig. Eine militante und überaus geheimniskrämerische katholische Organisation. Einige halten sie für eine Sekte innerhalb der katholischen Kirche.«

»Und wie sieht seine Arbeit aus?«

»Na ja, sein inoffizieller Name ist *el apagafuegos*, der Troubleshooter.«

»Dann vertuscht er Skandale?«, fragte Danny und klappte sein Notebook auf.

Gregorio lachte. »Könnte man sagen. Ich habe gehört, er wurde bei Fällen eingesetzt, die sich für die Kirche als problematisch hätten erweisen können. Er sorgte dann dafür, dass nichts davon in den Medien auftauchte. Aber das Wichtigste an seinem Beruf ist, dass im Grunde keiner so richtig etwas darüber weiß.«

»Warum ist er in Almería, was glaubst du?«

»Das ist die eigentliche Frage, nicht wahr? Aber es muss schon etwas Wichtiges sein, wenn ein so bedeutender Mann wie Meléndez so viel Zeit hier verbringt. Man sagt ihm nach, er sei ein rücksichtsloses Arschloch.«

»Das klingt nicht gerade so, als würdest du ihn besonders mögen.«

»Ich hege eine tiefe Liebe für die katholische Kirche, Danny, aber ich verabscheue einige der Menschen in ihrer Führungsriege. Meléndez repräsentiert einen sehr negativen Teil der Kirche, einen, der alles geheim halten will. Ich bin nicht einer Meinung mit ihm und billige ganz gewiss nicht seine Methoden.«

Um sechs Uhr abends klingelte Bosquets Telefon. Er nahm ab, lauschte, dann flüsterte er dem Vizekonsul etwas zu, der Danny daraufhin bedeutete, sich zu ihnen zu setzen.

»In einem der Brunnen wurde eine männliche Leiche gefunden, daneben eine Brieftasche mit Paveys Pass und seinen Kreditkarten«, sagte Vizekonsul Smith. »Er scheint seit mindestens einer Woche tot zu sein. Beide Schienbeine sind mehrfach gebrochen, er ist höchstwahrscheinlich verblutet. Die Polizei möchte wissen, ob Ms Naseby mitkommen und die Leiche identifizieren könnte. Glauben Sie, sie schafft das, Danny? Denken Sie daran, der Körper ist ziemlich entstellt, und die Tiere haben auch schon einigen Schaden angerichtet.«

Danny sah zu Ms Naseby hinüber. »Die Frau ist tougher, als sie aussieht. Und sie sagt, was sie denkt. Wenn sie ihn nicht identifizieren will, wird sie Sie das schon wissen lassen.«

Die Konsulatsmitarbeiter unterhielten sich kurz mit Ms Naseby. Als diese sich langsam erhob, wirkte sie ruhig und gefasst. Danny hörte sie sagen: »Gordon hat keine Kinder, und ich werde seine Schwester nicht zwingen, den langen Weg hierher auf sich zu nehmen, wenn ich ihn ihr ersparen kann.«

Mehrere Mitarbeiter brachten Ms Naseby für die offizielle Identifizierung zum Instituto de Medicina Legal. Danny versuchte, die Männer zu überreden, ebenfalls ins Gebäude eingelassen zu werden, wurde aber entschieden abgewiesen. Also ging er zur Bar auf der anderen Seite des Institutes, wartete nun schon zum zweiten Mal in einer Woche unter ihrer Markise und beobachtete den Regen.

Danny nutzte die Zeit, um den Artikel über Gordon Paveys

Tod zu Ende zu schreiben. Paco mailte ihm die Bilder, und er schickte das Nachrichtenpaket an sämtliche spanischen wie britischen überregionalen Tageszeitungen.

Dreißig Minuten später traten die Konsulatsmitarbeiter mit Ms Naseby aus dem Gebäude der Rechtsmedizin. Sie unterhielten sich kurz auf dem Gehsteig, dann schüttelte Ms Naseby ihnen die Hand und sah sich suchend nach Danny um. Als sie ihn winken sah, kam sie mit einem braunen Umschlag in der Hand auf ihn zu. In ihm befanden sich Paveys Pass, seine Kreditkarten und ein Schlüsselbund.

»Sie nehmen an, dass Gordon Tage leiden musste, bis er tot war«, sagte sie und starrte in den Regen. »Ich werde mir jetzt ein Hotel suchen und dann in Erfahrung bringen, wie ich rechtliche Schritte gegen Ms Allen einleiten kann. Leider ist der USB-Stick, den Gordon mir gegenüber erwähnt hat, nicht unter den Fundsachen. Ich kann daraus nur schließen, dass er wahrscheinlich noch immer in dem Brunnen liegt, in dem er gestorben ist. Ich möchte, dass Sie mir dabei helfen, das Material zu finden, das Gordon eingescannt hat, Mr Sánchez. Wenn er es für so wertvoll hielt, dass er dafür sein Leben riskierte, dann will ich es sehen. Finden Sie es für mich, und im Gegenzug erhalten Sie von mir alle Einzelheiten, die Ihnen noch fehlen, um meine ganze traurige Geschichte erzählen zu können. Ich denke doch, das ist der Grund, warum Sie sich die ganze Zeit so ungewöhnlich freundlich mir gegenüber verhalten.«

»Nur zum Teil«, sagte Danny. »Aber in dem Fall muss ich mit Teresas Schwester sprechen.«

6

Carmen del Hoyo kochte vor Wut. Der Artikel über ihre Schwester war ein Skandal.

Sie kannte den Namen des Journalisten, der ihn verfasst hatte: Danny Sánchez. Der Mistkerl, der sie auf dem Handy angerufen hatte. Auf der Privatnummer, die sie ganz bewusst nicht an die Presse weitergegeben hatte. Während sie die Straße entlanglief, las sie noch einmal den Bericht, der in *Gente de Hoy* erschienen war. Er war über vier Seiten lang, bebildert mit Fotografien, die Teresa in irgendeinem engen Fetzen oder komplett zugedröhnt zeigten. Es stand alles drin: Teresas Drogenprobleme, ihre Sexualpartner, alles.

Aber es war der dritte Absatz, der Carmen das Herz brach.

Teresa hatte eine Abtreibung gehabt.

Zuerst hatte Carmen es nicht glauben wollen, aber ein ehemaliger Liebhaber ihrer Schwester schilderte lang und breit, wo sie den Abbruch hatten machen lassen und wie viel er gekostet hatte.

Als sie ins Auto stieg, brach Carmen in Tränen aus, und zum ersten Mal seit über einer Woche machte sie nicht einmal mehr den Versuch, sich zusammenzureißen. Sie saß mit dem Kopf auf dem Lenkrad da und schluchzte, als der Schmerz, die Angst und der Kummer sich Bahn brachen. Carmen hätte nie gedacht, dass ihre Schwester so selbstsüchtig und dumm gewesen war, ihr eigenes Kind zu töten.

Sie musste etwas unternehmen. Die Sache mit der Abtreibung war eine neue und unerfreuliche Wendung in der ganzen schrecklichen Angelegenheit, aber irgendwie würde sie auch damit umgehen. Sie trocknete ihre Tränen und rief Monsignor Meléndez an.

»Carmen, mein Kind«, sagte er. »Es ist gut, von dir zu hören. Hast du etwas Wichtiges herausgefunden? Ich bin derzeit leider sehr beschäftigt und muss …«

»Monsignor, ich weiß, es ist eine ziemliche Zumutung, einem Mann von Ihrer Bedeutung eine solche Bitte vorzutragen, aber könnten wir uns treffen? Ich habe gerade etwas Schreckliches über meine Schwester herausgefunden, und ich fürchte, das könnte Auswirkungen auf alles haben. Am Telefon möchte ich darüber nicht reden. Außerdem hatten Sie mit Teresa vollkommen recht. Ich habe ihren Laptop gefunden, auf ihm ist ziemlich viel Unsinn über eine Klinik namens Santa Cristina gespeichert.«

Meléndez hatte zunächst ein paar höfliche Entschuldigungen gemurmelt, aber jetzt schien er zu überlegen und sagte schließlich: »Ich denke, ich kann mir tatsächlich etwas Zeit zwischen meinen Terminen freischaufeln. Aber ich müsste jetzt sofort vorbeikommen. Würde dir das passen?«

Carmen sagte zu und fuhr zurück in die Wohnung ihrer Eltern. Dort angekommen, stellte sie sicher, dass es genug von den Keksen gab, die Monsignor Meléndez gerne aß, und bemerkte, als sie einen Blick in den Kühlschrank warf, dass die Milch sauer war. Sie sah auf ihre Armbanduhr. Ihr blieb noch genug Zeit, um eine neue Packung zu kaufen.

Carmen ging in den Supermarkt an der Ecke. In der Schlange wurde sie angestarrt. Sie hatte sich in der letzten Woche daran gewöhnt, aber jetzt sahen sie die Leute anders an – nicht länger mitleidig. Ein paar Frauen tuschelten.

Daran war der verdammte Zeitschriftenartikel schuld.

Sie starrte zurück, bis die Frauen zu Boden blickten, bezahlte die Milch und verließ den Laden. In der Nähe der Wohnung ihrer Eltern wurde sie von einem Nachbarn aufgehalten.

»Ich dachte mir, ich sollte Ihnen sagen, dass vor Ihrem Haus ein Mann wartet. Er sieht aus wie ein Journalist.«

Carmen lief zur Straßenecke. Der Nachbar hatte recht – ein Mann mittleren Alters, mit krausem Blondhaar und einer Jeansjacke, stand unter dem Lorbeerbaum vor dem Eingang zum Mietshaus, in dem ihre Eltern wohnten. Mit Sicherheit ein Journalist. Er trug eine Schultertasche und eine Kamera und strahlte eine gewisse Großspurigkeit aus, die typisch für Journalisten ist.

Carmen spürte, wie sich ihre Kiefermuskeln anspannten. Sie hatte die Nase gestrichen voll von diesen Leuten. Sie würde ihm einen Denkzettel verpassen. Aber dann realisierte sie, wer es war: Sánchez. Sie erinnerte sich von einer der Pressekonferenzen an ihn, er war der einzige ausländische Journalist gewesen.

Als Danny Carmen auf sich zustürmen sah, warf er die Zigarette, die er gerade geraucht hatte, auf den Boden und ging mit ausgestreckter Hand auf sie zu. »Hallo, Señorita del Hoyo«, sagte er auf Spanisch, »mein Name ist Danny Sánchez. Wenn Sie einen Moment Zeit für mich hätten, würde ich Ihnen gerne …«

Weiter kam er nicht, denn Carmen trat einen Schritt nach vorn, holte mit ihrer Handtasche aus und schlug ihm damit, so fest sie konnte, mitten ins Gesicht.

Danny wurde so heftig nach hinten geworfen, dass er stolperte und fiel. Blut lief ihm aus der Nase.

»Wie können Sie es wagen? Wie können Sie es bloß wagen, zum Haus meiner Eltern zu kommen, nachdem Sie das geschrieben haben? Sie sind schamlos. Völlig schamlos.« Carmen stand reglos über Danny und kämpfte gegen den Impuls an, ihn noch einmal zu schlagen. Allein der Gedanke, dass dieser Mistkerl es gewagt hatte, zu ihrer Wohnung zu kommen! Die Zeit verging wie in Zeitlupe. Auf der gegenüberliegenden Straßenseite war eine Gruppe von Frauen stehen geblieben. Sie starrten Carmen an, während ein älterer Mann im Jogginganzug wissen wollte, was zum Teufel sie da tat.

Carmen stieß den Mann beiseite und rannte ins Haus.

Wie immer, wenn sie die Beherrschung verloren hatte, brauchte sie ein paar Minuten, bis ihr klar wurde, was sie angestellt hatte. Der Schlag hatte den Mann an der Nase getroffen, er war schwer gestürzt. Was, wenn er sich wirklich verletzt hatte? Die Tatsache, dass er all diesen boshaften Unsinn über Teresa geschrieben hatte, wäre keine Entschuldigung, sollte er beschließen, sie bei der Polizei anzuzeigen.

Sie holte eine Rolle Küchenpapier aus dem Schrank, packte Eiswürfel in ein Küchenhandtuch und trat damit vor das Haus, aber der Journalist war schon verschwunden. Auf dem Gehsteig trocknete eine Pfütze aus kirschrotem Blut. Es standen noch immer Menschen in Grüppchen herum, die miteinander sprachen und auf sie und die Blutlache deuteten.

Als Carmen ins Haus zurückgehen wollte, entdeckte sie ein blutverschmiertes Stück Papier, das der Journalist an die Vordertür geklebt hatte.

Liebe Señorita del Hoyo,
ich weiß nicht genau, warum Sie mir gerade die Nase gebrochen haben, aber mein Name ist Danny Sánchez, und ich bin Journalist. Ich glaube, ich habe eine wichtige Information für Sie. Sie betrifft den Grund für den Tod Ihrer Schwester. Dokumentenscans, die mit einer Klinik namens Santa Cristina in Zusammenhang ste-

hen, spielen dabei eine Rolle. Wenn Sie mehr darüber wissen wollen, kontaktieren Sie mich bitte, bevor Sie mit irgendwem sonst sprechen.

Unter die Zeilen hatte der Journalist seine Telefonnummer geschrieben.

Carmen ging in die Wohnung und setzte sich in die Küche. Las die Nachricht noch einmal. Zum Kuckuck mit den verfluchten Journalisten und ihren Spielchen. Warum sollte der Mann etwas über Teresas Tod wissen? Wenn es da etwas gab, hätte es ihr die Polizei doch sicher gesagt.

Es klingelte an der Tür. Draußen stand Monsignor Meléndez. Als er die Wohnung betrat, war sein Gesichtsausdruck ernster als sonst. Kaffee und Kekse lehnte er ab. »Zeigen Sie mir die Dokumente«, sagte er.

»Das werde ich«, sagte Carmen. »Aber zuerst muss ich etwas mit Ihnen besprechen.«

»Was?«

»Es gibt da einen Zeitschriftenartikel, der heute veröffentlicht wurde. In ihm wird behauptet, Teresa hätte eine Abtreibung vornehmen lassen.«

»Ich weiß. Ich habe ihn gelesen.«

Sein sachlicher Ton irritierte Carmen für einen kurzen Augenblick. »Wenn das stimmt, bedeutet das, dass Teresa gegen das natürliche moralische Gesetz und die unfehlbaren Lehren verstoßen hat. Dass sie gestorben ist, ohne einen Akt der Reue zu vollziehen. Sie hat wissentlich Leben zerstört. Und die Kirche lehrt …«

»Ich weiß sehr wohl, was die Kirche lehrt.«

»Entschuldigung, Monsignor. Ich wollte nicht respektlos erscheinen. Aber ich muss wissen, was das für das Seelenheil meiner Schwester bedeutet«, sagte Carmen.

Meléndez sagte nichts darauf, denn er hörte ihr gar nicht mehr zu. Er hatte die Nachricht entdeckt, die Danny Carmen hinterlassen hatte. »Was ist das, mein Kind?«, fragte er, beugte sich vor und drehte den Zettel zu sich, bevor Carmen geantwortet hatte. Mit flatterndem Blick überflog er das Schreiben. Als er aufsah, stand ihm die Wut ins Gesicht geschrieben. »Das ist von einem Journalisten, Carmen. Hatten wir darüber nicht gesprochen? Hatte ich dir nicht gesagt, dass Journalisten nicht zu trauen ist?« Er packte sie am Arm. »Hat er mit dir geredet? Hast du ihm etwas gesagt?«

»Natürlich nicht. Wenn man es genau nimmt, habe ich ihm sogar ins Gesicht geschlagen. Wahrscheinlich habe ich ihm die Nase gebrochen ...«

Meléndez' Griff lockerte sich wieder. »Das ist gut. Und was deine Schwester angeht, so kann ich gar nicht genug betonen, dass das arme Mädchen seine Seele durch seine Intrigen gegen die Kirche in Gefahr gebracht hat. Daneben ist die Sünde der Abtreibung fast schon bedeutungslos. Aber du hattest doch erwähnt, dass du den Laptop gefunden hast. Zeig ihn mir.«

Carmen ging ins Schlafzimmer und holte Teresas Computer. Auf dem Küchentisch klappte sie ihn auf und zeigte Meléndez die PDF-Dateien.

»Und das soll es sein?«, fragte er, als er die Dateien durchsah.

»Ich denke schon.«

»Hast du irgendwelche privaten Krankenakten gesehen? Mit genauen Angaben zu Müttern und deren Kindern?«

»Nein.«

»Bist du absolut sicher?«

»Ja.«

Meléndez schloss den Laptop und klemmte ihn sich unter den Arm, während er aufstand und sich anschickte, die Wohnung zu verlassen.

»Wohin bringen Sie ihn?«

»Ich fürchte, ich muss den Laptop einziehen. Er enthält Scans von privaten Krankenakten, die aus einem historischen Archiv gestohlen wurden. Der Computer muss vernichtet werden. Das ist der einzige Weg, um sicherzustellen, dass die Informationen nicht zum Schaden der Kirche verwendet werden. Ich werde selbstverständlich dafür sorgen, dass deine Familie die Kosten des Geräts erstattet bekommt, falls es das ist, was dir Sorgen macht.«

»Aber hier geht es nicht um den Wert des Computers«, sagte Carmen in einem ähnlich schnippischen Ton wie Meléndez zuvor. »Auf dem Laptop sind Hunderte von Fotos von Teresa gespeichert. Er ist voller Erinnerungen. Und die Informationen zu Santa Cristina sollten der Polizei gezeigt werden. Der Journalist sagte, sie hätten etwas mit Teresas Tod zu tun.«

»Hatte ich dir nicht gesagt, du sollst dich nicht um die Presse scheren?«, donnerte Meléndez. »Die Polizei wird von den Medien dafür bezahlt, dass sie den Journalisten Hinweise für ihre Storys liefert. Wenn dieser Laptop in die Hände der Polizei fällt, wird der Inhalt mit Sicherheit veröffentlicht. Die Kirche hat Feinde, Carmen. Beständig versuchen sie, uns zu verleumden, die Menschen vom wahren Pfad der Heiligkeit abzubringen. Es schmerzt mich, das zu sagen, liebes Kind, aber du musst der Tatsache ins Auge blicken, dass deine Schwester ein solcher Mensch war, wild vor Bosheit, getrieben vom Hass auf die Kirche. Sie hat wichtige Dokumente gestohlen, Dokumente, die man nutzen könnte, um Lügen zu verbreiten. Und jetzt lass mich bitte durch, ich muss mit meiner Arbeit für die Kirche weitermachen.«

Carmen wollte ihn auf vernünftige Art überzeugen, das Gerät nicht mitzunehmen, aber Meléndez versuchte, sich an ihr vorbeizuzwängen. Sie griff nach dem Laptop und entriss ihn seinen Händen. »Sie werden Teresas Fotos nicht vernichten. Nicht bevor ich sie für meine Eltern kopiert habe.«

»Das Schicksal der Seele deiner Schwester liegt auf der Waagschale – und du redest von Fotos? Denk daran: Die Hölle ist ein düsterer Ort, die Hitze entsteht durch die Verbitterung und den Hass der Seelen, die dort schmoren, jede Seele in völliger Isolation. Deine Schwester hat es getroffen, weil sie sich gegen die Kirche aufgelehnt hat. Ich dachte, du hättest diese Lehre aus der erbärmlichen Art, mit der sie getötet wurde, gezogen. Abgeschlachtet wie ein Stück Vieh. Willst du deine Schwester etwa zu ewiger Verdammnis verurteilen?«

Es war, als wäre eine Maske vom Gesicht des Mannes gefallen. All die Fürsorge und das Wohlwollen, die er zuvor Carmen gegenüber gezeigt hatte, waren verschwunden und hatten nichts als Ungeduld, Gier und Hässlichkeit übrig gelassen. Als ihre Blicke sich trafen, sah Carmen, dass er seinen Fehler bemerkt hatte. Schnell setzte er wieder sein freundliches Lächeln auf.

»Wollen Sie damit sagen, das Seelenheil meiner Schwester hänge davon ab, ob ich Ihnen diesen Computer gebe oder nicht?«

»Ich sage nur, dass jetzt der Moment ist, um eine gute Katholikin zu sein und der Autorität der Kirche zu vertrauen, Carmen.«

»Ich *bin* eine gute Katholikin. Aber kein Narr. Mir ist klar geworden, dass der einzige Grund, warum Sie sich je für mich interessiert haben, dieser Computer war. Eins möchte ich noch gerne wissen, Monsignor. Haben Sie Pfarrer Javier wirklich gekannt, oder war das auch eine Lüge?«

Wieder wich jede geheuchelte Freundlichkeit aus Meléndez' Miene. »Gib mir den Computer«, sagte er kalt und leise.

»Nein«, erwiderte Carmen. »Aber sobald ich alle persönlichen Daten kopiert habe, können Sie gerne wiederkommen und mir dabei zusehen, wie ich die Dateien mit den Scans lösche. Und jetzt, Monsignor Meléndez, wäre es mir lieber, Sie würden gehen. Wie Sie ja selbst gesagt haben, sind Sie ein viel beschäftigter Mann, und ich bin sicher, es gibt noch andere Dinge, um die Sie sich kümmern müssen.«

7

Santiago Encona rief Álvaro aus einem Münzfernsprecher an und gab ihm Bescheid, sich mit ihm am *mirador* zu treffen, dem flachen Plateau auf halber Höhe des Berges, der El Cerrón überragte. »In zwanzig Minuten ist er da«, sagte Santiago, nachdem er aufgelegt hatte.

Ramón fuhr im eigenen Wagen zum Treffpunkt und tastete während der Fahrt nach den Handschellen in seiner Tasche. Als Erstes würde er noch einmal den Trick mit dem vergifteten Kokain probieren. Sollte Álvaro darauf nicht anspringen, würde er den fetten Mistkerl mit Handschellen ans Steuer fesseln und bewusstlos schlagen, ihm die Handschellen wieder abnehmen und das Auto seitlich den Abhang hinunter in eines der tiefen Täler stürzen lassen.

Ramón erreichte den *mirador*, parkte in der Dunkelheit etwas entfernt davon und stieg aus dem Auto.

Álvaro traf pünktlich ein.

Ramón wartete, bis er geparkt und den Motor abgestellt hatte, bevor er in Álvaros totem Winkel zum Auto schlenderte, die Beifahrertür öffnete und ins Auto sprang. »Hallo, Álvaro«, sagte er

»*¡Joder!*«, sagte der Dicke. »Du hast mir vielleicht einen Schrecken eingejagt. Wo ist Santi?«

»Auf dem Weg.«

»Wie lange wird er noch brauchen?«

»Darüber mach dir mal keine Gedanken«, sagte Ramón, öffnete das Handschuhfach und legte einen kleinen Spiegel auf die Klappe. »Ich habe hier etwas, das dir das Warten versüßen wird.« Er holte ein Päckchen gepantschtes Kokain heraus und fing an, zwei großzügige Lines zu legen.

Álvaro schüttelte den Kopf. »Für mich nicht, Ramón. Ich hab damit aufgehört. Mein Blutdruck.«

»Jetzt komm schon«, sagte Ramón und hielt ihm den Spiegel unter die Nase.

»Ich kann nicht.«

»Dann halte den wenigstens, während ich mir eine Line reinziehe«, sagte Ramón und reichte Álvaro den Spiegel.

Der blickte sich nervös um.

Ramón tat so, als krame er in seiner Tasche nach einem Geldschein, aber als seine Hand wieder zum Vorschein kam, hielt sie ein Paar Handschellen. Eine davon ließ er um Álvaros Handgelenk zuschnappen – aber der fette Mistkerl schien etwas in der Art vermutet zu haben, denn er schlug mit dem Spiegel in Ramóns Gesicht.

Ramón hörte, wie die Autotür geöffnet wurde, war aber zu sehr damit beschäftigt, das vergiftete Kokain aus seinem Gesicht zu wischen. Er hustete und spuckte und rieb sich mit den Händen über Stirn, Nase, Mund. Im Handschuhfach war eine Flasche mit Wasser, mit dem er sich das Gesicht wusch, bis er sicher war, dass nichts von der Substanz in Augen, Mund oder Nase gelangt war.

Dann rannte er zum Auto und zog auf die Straßenmitte.

Ramón lachte, als er Álvaro sah, der wegzulaufen versuchte. Die aufgeblendeten Scheinwerfer strahlten seinen riesigen Wackelarsch an.

Ramón stellte das Auto wieder ab und nahm den Wagenheber aus dem Kofferraum. Dann joggte er Álvaro in gemächlichem Tempo hinterher.

Álvaro sah im Laufen immer wieder über die Schulter und

quiekte vor Angst in den höchsten Tönen, als er sah, wie Ramón immer näher kam. Bei dem weibischen Gekreisch und dem asthmatischen Schnaufen musste Ramón wieder lachen. Mindestens zwanzig Sekunden rannte er direkt hinter Álvaro her, bevor er ihn mit einem kräftigen Schlag auf den Hinterkopf fällte. Blut spritzte aus der Wunde, und Álvaro fiel, ohne die Hände auszustrecken, zu Boden. Sein Gesicht bekam die ganze Wucht des Aufpralls ab.

Ramón schleifte den Mann in die Dunkelheit neben der Fahrbahn. Er rümpfte die Nase. Álvaro hatte sich vollgepisst.

Er setzte sich auf Álvaros Brust und spielte eine Weile mit ihm, hielt ihm die Nase zu und sah dabei zu, wie ein Gemisch aus Blut und Spucke auf seinen Lippen Blasen warf. Da Álvaro immer noch nur halb bei Bewusstsein war, stopfte Ramón ihm Dreck und nasse Piniennadeln in den Mund, bis er spürte, dass der Fettwanst zu würgen begann und keine Luft mehr bekam. Ramón beugte sich vor, sodass seine Knie Álvaros Arme am Boden fixierten, und hielt ihm die Nase zu.

Álvaro wurde sofort wieder lebendig. Er wand sich, bäumte sich auf, seine Augen weiteten sich und rollten panisch hin und her. Ramón ritt den Fettwanst, bis dieser sich nicht mehr bewegte. Zwei dicke Streifen Dreck waren ihm aus den Nasenlöchern gequollen.

Álvaro schien Ramón etwas sagen zu wollen, also gönnte Ramón ihm etwas Luft. Der Dicke spuckte den Dreck und die Piniennadeln aus. »Bring mich nicht um, Ramón, ich weiß etwas. Über Santi. Sachen, die ich dir noch nicht gesagt habe.«

»Was?«

»Es gibt da ein Geheimnis, niemand darf davon wissen. Er ist verzweifelt. Es hat etwas mit Onkel Amancio und der Klinik Santa Cristina zu tun. Er hat Kinder gestohlen. Sie verkauft. Irgendwelche Leute haben ihm Videos geschickt. Haben Gräber aufgebrochen.«

»Warum sollte etwas, das Onkel Amancio getan hat, Santi in irgendeiner Form angehen? Das Arschloch ist seit Jahren tot.«

»Weil Santi glaubt, dass er einen Käufer für den Golfplatz gefunden hat. Er steht kurz davor, Millionen zu machen. Der Deal soll noch in diesem Jahr über die Bühne gehen. Schlechte Publicity kann er nicht brauchen.«

»Woher weißt du das alles?«

»Mein Cousin arbeitet im Rathaus. Santi hat damit geprahlt und es jedem erzählt, der es hören wollte. Zumindest so lange, bis die Sache mit den Babys losging. Und dann gibt es noch diesen Journalisten. Er weiß alles. Santiago hat mir den Auftrag gegeben, mehr über ihn herauszufinden. Ich habe seine Telefonnummer und Adresse, Ramón. Lass mich gehen, dann erzähle ich dir, wo du sie …«

Ramón schlug ihn hart in den Bauch und sagte, er würde ihn auch so zum Reden kriegen.

»Im Handschuhfach. Auf einer Karte.«

Ramón dankte ihm und sagte: »Sieh in den Himmel und erzähl mir, was du siehst.« Das Spiel hatte Ramón schon seit Urzeiten nicht mehr gespielt.

Jedes Mal, wenn der Dickwanst die offensichtlichen Antworten gab – den Mond, Sterne, Wolken –, schlug Ramón ihm den Wagenheber auf den Vorderarm.

Dann hatte Álvaro die Lösung. »Ich sehe Finsternis, Ramón«, spuckte er durch den blutigen Schleim in seinem Gesicht. »Ich sehe Finsternis.«

»Ganz recht«, sagte Ramón und tätschelte ihm sanft die Wange. »Das ist alles, was es da oben gibt, nicht wahr? Nichts als Finsternis. Und dahin schicke ich dich jetzt, du fette Sau.«

8

Danny fuhr sich selbst zum Krankenhaus. Es lag nur zehn Minuten entfernt, aber die Fahrt kam ihm vor wie ein Jahrhundert. Er musste einhändig fahren, den Kopf in den Nacken geworfen, während er mit der freien Hand versuchte, mit Tüchern das Blut zu stillen, das ihm aus der Nase lief. Was zum Teufel hatte die Frau in ihrer Handtasche gehabt? Es fühlte sich an, als hätte sie ihn mit einem Hufeisen verdroschen.

Der Krankenpfleger in der Notaufnahme fragte ihn, was passiert sei. Als Danny sagte, jemand habe ihn geschlagen, sah der Mann ihn über den Rand seiner Brille hinweg an: »Sind Sie nicht ein bisschen zu alt für Schlägereien?«

»Es war eine Frau.«

»Oh, das erklärt natürlich alles«, sagte er mit einem verächtlichen Kopfschütteln.

Erst als Danny sich setzte und darauf wartete, versorgt zu werden, entdeckte er den Zeitschriftenständer neben dem Kiosk und das Cover von *Gente de Hoy* – mit seinem Namen fett auf der Titelseite. Er kaufte die Zeitschrift und setzte sich wieder.

Der Artikel war hundsmiserabel: billig, trashig und schlecht geschrieben. Er las ihn durch, zerriss die Zeitschrift und stopfte sie in einen Mülleimer. Seine Nase tat ihm schon nicht mehr so weh.

Er rief Paco Pino an.

»Ich weiß, was du sagen willst«, begrüßte ihn Paco.

»Und ich werde es dir trotzdem sagen, Paco. Was zum Kuckuck habe ich dir eingetrichtert? Dass ich meinen Namen nicht erwähnt sehen will. Die Hälfte von dem Quatsch stammt sowieso nicht von mir. Ihre Abtreibung habe ich nie erwähnt.«

»Danny, was soll ich sagen? Ich habe ihnen deinen Text mit meinen Fotos geschickt und ihnen eindringlich ans Herz gelegt, deinen Namen nicht zu nennen. Einer der Redakteure muss es vermasselt haben. Egal, halb so schlimm. Wir haben die Story verkauft. Sag mal, bist du erkältet? Du klingst verschnupft.«

Als Danny erzählte, was geschehen war und wo er sich befand, ließ Paco den Hörer fallen. Als er wieder dran war, lachte er immer noch. »Ich hab dir doch gesagt, Carmen del Hoyo hat nicht mehr alle Tassen im Schrank«, gluckste er.

»Damit hast du wahrscheinlich recht. Trotzdem musst du jetzt zu ihr nach Hause gehen und mit ihr sprechen.«

Paco wurde sofort ernst. »Was? Ich? Warum?«

»Ich muss mit ihr reden, hänge aber im Krankenhaus fest. Und selbst wenn ich hingehen könnte, hätte ich Angst, dass sie noch einmal versucht, mich zu schlagen. Aber seien wir mal ehrlich: Sie hat allen Grund, wütend zu sein.«

»Und du willst, dass ich das übernehme? Vergiss es.«

»Das könnte eine richtig große Story werden, Paco. Da spielt noch etwas eine Rolle, was aber noch niemand entdeckt hat. Es sieht so aus, als wäre die Kirche darin verwickelt. Ein Monsignor hat sich der Sache angenommen und übt auf die Journalisten von COPE bereits Druck aus.«

»Wenn das so ist, wirst du Carmen del Hoyo niemals dazu bringen mitzuspielen. Sie ist Vollzeitmitglied in der Gottesriege. Es würde mich nicht wundern, wenn sie Teil von Opus Dei wäre.«

»Geh einfach hin und sprich mit ihr. Ich habe ihr eine Nachricht hinterlassen. Sag ihr, ich kann ihr vielleicht helfen herauszufinden, warum ihre Schwester ermordet wurde. Und was ganz wichtig ist: Erklär ihr, wie es zu dem vermaledeiten Artikel in *Gente de Hoy* gekommen ist.«

»Damit sie mir auch eins überbrät? Nein danke.«

»Das ist wichtig, Paco! Es könnte uns helfen, als Erste mit einer großen Story rauszukommen.«

»Wie groß?«

»Titelseite sämtlicher europäischen Tageszeitungen.«

Danny konnte fast hören, wie der Fotograf nachdachte. »Okay. Aber wenn sie mir mein Gesicht ruiniert, übernimmst du die Kosten für die plastische Chirurgie. Ich bin auch so schon hässlich genug, da brauche ich nicht auch noch eine gebrochene Nase.«

Eine Stunde später wurde Danny von einer Schwester aufgerufen und saß kurz darauf einer Ärztin gegenüber.

»Ich habe schon vernommen, dass dafür eine Frau verantwortlich ist«, sagte sie. »Handelt es sich um Ihre Frau?«

»Nein. Ich kenne sie ehrlich gesagt kaum.«

»Für ein erstes Rendezvous … Volltreffer. Ich muss Ihnen den Nasenknorpel richten, das kann ziemlich wehtun. Ich hoffe, sie war es wert.«

Dreißig Minuten später verließ Danny mit einem Pflaster auf dem Nasenrücken das Krankenhaus. Er zündete sich eine Zigarette an und betrachtete sein Spiegelbild in einem Fenster. Seine Nase war geschwollen und unförmig, und unter beiden Augen breiteten sich Blutergüsse aus. Als er das Handy wieder einschaltete, sah er, dass Paco sich gemeldet hatte. Danny rief zurück.

»Ich habe keine Ahnung, warum, aber sie ist bereit, mit dir zu sprechen«, sagte Paco. »Sie wirkte nicht allzu glücklich bei der Aussicht darauf und möchte, dass wir zur Wohnung ihrer Eltern kommen.«

Sie trafen sich vor dem Gebäude. Als Paco Danny sah, tat er, was jeder gute Fotografenfreund getan hätte: Zuerst schmiss er sich weg vor Lachen, dann zückte er seine Kamera und machte ein paar Aufnahmen von Dannys geschundener Visage.

»Hör auf, dich über mich lustig zu machen«, sagte Danny, als er den Klingelknopf an der Sprechanlage drückte.

»Tu ich nicht. Die Kids werden die Fotos lieben. Onkel Danny alias Kung Fu Panda.«

Carmen del Hoyo war offensichtlich keine Frau, die sich entschuldigte. Sie begrüßte Danny und Paco mit einem stummen Nicken und vor der Brust verschränkten Armen und bot ihnen Kaffee an. Nachdem sie ihn serviert und einen Teller mit Keksen hingestellt hatte, sagte sie tatsächlich: »Das mit Ihrer Nase tut mir leid«, klang dabei aber so bockig, dass Danny nicht sofort verstand.

Schließlich verzog er den Mund zu einem verhaltenen Lächeln. »Ich würde ja sagen ›nichts passiert‹, aber da das offensichtlich nicht stimmt, schlage ich vor, wir vergessen die Sache und gehen zum Tagesgeschäft über. Also, nichts für ungut. Mir tut es sehr leid, dass diese Dinge über Ihre Schwester in dem Blatt gedruckt wurden. Aber eines muss ich Sie noch fragen: Was für ein schweres Geschütz schleppen Sie in Ihrer Handtasche mit sich rum, zum Teufel?«

Carmen wirkte verlegen, dann sagte sie: »Das muss wohl meine Bibel gewesen sein.«

»Dann werde ich nie wieder an der Macht von Gottes Wort zweifeln.« Danny grinste sie an, soweit ihm das möglich war, merkte aber gleich, dass er die falsche Strategie gewählt hatte.

Carmen del Hoyo sah ihn kalt an. »Ungemein witzig«, sagte sie und kreuzte die Arme wieder vor der Brust. »In Ihrer Nachricht schreiben Sie, Sie hätten Informationen den Tod meiner Schwester betreffend. Ich hoffe für Sie, dass das stimmt, denn wenn das wieder nur einer Ihrer billigen Tricks ist, um …«

»Es ist die Wahrheit.«

»Sie haben jetzt die Gelegenheit, mich davon zu überzeugen.«

Danny erzählte ihr die ganze Geschichte. Er begann mit Ms Nasebys Vater und dem Grabstein, schilderte dann Gordon Paveys Reise nach Spanien und seinen Verdacht, Ms Naseby könnte illegal adoptiert worden sein. Anschließend erklärte er, wie Pavey Kontakt zu Teresa aufgenommen und zusammen mit Vladi das Stadtarchiv von El Cerrón besucht hatte.

Auch Paco Pino hörte die Geschichte zum ersten Mal, er und Carmen del Hoyo lauschten aufmerksam Dannys Monolog.

»Ich denke, Vladi und Pavey haben im Archiv Dokumente mitgehen lassen, die beweisen, dass in der Klinik Santa Cristina illegale Adoptionen vorgenommen wurden«, sagte Danny. »Das würde bedeuten, dass die Familie Encona und die Kirche in die Sache verwickelt sind.«

»Wollen Sie damit andeuten, dass die katholische Kirche meine Schwester umgebracht hat?«

»Natürlich nicht. Letztlich bin ich überzeugt davon, dass niemand Ihre Schwester vorsätzlich töten wollte.«

»Primitivo Pozos hat sie kopfüber an den Knöcheln aufgehängt und wie ein Schwein ausbluten lassen. Ich bezweifle, dass das ein Zufall war.«

Danny schwieg. Das Gesicht der Frau spiegelte eine ganze

Reihe von Emotionen: Wut, Frustration, Hass und Kummer. Er nippte an seinem Kaffee und wählte die nächsten Worte mit Bedacht. »Es besteht kein Zweifel daran, dass Pozos ein kranker und bösartiger Mann war. Was er Ihrer Schwester angetan hat, ist abscheulich. Was ich eigentlich sagen wollte, ist, dass Ihre Schwester seinen Weg wahrscheinlich nie gekreuzt hätte, wären nicht die Informationen aus dem Archiv von El Cerrón entwendet worden.«

»Weshalb nicht?«

»Ich vermute, jemand hat Pozos dafür bezahlt, in Vladis Haus einzubrechen und die Dokumente zurückzustehlen. Leider befand sich genau in dem Augenblick zufällig Ihre Schwester dort.«

»Haben Sie dafür einen Beweis?«

»Nein. Hätte ich ihn, hätte ich längst der Polizei davon erzählt. Hat Ihre Schwester die gestohlenen Informationen nicht eingescannt? Vielleicht befinden sie sich ja noch auf dem Computer. Wenn ich sie mir angesehen habe, ergibt das Ganze vielleicht mehr Sinn.«

Carmen del Hoyo dachte schweigend nach.

Danny konnte in ihrem Gesicht lesen: Sie versuchte zu entscheiden, was zu tun war, wobei eine der Optionen ihrer normalen Denkweise widersprach.

»Ich nehme an, Sie sind kein Katholik«, sagte sie schließlich.

»Nein, bin ich nicht«, antwortete Danny, ohne zu zögern. »Ich bin Atheist, wenn Sie es genau wissen wollen.«

»Dann sind Sie ein Feind der Kirche?«

Er dachte darüber nach. »Ich würde das eher so formulieren: Ich bin ein Feind jener Leute innerhalb der Kirche, die unangenehme Wahrheiten lieber unter den Teppich kehren, statt offen mit ihnen umzugehen und ihre Glaubensgemeinschaft zu einer besseren Institution zu machen.«

Das schien die richtige Antwort zu sein. Carmen del Hoyo nippte an ihrem Kaffee und erwiderte: »Und wieso sollte ich, falls sich diese Informationen auf Teresas Computer befinden, damit nicht zur Polizei gehen?«

»Das sollten Sie sehr wohl tun. Aber nicht jetzt. Sobald die Behörden davon erfahren, werden sie Ihnen den Laptop als Beweisstück wegnehmen. Falls Sie ihn hier haben, lassen Sie uns selbst überprüfen, inwieweit die Dateien darauf mit den Informationen, die ich bereits gesammelt habe, übereinstimmen. Meiner Meinung nach sind es zwingende Beweise dafür, dass in Santa Cristina illegale Adoptionen stattgefunden haben.«

»Was wollen Sie mit diesen Informationen anstellen?«

»Sie benutzen.«

»Um Geld damit zu machen?«

»Ja. Und um die Wahrheit zu erzählen.«

Carmen del Hoyo sah ihn genau an, während sie über seine Worte nachdachte, sah ihm mit festen Blick tief in die Augen. »Meine Familie und ich sind vor Kurzem durch die Hölle gegangen, Mr Sánchez, aber ich will die Wahrheit wissen. Sie haben recht mit der Annahme, dass aus der Klinik Santa Cristina Krankenakten gestohlen wurden. Meine Schwester hat ihre Scans auf ihrem Computer gespeichert.«

9

Carmen ging aus dem Raum, um den Laptop zu holen. Als sie das Schlafzimmer betrat, machte sie das Kreuzzeichen und kniete zum Gebet nieder. Es war kein sonderlich geeigneter Ort zum Beten, aber vor dem Journalisten und dem Fotografen wäre es ihr unmöglich gewesen, und sie musste den Herrn für das, was sie gleich tun würde, um Verzeihung bitten.

Sie erhob sich und kehrte mit dem Laptop ins Wohnzimmer zurück, wo sie ihn auf den Couchtisch stellte.

Flackernd erwachte der Computerbildschirm zum Leben.

»Das hier sind die Dateien mit den eingescannten Dokumenten, von denen ich gesprochen habe«, sagte Carmen und deutete auf das Icon eines Ordners auf dem Desktop. »Ich habe keine Ahnung, was sie bedeuten.«

Sie sah, wie der blonde Journalist sich an die Arbeit machte, unentwegt auf den Bildschirm starrte und die Dateien eine nach der anderen durchging: die Aufnahmebücher der Klinik Santa Cristina, die Geburtsurkunden und das Hauptbuch, in dem die Totgeburten verzeichnet waren. Sein Fotografenfreund mampfte unterdessen Kekse.

Carmen beobachtete Danny Sánchez bei seiner Arbeit. Er war unrasiert, die zerknitterten Klamotten stanken nach Zigaretten, und wenn Männer in mittleren Jahren Ohrringe, Jeansjacken und T-Shirts trugen, dann hatte das in ihren Augen schon etwas Lächerliches. Und doch vertraute sie ihm. Er sprach mit leiser, ruhiger Stimme und runzelte die Stirn, ganz auf seine Aufgabe konzentriert. Als er sich bei ihr für den Artikel entschuldigt hatte, hatte sie in seinen Augen gesehen, dass er es ehrlich meinte. »Sagen Ihnen diese Fakten etwas?«, fragte sie schließlich.

Danny nickte. »Was ich hier sehe, bestätigt meinen Verdacht. Das müssen die Dokumente sein, die López und Pavey bei ihrem ersten Besuch aus dem Archiv gestohlen und am Samstagmorgen dorthin zurückgebracht haben. Sie müssen wichtige Informationen enthalten. Mit ihrer Hilfe werden wir herausfinden können, welche dieser Kinder ihren Müttern weggenommen wurden.«

»Wie?«

»Weil ich in einem realen Fall die genauen Fakten kenne.« Danny durchforstete die PDF-Dateien und suchte nach den Geburtsdaten einer gewissen Ms Naseby. Es war der einzige Fall, in dem er mit Sicherheit sagen konnte, dass es sich bei ihm um eine illegale Adoption gehandelt hatte. Schon bald war ihm klar, wonach er suchen musste.

Nasebys Mutter, Elisabeth Naseby, war am dreizehnten Januar »in den Wehen liegend« in die Klinik Santa Cristina eingeliefert worden. Ihr Name tauchte im Bericht des Geburtshelfers nicht auf – was logisch war, denn es hatte keine Geburt stattgefunden. Sie war nur dort gewesen, um das Kind einer anderen Frau entgegenzunehmen.

Anschließend suchte Danny in den Verzeichnissen der Totgeburten nach dem Namen von María del Mar Torres García und stieß auf den Vermerk, sie sei am zwölften Januar 1949 an einer Mittelohrentzündung gestorben.

Gemeinsam mit Carmen del Hoyo und Paco Pino trug er die Namen aller Frauen zusammen, die angeblich in den Wehen liegend in die Klinik eingeliefert worden waren, aber in keinen weiteren Aufzeichnungen auftauchten. Dann verglichen sie diese Angaben mit denen im Hauptbuch, in dem die Totgeburten eingetragen waren. In sämtlichen Fällen war die vorgebliche Mutter im Krankenhaus aufgenommen worden, nachdem ein Kind laut Aufzeichnung als Totgeburt zur Welt gekommen war.

Carmen del Hoyo und Paco Pino schwiegen, während Danny die so nachgewiesenen Fälle zusammenzählte. Sie wussten, es waren Dutzende, und hofften, dass die Hundertermarke nicht überschritten werden würde.

»Laut den Akten wurden zwischen 1947 und 1959, mehr haben wir nicht, denn die Verzeichnisse sind unvollständig …«

»Wie viele?«, fragte Carmen.

»Einundsiebzig. Aber die dritte PDF-Datei ist unvollständig. Es müssen mehr sein.«

Paco stieß hörbar Luft aus und fragte, ob er rauchen dürfe.

»Ganz bestimmt nicht«, sagte Carmen.

Die beiden Journalisten verschwanden nach draußen vor die Tür.

Carmen starrte auf die Liste mit den Namen und Daten angeblich gestohlener Kinder. Was für ein Mistkerl, dieser Meléndez! Er hatte sie mit seinem geheuchelten Mitgefühl zum Narren gehalten. Natürlich wollte er, dass die Sache totgeschwiegen wurde. Vorhin, nachdem sie Meléndez hinausgeworfen hatte, hatte sie Antonio, den Sakristan, angerufen und ihn gefragt, ob er etwas über Meléndez herausgefunden habe.

Antonio hatte nervös geklungen, als er ihr antwortete. »Der einzige Monsignor Meléndez, den wir kennen, ist ein Mitglied der Legion Mariens. Er arbeitet in Spanien direkt für hochrangige Mitglieder der Kirche. Ob das derselbe Mann ist, mit dem du zu tun hattest, kann ich nicht sagen. Aber eines kann ich dir versichern: Ich habe Pfarrer Javier dreißig Jahre lang gedient und ihn fast täglich gesehen. Meines Wissen hat er niemals einen Monsignor Meléndez getroffen oder auch nur erwähnt. Und wenn es der Mann ist, den du beschreibst, dann wären sie unmöglich beste Freunde geworden: Pfarrer Javier war ein offener, progressiver Mann. Für die Überzeugungen der Legion Mariens hatte er nichts übrig.«

Carmen saß in der Küche und dachte über Meléndez' Täuschung nach, als Paco, der Fotograf, an die Wohnungstür klopfte. Die Verbindung zu Pfarrer Javier war der einzige Grund gewesen, warum sie auf Meléndez gehört hatte.

Die Journalisten kamen zurück. Offensichtlich hatten sie sich draußen besprochen, denn als sie ins Wohnzimmer traten, sagte Danny: »Können wir uns Teresas E-Mails ansehen?«

»Nein. Der Mail-Account ist passwortgeschützt.«

Danny zeigte auf seinen Freund. »Paco kennt sich ziemlich gut mit Computern aus. Er kann das Passwort wahrscheinlich umgehen, falls Teresa sich beim letzten Zugriff auf ihr Postfach nicht ordnungsgemäß ausgeloggt hat.«

»Lasst es uns zuerst auf dem direkten Weg probieren«, sagte Paco. »Gibt es irgendein Stichwort oder einen Hinweis auf das Passwort?«

Carmen nickte.

Danny musste breit grinsen, als er den Hinweis sah: *Russe, der Widerstand geleistet hat.* »Ich glaube, wir brauchen deine Talente nicht, Paco. Das kann ich erraten.«

Mit der Hilfe einer Wikipedia-Seite zu Pawlows Haus brauchte er dreißig Minuten, um die richtige Kombination zu finden: YakowPawlow42. »Wir sind drin«, sagte Danny schließlich.

»Wie um Himmels willen haben Sie das herausgekriegt?« wollte Carmen wissen.

»Vladimir López hat sein Haus so genannt. Er scheint auf Ihre Schwester mächtig Eindruck gemacht zu haben.« Danny öffnete den Web-Browser, und sofort erschien Teresas Posteingang. In ihm warteten mehr als hundert unbeantwortete E-Mails, die noch aus der Zeit von Teresas Verschwinden stammten. In allen Nachrichten, die nicht in die Kategorie Spam fielen, wurde gefragt, ob es ihr gut gehe und wo sie stecke.

Danny öffnete den Ordner mit den gesendeten Elementen. Die letzte Mail, die Teresa verschickt hatte, war an eine Person mit der Adresse capitanpicaro@yahoo.es gegangen. Sie lautete:

Ich habe das Video jetzt versendet. Wollen wir hoffen, dass ihnen das verdeutlicht, wie ernst es uns ist. Wenn wir nichts von ihnen hören, nehmen wir uns wie besprochen das zweite Grab vor. Sollten wir anschließend immer noch keine Antwort erhalten, übergeben wir alles, was wir haben, der Presse.

Die Nachricht war am Sonntag, dem zweiten Oktober, um zehn Uhr dreiundvierzig verschickt worden. Vier Minuten nach einer E-Mail an prensa@elcerronayto.es.

»Das ist die Adresse der Presseabteilung im Rathaus von El Cerrón«, sagte Danny.

Der Mail war eine MP3-Datei angehängt worden. Danny öffnete sie.

Es war ein Video, nachts aufgenommen mit einem Smartphone. Carmen konnte eine weibliche Gestalt in enger schwarzer Kleidung erkennen, das Gesicht unter einer Skimaske verborgen. Sie schien sich im Innern einer Lagerhalle oder etwas Ähnlichem zu befinden, jemand folgte ihr und filmte sie dabei. Dann teilten sich die Wolken, der Mond leuchtete, und Carmen sah, dass die Frau sich nicht in einem geschlossenen Raum aufhielt, sondern über einen Friedhof ging. Was sie für Regale gehalten hatte, waren in Wirklichkeit Reihen von Grabnischen, auf jeder Seite jeweils vier übereinander, geschmückt mit Blumengaben.

Eine Taschenlampe beleuchtete einen Verschlussstein. Den Namen des Kindes konnte man nicht entziffern, aber das Todesdatum war deutlich zu erkennen: *2. Oktober 1953*. Die Kamera fokussierte ein paar Sekunden lang den Stein, dann sagte eine Frauenstimme: »Es ist Sonntag, der zweite Oktober, zwei Uhr zwölf morgens. Ich werde jetzt dieses Grab öffnen und der Welt zeigen, was sich darin befindet.«

Carmens Kiefermuskeln spannten sich an – es war die Stimme von Teresa.

Sie nahm einen Hammer und zertrümmerte den Verschlussstein der Grabnische. Es dauerte ein paar Minuten, bis sie den Marmor und die dahinterliegenden Backsteine zerschlagen hatte, dann griff Teresa in das Loch und zog einen kleinen Holzsarg hervor, der in ihren Händen zerbrach. »Sehen Sie sich das an«, sagte sie. »Da sind nur Sandsäcke drin.«

Sie drehte sich zur Kamera und sprach lauter. »Ich schicke Ihnen dieses Video, weil Sie wissen sollen, dass das Geheimnis um Santa Cristina und die gestohlenen Kinder aufgedeckt wurde. Wir werden noch weitere Gräber aufbrechen, bis Sie uns sagen, wo genau die wahren Märtyrer von El Cerrón begraben sind, die vierzehn Republikaner, die seit über siebzig Jahren an einem Ort liegen, wo man sie wie Hunde verscharrt hat. Senden Sie die Einzelheiten an diese E-Mail-Adresse.«

Danny überprüfte das Datum der Nachricht.

»Das passt zusammen. Die Mail wurde am Sonntag, dem

zweiten Oktober, verschickt. Santiago Encona dürfte sie am Montagmorgen gelesen haben und ist dann schnurstracks ins Archiv gegangen. So wurde das Verschwinden der Dokumente entdeckt.«

»Wer ist Santiago Encona?«, fragte Carmen.

»Der Sohn der Bürgermeisterin. Ich nehme an, er wollte unbedingt, dass die Sache weiterhin vertuscht wird. Der oberste Geburtshelfer, der für den Diebstahl der Kinder verantwortlich war, war sein Großvater.«

»Dann ist er schuld am Tod meiner Schwester?«

»Möglicherweise«, sagte Danny, während er die Chronologie der Ereignisse in seinem Notizbuch überprüfte. »Jedoch in einem umfassenderen Sinn. Falls Encona am Montag, dem Dritten, im Archiv mit Belasco gesprochen hat, dürfte er herausgefunden haben, dass Vladi und Pavey die Unterlagen gestohlen hatten. Vielleicht bekam er Wind davon, dass Vladi am Vierten auf dieser Versammlung eine Rede halten sollte. Die perfekte Gelegenheit, um in sein Haus einzubrechen. Aber Vladi kam früher als geplant zurück. Ich nehme an, Ihre Schwester hat ihn nach Hause gefahren und wurde bei der Gelegenheit gekidnappt.«

»Das müssen Sie sofort publik machen«, sagte Carmen. »Rufen Sie die Presse an. Und *El Mundo*. Melden Sie alles der Polizei.«

»Das ist nicht genug.«

»Was zur Hölle meinen Sie damit, das ist nicht genug? Meine Schwester wurde vergewaltigt und ermordet. Von all den armen Kindern ganz zu schweigen.«

Danny spürte die Wut in ihrer Stimme und lehnte sich zurück. »Jetzt beruhigen Sie sich mal«, sagte er. »Wir haben noch nicht genug zwingende Indizien. Wir glauben zu wissen, was geschehen ist, können es aber nicht beweisen. Noch nicht. Wenn wir mit Halbgarem ankommen, besteht die Gefahr, dass die Leute, die in dieses Verbrechen verwickelt sind, uns vom Haken springen.«

»Was schlagen Sie vor?«

»Es ist offensichtlich, dass noch jemand anders in die Sache verwickelt ist. Derjenige, der das Video gefilmt hat. Wahrscheinlich dieselbe Person, die vor Kurzem ein weiteres Grab geöffnet hat, das es bis in die Zeitung geschafft hat.«

»Und wie finden wir diese Person?«

»Ich denke, die Chancen stehen nicht schlecht, dass die Person, die hinter der Capitanpicaro-Mail-Adresse steht, etwas weiß. Also lasst uns eine Nachricht schicken und abwarten, was passiert. Was meinst du, Paco?«

Aber Paco hörte gar nicht zu. Er starrte gebannt auf die Namensliste mit den vorgeblichen Totgeburten, die Danny erstellt hatte. »Die Grabnischen, die eingeschlagen wurden«, sagte der Fotograf in schleppendem Tonfall, »sie wurden an dem Tag geöffnet, an dem die Kinder angeblich gestorben sind.«

»Und?«

»Es gibt ein Kind, das am sechzehnten Oktober 1956 tot geboren wurde. Heißt das nicht, dass derjenige, der die Gräber öffnet, heute wieder zuschlagen wird?«

10

Ramón wischte sich das Blut, den Rotz und den Speichel von den Händen, dann blickte er hinter sich zu dem fetten Leib, der im Unterholz lag. Álvaros Hemd war im Kampf hochgerutscht, und das Mondlicht schien auf seinen bleichen behaarten Bauch.

Er hatte nicht vorgehabt, ihn auf diese Art zu töten. Jetzt musste er eine Lösung für die Leiche finden. Hier konnte er sie nicht liegen lassen. Sobald die Sonne sie erwärmte, würden sich die Bussarde und Geier auf den Riesenfettberg stürzen. Aber begraben konnte er Álvaro auch nicht. In den Bergen war die Erde nur fünf bis zehn Zentimeter tief. Darunter begann harter Fels oder Schiefergestein. Ramón spielte mit dem Gedanken, die Leiche woandershin zu fahren und dort unter die Erde zu bringen, aber die Vorstellung, mit einem Toten im Kofferraum unterwegs zu sein, war nicht sehr verlockend. Nein, er würde es wie einen Autounfall aussehen lassen. Das war die einzige Lösung. Damit könnte er die Polizei zwar nicht allzu lange an der Nase herumführen, aber es würde ihm Zeit geben, sich um ein hübsches, wasserdichtes Alibi zu kümmern.

Ramón ging zu seinem Auto zurück und fuhr neben Álvaros Wagen. Er kramte im Handschuhfach nach der Karte mit dem Namen und der Adresse des Journalisten, Danny Sánchez hieß er. War das der Mann gewesen, mit dem Santiago auf dem Platz gesprochen hatte?

Er steckte sich die Karte in die Tasche, steuerte Álvaros

Auto die Straße hinunter und hievte die Leiche auf den Fahrersitz. Im Kofferraum befand sich ein Schlauch, mit dessen Hilfe er etwas Benzin in eine Wasserflasche abzapfte. Damit tränkte er den Rücksitz, den er dann anzündete. Als das Wageninnere in Flammen stand, löste er die Handbremse und schob das Auto an. Es rollte ein Stück vor – durch die Heckscheibe konnte man wild die Flammen tanzen sehen –, begann, Fahrt aufzunehmen, und schoss den Hügel hinab auf eine scharfe Kurve zu. Als das Auto ins Tal flog, verschwanden die Flammen, das hintere Ende ragte kurz in die Luft, die Reifen drehten sich. Dann krachte es ein paarmal, und weg war der Wagen. Ramón lächelte bei dem Gedanken, wie gut Álvaros Blubber brennen würde. Diese Kerze hatte Talg genug.

Ramón fuhr in die Stadt zurück und Richtung Autobahn. Sollte der Journalist etwas herausgefunden haben, wollte er wissen, was es war.

11

Danny und Paco waren zu dem Schluss gekommen, dass das ein Job für drei war: Zwei mussten die unbekannte Person verfolgen, die die Gräber auf dem Friedhof aufbrach, um Fotos von der Schändung zu machen. Einer von ihnen würde beim Auto des Rowdys bleiben und sich bereithalten, um ihn zu verfolgen, falls die anderen beiden ihn aus den Augen verlieren sollten.

»Ich nehme an, Sie erwarten, dass ich beim Auto bleibe?«, fragte Carmen.

Danny und Paco sahen einander an.

»Ich hatte anfangs nicht einmal damit gerechnet, dass Sie uns überhaupt begleiten würden«, sagte Danny.

Carmen del Hoyos Miene wurde kämpferisch. »Weshalb? Trauen Sie mir das nicht zu?«

Danny deutete auf die Veilchen unter seinen Augen. »Ich traue Ihnen so einiges zu. Aber Ihr Temperament bereitet mir Sorgen.«

»Was ist damit?«

»Bei einer solchen Aufgabe muss man einen kühlen Kopf bewahren. Wer auch immer für die Graböffnungen verantwortlich ist, wir müssen ihn oder sie zu seiner oder ihrer Basis zurückverfolgen. Das heißt, wir können nicht riskieren, dabei erwischt zu werden.«

»Ich kann Ihnen versichern, ich werde nichts tun, was die Enttarnung dieser Person aufs Spiel setzt. Das heißt, sofern Sie mich nicht daran hindern, Sie zu begleiten.«

Danny sah Paco an. Der Fotograf schüttelte unmerklich den Kopf, aber Danny konnte sehen, dass mit der Frau nicht zu verhandeln war. »Einverstanden«, sagte er. »Sie können mitkommen. Aber Sie haben schon richtig vermutet, Sie werden beim Auto bleiben.«

Carmen kochte noch einen Kaffee, während Danny und Paco darüber diskutierten, wie sie vorgehen würden. Danny sah sich in Google Earth mit Teresas Laptop ein Bild des Friedhofs an. Man hatte nur von einer Seite Zugang zu dem Gelände, aber eine Straße führte in einem Bogen um die Mauern herum.

Um zehn Uhr dreißig fuhren sie los, um elf Uhr trafen sie am Friedhof ein. Er war nahezu rechteckig angelegt. Nachdem sie die Umgebung abgefahren hatten, konnte Danny zwei Standorte ausmachen, von denen aus sie mehr oder weniger alle vier Seiten im Blick hatten. Sie parkten abseits der Straße und versteckten sich zwischen Bäumen. Paco wartete allein, Danny blieb bei Carmen.

In den langen Minuten, in denen nichts passierte, versuchte er, ein wenig Smalltalk zu machen, aber Carmen schien nicht in Plauderlaune zu sein.

Es war kalt. Danny stampfte mit den Füßen auf. Gegen Mitternacht näherte sich ein Auto mit aufgeblendeten Scheinwerfern. Danny wusste sofort, dass das nicht der Grabschänder war: Laute Musik erklang, Gelächter und knallende Autotüren. Dann hörte man das Klirren von Flaschen, die Gruppe junger Männer und Frauen trank Alkohol aus Plastikgläsern, ein paar Joints machten die Runde.

Um ein Uhr morgens waren die Jugendlichen immer noch da, und Danny hegte allmählich die Befürchtung, sie könnten die ganze Nacht bleiben. Dem Gelalle nach zu schließen konnte die Party noch ein paar Stunden weitergehen. Eines der Mädchen faselte etwas davon, wie schön der Sonnuntergang vom nächsten Hügel aus anzuschauen wäre, den sie besteigen könnten.

Es war an der Zeit, etwas zu unternehmen.

»Hallo, bin ich da richtig bei der örtlichen Polizei?«, fragte Danny und versuchte, ganz natürlich in sein Handy zu sprechen, ohne so zu klingen, als würde er flüstern. »Ich wohne neben dem Friedhof, da wird gerade ein fürchterliches Remmidemmi veranstaltet.«

Zehn Minuten später fuhr der Streifenwagen vor. Die Youngsters drehten die Musik leiser und versteckten hastig die Überreste der Joints. Es folgte ein fünfminütiges Geplänkel. Die Polizei legte den alkoholisierten jungen Leuten nahe, nach Hause zu gehen, während diese dagegenhielten und behaupteten, nichts Verbotenes zu tun.

Endlich hauten die Besucher ab. Der Streifenwagen fuhr langsamer, als er Dannys Auto erreichte. Der Strahl einer Taschenlampe huschte über das Wageninnere, dann fuhren die Beamten weiter, und die Scheinwerfer verschwanden hinter der Ecke.

Danny machte sich auf eine weitere längere Wartezeit gefasst. Als er sich eine Zigarette anzündete, starrte Carmen del Hoyo ihn missbilligend an.

»Hey, ich habe mir die Mühe gemacht, mich so hinzustellen, dass der Wind Ihnen den Rauch nicht ins Gesicht bläst«, sagte Danny.

»Der Rauch ist mir egal. Aber was, wenn jemand das Glühen der Zigarette durch die Bäume sieht? Ich dachte, wir sollten uns unauffällig verhalten.«

Danny nahm einen langen und tiefen letzten Zug, dann drückte er die Zigarette aus.

Um zwei Uhr tauchte der Wagen auf. Er hielt auf der anderen Seite des Friedhofs an, in gleich großem Abstand zu Dannys und Pacos Auto. Ein schwarz gekleideter Mann mit einer Skimaske stieg mit einer Werkzeugtasche aus. Er sah sich hastig um, huschte zu einem der Bäume neben der Mauer und begann, diesen hinaufzuklettern.

»Ich gehe jetzt mit Paco auf den Friedhof«, sagte Danny und reichte Carmen eine Rolle Klebeband. »Nehmen Sie das und kleben Sie zwei Streifen an die hintere Stoßstange seines Wagens.«

»Was ist das?«

»Den Trick habe ich vor Jahren von ein paar Paparazzi gelernt. Mit Reflektorstreifen an der Stoßstange kann man ein Auto nachts leichter verfolgen. Sobald der Kerl losfährt, sind wir ihm auf den Fersen, egal wohin, und dann werden Paco und ich ihn zur Rede stellen.«

Carmen wirkte nicht sonderlich überzeugt, aber Danny hatte keine Zeit, um zu streiten. Er ging zu Paco, und gemeinsam kletterten sie auf den Baum und über die Friedhofsmauer.

Der Wind raschelte in den getrockneten Blumen vor den Grabnischen.

Der Mond war wolkenverhangen, nur hin und wieder schien er hindurch und warf Pfützen aus silbernem Licht und schnelle Schatten auf den Marmor.

Danny hörte jemanden nicht weit entfernt reden. Er kroch zum Ende einer der Grabnischenreihen und linste um die Ecke. Vor einem Grab stand ein Mann und filmte sich selbst.

Paco und Danny warteten, bis sie das Klappern von Werkzeug und dumpfe Schläge hörten. Plötzlich krachte es laut, dann folgte ein etwas gedämpfteres Geräusch. Danny und Paco fotografierten und filmten den Mann dabei, wie er die Verschlussplatte des Grabes zerstörte, in die Öffnung hineingriff und die verrotteten Reste eines Sarges herauszog.

»Lass uns zum Auto zurückgehen und uns bereithalten, damit wir ihn verfolgen können, wenn er wieder losfährt«, flüsterte Danny.

Sie eilten zurück zur Mauer. Paco machte für Danny eine Räuberleiter, dann half Danny Paco, sich auf die Mauer hochzuziehen, wobei sie erstaunlich wenig Lärm machten, wenn man bedachte, dass sie beide mittleren Alters, übergewichtig und mit Kameras bepackt waren.

Danny fluchte, als sie auf der anderen Seite landeten. Der Sprung in die Tiefe hatte sich schlimmer als gedacht angefühlt.

»Du fährst zur Hauptstraße und parkst dort«, sagte Danny. »Sobald er dich überholt, startest du den Motor und folgst ihm. Ich beobachte ihn und mache mich auf den Weg, wenn er an mir vorbei ist. Lass uns übers Handy in Kontakt bleiben.« Er rannte zurück zu seinem Auto.

Carmen del Hoyo war nicht mehr da.

Wo zum Kuckuck ist die Frau?, wunderte sich Danny und spähte ins Gebüsch, ob sich dort etwas regte. Im Mondlicht warfen die Bäume gespenstische Schatten, aber von Carmen del Hoyo war keine Spur zu sehen. Er zischte ein paarmal ihren Namen.

Keine Antwort.

Dann hörte er, wie Paco sein Auto anließ, und sah ihm nach, wie er mit ausgeschalteten Scheinwerfern die Straße entlang- und ihm entgegenrollte.

Als Paco auf einer Höhe mit Danny war, kurbelte er das Fenster herunter. »Was ist das Problem?«

»Carmen ist nicht da.«

»Hab ich dir nicht gesagt, dass sie uns den Coup vermasselt?«

»Ich kann sie nicht hier draußen lassen. Du wirst dem Typen allein folgen müssen, ich hol dich später ein. Und jetzt schalt den Motor aus.«

Sie warteten schweigend. Danny blickte zurück zur Mauer. Ein paar Augenblicke später erschien die schwarze Gestalt des Mannes auf deren Kante. Er warf die Werkzeugtasche auf den Boden, sprang dann behände hinterher und rannte zu seinem Auto.

»Okay. Paco, warte hier, bis er auf die Hauptstraße rausfährt, dann folge ihm. Wir werden schon sehen, in welche Richtung er abbiegt. Ich bleibe hier und suche nach Carmen.«

Paco hörte nicht zu. Er starrte auf das Auto des Grabschänders. »Du wirst nicht lange suchen müssen«, sagte er und deutete in die Richtung.

Der Mann in Schwarz hatte jetzt sein Auto erreicht und öffnete den Kofferraum. Carmen del Hoyo tauchte aus dem Gestrüpp an der Straßenseite auf und eilte mit großen Schritten auf ihn zu.

»Was macht die da, verdammt noch mal?«, fragte Danny, als sie dem Mann auf die Schulter tippte. Dieser fuhr herum, sie hielt ihm etwas mit ausgestrecktem Arm vors Gesicht, dann ein leises Zischen wie von einer Sprühdose.

Der Mann schrie vor Überraschung auf, dann schwoll seine Stimme zu einem langen Schrei an, der hin und wieder von einem Fluch unterbrochen wurde. Er taumelte rückwärts, schlug sich die Hände wie Krallen vors Gesicht und fiel auf die Knie.

Paco sprang aus dem Auto. »Sie hat ihn mit Pfefferspray attackiert.«

Carmen del Hoyo schrie auf den Mann ein. »Wer sind Sie? Sagen Sie mir, wer Sie sind, oder Sie kriegen eine weitere Ladung ab, Sie Schwein.«

Danny tauchte hinter ihr auf und riss ihr das Spray aus der Hand. »Das reicht, Carmen.«

»Geben Sie mir das zurück«, sagte sie.

Danny entfernte sich zwei Schritte weit und stopfte die Dose in seine Tasche. »Der Kerl leidet Höllenqualen. Ich werde es nicht zulassen, dass Sie ihn noch weiter malträtieren.«

Der Mann lag mittlerweile auf dem Boden und krümmte sich stöhnend. »Ich bin blind! Scheiße, ich bin blind!«

»Ich hab dir doch gesagt, dass du diese durchgeknallte Zicke nicht mitnehmen sollst«, meinte Paco.

Danny wies ihn an, den Mund zu halten, und wandte sich an Carmen. »Was haben Sie getan?«

Carmen stemmte die Hände in die Hüften. »Dieser Bastard weiß etwas darüber, warum meine Schwester diese Videos gedreht und wem sie sie geschickt hat. Glauben Sie ernsthaft, ich vertraue Ihnen und Ihren bescheuerten Reflektorstreifen? Was, wenn wir ihn aus den Augen verloren hätten? Und selbst wenn die Verfolgung geglückt wäre, hätten Sie immer noch an seine Tür klopfen und ihn zur Rede stellen müssen.«

»Wir hätten das im Griff gehabt.«

»Werfen Sie doch mal einen Blick in den Spiegel, Mr Sánchez. Ich bin eins dreiundsechzig groß und wiege dreiundsechzig Kilogramm, und trotzdem habe ich Ihnen mit einem einzigen Schwinger meiner Handtasche die Nase gebrochen und zwei blaue Augen verpasst. Es scheint nicht gerade Ihre Stärke zu sein, die Dinge im Griff zu haben. Außerdem wollten Sie ihm Fragen stellen.«Sie deutete auf den sich windenden Mann. »Na los, fragen Sie. Ich bin mir sicher, er ist jetzt aussagewillig.«

Paco kniete sich neben den Mann und versuchte, ihm zu helfen. Er zog ihm die Skimaske vom Kopf und goss Wasser über seine Augen.

Danny schaltete seine Taschenlampe ein. Der Lichtstrahl traf einen jungen Mann mit lockigem Haar. Die Augen waren stark gerötet, Rotz lief ihm aus der Nase.

Carmen stieß hörbar die Luft aus. »Das glaube ich jetzt nicht«, sagte sie. »Dacht ich's mir doch, dass mir die Stimme bekannt vorkam.«

»Sie kennen ihn?«, fragte Danny.

»Und ob. Das ist Teresas Freund Samuel.«

12

Ramón parkte auf der Straße. Der Journalist wohnte in einem kleinen Bungalow, umgeben von einem Morgen Land mit einem Olivenhain. Kein Auto stand in der Auffahrt, das Haus lag im Dunkeln.

Er fuhr in die Stadt zurück, hielt bei einem Münzfernsprecher und wählte die Festnetznummer von Danny Sánchez. Niemand ging ran. Ramón drehte wieder um und parkte diesmal auf der gegenüberliegenden Seite des Anwesens, sodass sein Auto näher beim Haus stand. Schnell rein und raus, das war die Devise bei einem erfolgreichen Einbruch.

Er kletterte über den Zaun, huschte durch die Dunkelheit und hebelte die Vordertür auf. Er betrat das Wohnzimmer. Büro und Schlafzimmer lagen rechter Hand.

Ramón ging ins Büro und sah die Papiere auf dem Schreibtisch durch. Álvaro hatte recht gehabt. Der Journalist hatte zu Santa Cristina recherchiert. Ramón konnte ein wenig Englisch, es war genug, um sich eine grobe Vorstellung davon zu machen, was in den Notizen auf dem Schreibtisch stand – man hatte in dieser Klinik Müttern ihre Kinder weggenommen, und somit war auch Onkel Amancio in diese Geschehnisse verwickelt.

Ramón musste über den geldgierigen alten Bastard lachen. Er hatte den Rand nie vollkriegen können, oder? Aber dieses Zeug war Dynamit. Mit den Dokumenten hatte Ramón etwas in der Hand, womit er Santi in die Pfanne hauen konnte. Und Cousine Leticia gleich mit. Sie würden jede Summe zahlen, um sich nicht dem Aufruhr der Öffentlichkeit stellen zu müssen, den diese Informationen auslösen würden. Aber darüber konnte er später noch nachdenken. Jetzt musste er gehen. Je länger er blieb, desto größer wurde die Gefahr, geschnappt zu werden.

Unter einem Artikel stieß er auf ein Foto von irgendeiner Verrückten und einen Bericht darüber, wie sie die Klinik Santa Cristina bis auf die Grundmauern niedergebrannt hatte. Ramón erinnerte sich an die Geschichte aus seiner Kindheit. Unter dem Blatt Papier fand er einige Schwarz-Weiß-Fotografien von einem Kind auf einem Stuhl.

Ramón beleuchtete sie kurz mit der Taschenlampe, dann stürzte er zur Tür.

13

»Sein Name ist Samuel Herrero«, sagte Carmen. »Er war Teresas Freund.«

Der junge Mann schien jetzt, nachdem Paco mehrere Liter Wasser über seine Augen gekippt hatte, nicht mehr allzu große Schmerzen zu haben.

»Bist du das, Carmen?«, fragte Herrero. »Was hast du mit mir gemacht? Ich dachte schon, ich wäre für immer blind.«

»Wir müssen uns unterhalten, Samuel«, sagte Danny. »Aber lieber nicht hier, schließlich haben Sie gerade in unmittelbarer Nähe ein Grab geschändet.«

Der junge Mann konnte auf keinen Fall mit dem Auto fahren – er konnte kaum die Augen öffnen –, also beschlossen sie, ihn in seine Wohnung zurückzubringen.

»Aber ich setze mich nicht mit ihr in ein Auto«, sagte Herrero und deutete vage in die Richtung von Carmen del Hoyo.

»Und ich habe nicht die Absicht, noch einmal in Señor Sánchez' Rostlaube zu steigen«, sagte Carmen.

»Dann hätten wir das ja geklärt«, sagte Danny und klopfte Paco auf den Rücken. »Gute Fahrt euch beiden.«

Danny erreichte Herreros kleine Wohnung kurz nach drei Uhr morgens. Der junge Mann stammte offensichtlich aus einer wohlhabenden Familie – das Apartment befand sich in einem Haus, das auf die prestigeträchtige Avenida de Federico García Lorca hinausging.

Bevor Danny seinen Wagen abstellte, fragte er Herrero, ob seine Eltern zu Hause seien.

Herrero antwortete ihm, er wohne dort allein. »Die Wohnung gehört meinen Großeltern«, sagte er, als Danny einen bewundernden Pfiff ausstieß. »Sie lassen mich darin wohnen.«

»Wie geht es Ihren Augen?«

»Ich kann wieder halbwegs sehen«, sagte er. »Aber die Haut drum herum brennt höllisch.«

Sie warteten, bis Paco und Carmen del Hoyo eintrafen, und nahmen dann den Aufzug in Herreros Wohnung.

»Wir haben Sie auf dem Friedhof gesehen«, sagte Danny, nachdem alle im Wohnzimmer Platz genommen hatten. »Warum haben Sie Gräber aufgebrochen? Ich nehme an, das waren auch Sie, der Teresa beim ersten Mal begleitet hat?«

»Ja.«

»Warum haben Sie das getan?«

»Um im Rathaus Druck zu machen. Wir wissen, dass uns die Bürgermeisterin sagen könnte, wo die Leichen der Republikaner begraben liegen, aber sie will nicht. Teresa war das so wichtig. Daher bin ich heute Nacht wieder auf den Friedhof gegangen«, sagte er und drehte sich zu Carmen um. »Ich habe es für deine Schwester getan.«

»Genau das hat sie umgebracht, du Riesenidiot«, sagte Carmen.

»Hey«, Danny machte ihr ein Zeichen, sich zu beruhigen, »das ist nicht wahr.« Er lehnte sich ihr entgegen und senkte die Stimme. »Vielleicht ist es besser, wenn ich allein mit ihm spreche.«

»Den Teufel werden Sie tun! Sie war *meine* Schwester. Meine.«

Samuel rieb sich die Augen. »Nur zu Ihrer Information: Das war alles Teresas Plan. Alles: die Grabplatten mit dem Hammer einzuschlagen, uns dabei zu filmen, die verfluchten

MP3-Dateien nach El Cerrón zu schicken. Ich habe ihr gesagt, dass das eine dumme Idee sei und mit Sicherheit Folgen haben werde, aber sie wollte nicht auf mich hören. Sie war überzeugt davon, den Stadtrat in die Knie zwingen zu können, weil der Vater der Bürgermeisterin für alles verantwortlich war.«

»Woher wussten Sie, welche Gräber Sie öffnen mussten?«, fragte Danny.

Samuel sah zu Boden, als habe er eine schwere Entscheidung zu treffen.

»Jetzt kommen Sie schon«, sagte Danny. »Falls Sie etwas Wichtiges wissen, ist das jetzt der richtige Augenblick, uns daran teilhaben zu lassen.«

Samuel Herrero ging ins Schlafzimmer. Danny hörte, wie er einen Schrank öffnete, etwas herausholte und auf den Boden stellte. Mit einem Pappkarton kehrte er zurück. »Hier«, sagte er und ließ ihn auf den Couchtisch fallen. »So habe ich es erfahren.«

»Was ist das?«, fragte Danny.

»Vladi und der Engländer haben ein paar Hauptbücher aus dem Archiv mitgehen lassen. In ihnen sind die Patientenaufnahmen und die Totgeburten der Klinik festgehalten. Mit diesen Informationen erstellten sie erst eine Liste mit den Namen aller Kinder, die angeblich gestorben waren, und dann eine der Mütter, denen man sie gestohlen hatte, sowie eine Liste der Mütter, denen man die Babys übergeben hatte. Am nächsten Tag gingen die beiden noch einmal in das Archiv und suchten nach den entsprechenden Krankenakten. Das sind alle, die sie finden konnten.«

Danny nahm den Deckel vom Karton. Nie hätte er sich ausmalen können, wie viel Schmerz sich in so einem kleinen Behältnis verbarg.

Der Karton enthielt Dutzende von Akten. Auf jedem Mappendeckel stand ein Name. Lauter Namen, die Danny wiedererkannte, von Menschen, die angeblich tot waren.

Er öffnete eine der Mappen, dann eine zweite und eine dritte. Der Inhalt war bei allen gleich: Jede enthielt detaillierte Informationen über einen Kindsraub und über die Weitergabe dieses Kindes an eine andere Person. Einigen Mappen lagen Fotos bei, auch deren Motiv war immer gleich: Eine erschöpft aussehende Mutter mit gebrochenem Herzen wiegte ein totes Kind im Arm, das sie für ihr eigenes hielt. Danny fiel auf, dass es auf jedem Foto dasselbe Baby war, obwohl Jahre zwischen den einzelnen Fällen lagen. Wahrscheinlich handelte es sich um die Kinderleiche, die Frank Dale in mumifiziertem Zustand gefunden hatte.

Er blätterte die Ordner durch, entsetzt über Amancio Enconas Bösartigkeit. Der Mistkerl hatte Tabellen mit den Namen der echten Eltern, denen der Adoptiveltern, den Geburts- und Adoptivnamen angelegt.

Und mit dem Preis, den er verlangt hatte.

Wenn diese Informationen publik wurden, war Leticia Encona erledigt. Ihr Vater hatte mit dem Verkauf der Babys ein Vermögen gemacht.

Das war es, was Santiago Encona so verzweifelt hatte verheimlichen wollen. Eine Enthüllung wie diese würde weltweit Schlagzeilen machen, würde El Cerrón zu einer ähnlichen Berühmtheit verhelfen wie Dunblane, Hungerford oder Columbine. Die Stadt wäre für alle Zeiten das Sinnbild einer Tragödie. Und alle Hoffnungen, das Golfplatzprojekt wiederaufleben zu lassen, wären zerstört. Wer würde ein Grundstück kaufen wollen, das nur eine Meile von Santa Cristina entfernt lag, wenn diese Wahrheit ans Tageslicht käme?

Und das *würde* sie. Dafür würde Danny schon sorgen.

Für den armen Gordon Pavey, für Teresa del Hoyo, für Helen Naseby.

Aber zuerst musste er ein wenig schlafen.

Er sagte Samuel Herrero, er werde die Dateien mitnehmen. Herrero protestierte, aber als Danny ihn fragte, ob er lieber die Polizei einschalten wolle, nahm ihm das den Wind aus den Segeln.

»Ich werde sämtliche Blätter der Akten einscannen und Ihnen die Dateien auf eine CD brennen«, sagte Danny. »Natürlich erst, sobald ich die Story veröffentlicht habe.«

Paco würde Carmen del Hoyo nach Hause fahren. Sie verließ Herreros Wohnung, ohne sich von Danny zu verabschieden. Das war ihm ganz recht. Er hatte sowieso genug von der Frau.

Es war vier Uhr dreißig, als Danny auf die Autobahn und nach Hause fuhr. Er brauchte jetzt eine Dusche, einen sauberen Pyjama und vier Stunden Schlaf.

Er merkte erst, dass etwas nicht stimmte, als er durch die Olivenbäume auf sein Haus zuging. Die Tür stand weit offen: Das Schloss war zertrümmert worden, das Holz drumherum gesplittert.

Danny hatte zwei Schritte ins Haus gemacht, als Ramón Encona hinter der Tür hervorkam und Danny einen gezielten Schlag auf die Schädelbasis verpasste. Dannys Beine knickten ein, und er fiel bewusstlos nach vorn.

4. Teil

Gestohlene Leben

1

Ramón konnte nicht klar denken. Er war zu wütend und zu aufgewühlt. Er saß im Auto und fuhr zurück nach El Cerrón; der Journalist lag mit Handschellen gefesselt im Kofferraum, die Informationen, die Ramón aus dessen Büro mitgenommen hatte, waren auf dem Beifahrersitz verstreut. Ramóns Blick huschte zu der Mappe mit den Fotos des kleinen Jungen auf einem Stuhl. Der Journalist hatte eine ganze Kiste mit Akten bei sich gehabt. Ramón hatte alle mitgenommen, ebenso wie die Schultertasche des Mannes.

Sein ganzes Leben lang hatte er das Gefühl gehabt, seine Existenz sei nichts als ein Haufen loser Fäden. Jetzt kam es ihm so vor, als hätte jemand einen einzigen Faden aus dem Knäuel gezogen und damit alles entwirrt.

Er sah auf die Uhr: Es war vier Uhr siebenundvierzig. Er rief Santiago an. Der ging sofort ran.

»Ramón, wo zum Teufel steckst …«

»Halt den Mund und hör mir zu. Wir treffen uns in La Piltra.«

»Hast du es getan?«

»Mach, was ich dir sage, dann wirst du schon sehen.«

Santiago redete immer noch, als Ramón auflegte.

Mit dem war er fertig. Das kleine Arschloch glaubte, sich im Leben immer freikaufen zu können, ohne sich je die Hände schmutzig machen zu müssen. Aber nicht heute Abend. Heute Abend würde Ramón ein paar Antworten bekommen.

Und dann würde jemand bezahlen.

2

Danny kam in vollkommener Dunkelheit wieder zu sich. Er blinzelte, die Luft schmeckte feucht und erdig. Wo war er?

In den nebligen Winkeln seines Bewusstseins suchte er nach Hinweisen, aber nichts half ihm weiter: Er erinnerte sich nur an körperliche Empfindungen, an einen Aufprall, einen Schmerz. Sie waren in seinen Geist eingebrannt. Die Erinnerung an das, was passiert war, endete hingegen im Nebel. Sein rechtes Auge war nass und verklebt. Die hinteren Zähne waren locker. Beim Schlucken schmeckte er Blut.

Er wollte sich bewegen, musste aber feststellen, dass seine Hände hinter dem Rücken gefesselt waren. Als er sich drehte, hörte er ein metallisches Geräusch und spürte, dass er Handschellen trug. Sein Mund war mit Paketband zugeklebt.

Panik überkam ihn. Er rollte von einer Seite auf die andere, und Steine bohrten sich spitz in Bauch und Brust. Er machte Versuche, sich hinzuknien, merkte aber bald, dass die Gefahr, dabei nach vorn zu kippen, zu groß war. Also blieb er im Dunkeln liegen und kämpfte mit den Tränen.

Statt sich mit Vermutungen zu beunruhigen, konzentrierte er sich nur auf das, was er wusste. Er war gefesselt. Jemand war dafür verantwortlich und hielt ihn hier gefangen. Der Gedanke rief eine vage Erinnerung in ihm wach. Er konnte sich zwar nicht an den Grund entsinnen, aber plötzlich wusste er wieder, dass er in schrecklicher Gefahr schwebte. Die Gewissheit war jäh über ihn gekommen und schnürte ihm die Kehle zu.

Er kämpfte noch immer gegen Panik an, als sich eine Tür öffnete, flackernd das Licht anging und ein schlanker, aber gut gebauter Mann den Raum betrat. Er hatte eingefallene Wangen und kurzes dunkles Haar. Und kam ihm irgendwie bekannt vor.

Er setzte sich vor Danny auf einen Stuhl. »Hallo«, sagte er und betrachtete wie beiläufig seine Fingernägel. »Ich nehme an, Sie fragen sich, warum ich keine Maske trage?«

Danny schwieg.

»Der Grund, warum ich Ihnen mein Gesicht zeige, ist, weil es nichts zur Sache tut: Sie werden diesen Raum nicht lebend verlassen.«

Instinktiv rüttelte Danny an seinen Handschellen. Der Mann hockte sich neben ihn und machte besänftigende Geräusche, als er sich aber weiter wehrte, hielt er ihm die Nase zu.

Danny wurde sofort ruhig.

»So ist es gut«, sagte der Mann.

Er hat merkwürdige Augen, dachte Danny. Sie waren so frei von jeder Empathie, dass sie gänzlich schwarz wirkten.

»Aber Sie müssen noch eine wichtige Entscheidung treffen«, sagte der Mann. »Ob Sie schnell und leicht sterben. Oder ob Sie mich dazu zwingen, meinen Werkzeugkasten zu öffnen. In diesem Fall sterben Sie auf die andere Art. Es ist Ihre Entscheidung. Und die wird davon abhängen, wie Sie sich in einer Minute verhalten. Gleich wird ein Mann zu uns hereinkommen, und ich werde ihm ein paar Fragen stellen. Dann werde ich das Klebeband von Ihrem Mund lösen, und Sie werden Gelegenheit bekommen, etwas zu sagen. Nicken Sie zum Zeichen, dass Sie verstanden haben.«

Danny nickte.

Der Mann strich ihm über das Haar. »Wenn Sie ehrlich antworten, verspreche ich Ihnen einen schnellen und schmerzlosen Tod.«

Autoreifen knirschten draußen auf dem Kies. Der Mann stand auf und ging zur Tür. »Herein!«, brüllte er und verließ den Raum.

Danny kämpfte gegen seine Angst. Diese Sache würde er nur überleben, wenn er einen kühlen Kopf bewahrte. Warum kam ihm das Gesicht des Mannes so verflucht bekannt vor? Er sah sich um. Er befand sich in einer Art Garage aus Beton. Die Kiste mit den Mappen von Santa Cristina stand zusammen mit seiner Schultertasche in einer Ecke. Von draußen hörte er Stimmen.

Ein zweiter Mann sagte gerade: »… hab wirklich keine Zeit für deine Spielchen. Was soll das für eine Überraschung sein, die du mir unbedingt …«

Als Santiago Encona durch die Tür kam, sah er Danny unmittelbar in die Augen. Ihm blieb der Mund offen stehen. Er versuchte, sich an Ramón vorbei wieder ins Freie zu schlängeln, aber der schubste ihn vorwärts. »Was zum Teufel hast du mit ihm gemacht, Ramón?«, fragte Santiago, als er Dannys Veilchen und das Pflaster auf der Nase sah.

Ramón Encona grinste spöttisch. »Das war ich nicht. Ich habe ihn schon in diesem Zustand gefunden. Und was schert es dich, ob ich ihm wehtue? Wir stecken sowieso gemeinsam drin, nicht wahr, *primo*? Das hast du selbst gesagt. Vor allem jetzt, wo du dem Scheißkerl meinen Namen verraten hast.«

»Warum in aller Welt hast du ihn hierhergebracht?«

»Weil wir drei uns mal ein bisschen unterhalten müssen.«

»Über was?«, fragte Santiago und sah Ramón misstrauisch an.

Der ging zu der Kiste mit den Mappen und holte eine orangefarbene heraus. Es war die, die Leonard Wexby Danny gegeben hatte. Ramón schlug sie auf und nahm ein paar Papiere heraus. »Es hat etwas mit Onkel Amancio und dieser Klinik Santa Cristina zu tun, stimmt's?«

»Nein.«

»Versuch ja nicht, mich zu anzulügen, Blödmann. Ich seh's dir doch an, dass du das tust. Deshalb hast du *El Porquero* und Álvaro zu diesem Haus geschickt. Weil jemand Dokumente aus dem Archiv gestohlen hat, die beweisen, dass Onkel Amancio Kinder gestohlen und verkauft hat.«

»Ich verstehe nicht, wovon du redest.«

»Doch, das tust du«, sagte Ramón mit kalter Stimme. Er deutete auf Danny. »Ich bin heute Nacht in das Haus von dem Kerl da eingebrochen und habe das ganze Beweismaterial gefunden. Keine Ahnung, was er damit wollte. Gut möglich, dass morgen schon die Titelblätter der Zeitungen voll davon sind, was auch immer wir hier und jetzt tun. Aber darum geht es nicht.« Das Feuer in Ramóns Augen erlosch, und ein eisiger Glanz legte sich über sie. »Was ich wirklich wissen will«, zischte Ramón Encona und wedelte mit den Papieren, »das ist, warum ein Journalist, den ich noch nie in meinem Leben gesehen habe und der anscheinend in Dutzenden von Fällen illegaler Adoption ermittelt, im Besitz von sieben Kinderfotos von mir ist.« Er drückte Santiago die Kopien der Fotos von María Topetes Kind in die Hand. »Nimm sie. Und sieh sie dir gut an. Ich kann mich sogar daran erinnern, wie sie mich jedes Jahr am Tag vor meinem Geburtstag auf den Stuhl neben der Hintertür gesetzt hat.«

Danny begann, um sich zu treten und sich aufzubäumen. Das war seine Chance. Er musste reden. Dem Mann die Story erzählen.

»Dann wollen wir mal hören, was er uns zu erzählen hat«, sagte Ramón.

Als er einen Schritt auf Danny zuging, schrie Santiago auf: »Nein, tu es nicht!«

Santiagos Augen waren weit aufgerissen vor Angst, einen Augenblick lang huschte sein flackernder Blick zu Danny hinüber. Als sie einander ansahen, begriff Danny, wovor Encona so große Panik hatte: Der Mistkerl wusste Bescheid.

Ramón riss das Klebeband von Dannys Mund, der sofort damit begann, die Geschichte von María Topete herauszubrüllen. Santiago stürzte sich auf Danny, versuchte, ihn in den Bauch zu treten, aber Ramón zog ihn fort. Während Danny weiterredete, sah Ramón Encona ihn an wie ein Mann, dem endlich die Wahrheit über ein dunkles, schmerzvolles Geheimnis eröffnet wird. Die Handflächen presste er seitlich gegen sein Gesicht, seine Finger verkrallten sich im Haar, rissen an Strähnen davon.

»Man hat Sie Ihrer leiblichen Mutter gestohlen«, sagte Danny, »und später die Frau mit diesen Fotos in den Wahnsinn getrieben. Das alles steht in der Akte, die ganze Geschichte. Und was das Wichtigste ist: Dieses Dreckschwein hier hat alles gewusst.« Danny zeigte auf Santiago. »Schauen Sie ihm ins Gesicht. Er wusste es.«

Ramón drehte sich zu seinem Neffen um. Santiago stammelte ein paar erklärende Worte, dann drehte er sich plötzlich um und rannte davon. Ramón ihm hinterher.

Danny rollte über den Boden, nahm die Wand zu Hilfe, um in den Kniestand zu kommen und dann aufzustehen. Draußen konnte er das Geräusch schneller Schritte hören. Ein Auto wurde angelassen, dann barst eine Scheibe. Eine Stimme schrie, sie klang merkwürdig schrill, feminin.

Danny konnte versuchen abzuhauen, würde aber mit den hinter seinem Rücken gefesselten Händen nicht weit kommen. Er ließ sich zurück auf den Boden fallen, rollte sich auf den Rücken, zog die Beine bis zur Brust hoch. Er wollte die Handschellen unter seinen Füßen hindurchschieben, wie er es in Filmen gesehen hatte.

Die ersten Versuche scheiterten kläglich.

Von draußen erklangen Kampfgeräusche. Dann war wieder die schrille Stimme zu vernehmen, anschließend ein heftiger Schlag auf etwas Organisches, ein widerwärtiges Knirschen, dann eine Stimme, die mitten im Schrei verstummte. Danny hörte noch mehr Schläge, die von Grunzlauten und schrecklichem Knacken begleitet wurden.

Es gelang ihm, seine Hände bis hinunter zu den Füßen zu strecken, doch dann kam er nicht weiter. Es fühlte sich an, als würden seine Arme aus den Gelenken gedreht.

Der Kampf draußen war vorüber. Schritte knirschten auf dem Kies. Danny hockte sich hin und ließ die Handschellen hinter seine Knie gleiten. Dann rollte er nach hinten, und es gelang ihm, während er die Knie in dieser Stellung hielt, die Handschellen unter den Füßen hindurchzuziehen.

Danny stöhnte, als er sich zurück auf die Füße kämpfte. Mit den Handschellen vor sich wankte er durch den Raum zu der Kiste mit den Ordnern und zu seiner Schultertasche.

Ramón Encona tauchte im Türrahmen auf. Die Hände, die Brust und das Gesicht des Mannes waren voller Blutspritzer. Rosarote Hirnmasse hing an den Ärmeln seines Mantels, und in seiner rechten Hand hielt er einen runden Stein, an dessen einer Seite Überreste des Gemetzels klebten. »Jetzt bist du dran«, sagte Ramón und wiegte den Stein in seiner Hand. Mit großen Schritten kam er auf Danny zu, breitete die Arme aus, bereit für den Fall, dass Danny sich umdrehen und wegrennen oder ihn angreifen sollte.

Danny tat nichts von beidem. Stattdessen griff er in seine Schultertasche, hielt die kleine Dose hoch, die er herausgeholt hatte, und sprühte Ramón das Pfefferspray direkt ins Gesicht.

Der Stein fiel zu Boden, als Ramón sich die Hände vor seine Augen schlug. Danny zielte noch einmal auf ihn, wobei er darauf achtete, nicht in die Nähe der zuckenden Gliedmaßen des Mannes zu geraten, der sich am Boden wälzte und sich die Hände ins Gesicht krallte.

Danny wartete lange genug, um dem Bastard einen einzigen gezielten Tritt in die Eier zu verpassen. »Das ist dafür, dass du meine Vordertür kaputt gemacht hast, du Schweinehund.« Und dann rannte er, wie er noch nie in seinem Leben gerannt war.

3

Ramón schrie und wand sich auf dem Boden. Es fühlte sich an, als hätte jemand ihm brennende Kohlen in die Augenhöhlen gerammt. Tränen liefen ihm übers Gesicht, Rotz und Speichel schmeckten widerlich nach Chemikalien. Selbst mit geschlossenen Augen war der Schmerz unerträglich und wurde immer heftiger.

Aber es war nicht nur die körperliche Qual, die ihn schreien ließ. Die Tierlaute waren der Tatsache geschuldet, dass er, obwohl nahezu blind, die Dinge noch nie so klar gesehen hatte.

Sein ganzes Leben war ein einziger Schwindel gewesen. Die Erklärung des Journalisten hatte ihn mit einer nie gekannten Wucht direkt in die Eingeweide getroffen. Sein Magen schien mit kaltem dreckigem Wasser gefüllt. Und sie hatten es alle gewusst. Das war das Schlimmste daran. Die Familie hatte es *gewusst.*

Er wusste nicht, wie lange er zuckend und schreiend auf dem Boden gelegen hatte. Endlich wurde der Schmerz erträglicher, er stolperte aus dem Haus, und es gelang ihm, einen Wasserhahn zu finden. Er legte sich darunter und ließ sich das kalte Nass übers Gesicht laufen.

Der Schmerz in seinen Augen ließ allmählich nach.

Aber der andere Schmerz war noch immer da.

Er hatte nach Antworten gesucht – nun hatte er sie bekommen. Er rappelte sich wieder auf. Hatte nur noch einen Gedanken im Sinn.

Mutter.

Er kletterte ins Auto und fuhr los, schlingerte wild von einer Straßenseite zur anderen, während er sich alle Mühe gab, sich auf die Straße zu konzentrieren. Zweimal krachte er gegen die Mauer, die als Fahrbahnbegrenzung diente, was ihn nötigte, langsamer zu fahren, und doch kam er der Stadt immer näher. Dort angekommen, ließ er den Wagen am Straßenrand stehen. Um durch die engen Gässchen zu manövrieren, konnte er noch immer nicht genug sehen.

Es war früh am Morgen, aber es waren Leute unterwegs. Entweder gingen sie nach einer durchfeierten Nacht nach Hause, oder sie waren auf dem Weg zur Frühmesse. Rámon nahm nur am Rande wahr, dass die Passanten ihn anstarrten, wie er durch die Straßen wankte, während ihm noch immer die Tränen aus den Augen liefen, aber er achtete nicht darauf.

Er rammte den Schlüssel in die Vordertür des Hauses seiner Mutter und trat sie auf.

Eine der Bediensteten stand im Flur. Auch sie sah ihn entsetzt an, und erst, als Ramón sich im Spiegel betrachtete, bemerkte er, dass seine Kleidung von dem, was er mit Santiago angestellt hatte, noch mit Blut und Hirnmasse bespritzt war. Ramón ging an dem Hausmädchen vorbei, das schreiend die Flucht ergriff.

Seine Mutter saß im Wohnzimmer. Sie versuchte aufzustehen, als er in den Raum stürzte. »Ramón«, sagte sie. »Wie kannst du es wagen! Was bildest du dir ein, hier einfach so …«

»María Topete. Wer war sie?«

Mutter verstummte sofort, aber ihre Augen nahmen einen verschlagenen Ausdruck an.

Ramón warf ihr die Abzüge der Fotos von dem Jungen auf dem Stuhl zu. Santiago hatte sie bei seiner Flucht fallen lassen. »Ich erinnere mich, wie du diese Aufnahmen gemacht hast. Jedes Jahr eine, neben der Hintertür im Hof. Was hast du ihr angetan?«

Seine Mutter starrte ihn an. Und plötzlich verzogen sich ihre runzligen Lippen zu einem Lächeln.

»Du möchtest etwas über María Topete wissen?«, sagte sie und spuckte aus. »Topete war die Schlampe, die mir meinen *novio* gestohlen hat, den Mann, den ich heiraten wollte. Also habe ich es ihr mit gleicher Münze heimgezahlt. Sie hat mir mein Leben genommen, und ich habe ihr dich genommen. Auge um Auge. Und dann habe ich sie in den Wahnsinn getrieben.«

»Du Miststück. Du hast mein Leben zerstört.«

In den Augen der alten Frau flammte Verachtung auf. »Ich habe dein Leben zerstört?« Sie lachte. »Was hättest du denn jemals für eine Chance gehabt, du Jammerlappen? Du bist der Sohn einer billigen Nutte gewesen. Dein Stammbaum war verdorben, lange bevor ich dich ihr wegnahm. Da wundert es kaum, dass so ein hirnloser Taugenichts aus dir geworden ist. Alle wussten sie Bescheid. Alle. Hast du nicht gemerkt, wie wir über dich gelacht haben?«

Ramón hielt sich den Kopf, er stöhnte und schlug sich auf die Ohren, als könnte er so das Gehörte ausblenden.

Mutter lachte.

»Dein Erbe kannst du auch vergessen. Du bist nicht mein Fleisch und Blut, ich habe alles mit den Anwälten abgesprochen. Du bekommst keinen einzigen Cent. Glaubst du ernsthaft, ich würde es zulassen, dass du in den Genuss des Erbes einer so berühmten Familie wie der Familie Encona kommst? Ich wusste, dass du hier herumgeschnüffelt und nach Dokumenten gesucht hast. Hast du mich wirklich für so alt und schwach gehalten? Du warst nie ein Encona. Du bist genauso wie deine Mutter, diese Schlampe. Ich hoffe, du wirst in der Hölle schmoren, wenn …«

Weiter kam sie nicht, denn Ramón packte sie an der Kehle. Er hob sie hoch und sah ihr dabei direkt in die Augen. Er konnte den Pulsschlag in ihrem zarten Hals spüren. »Sieh«, sagte er, »sieh dir das Blut auf meinen Kleidern an. Das ist alles, was noch übrig ist vom Kopf deines lieben kleinen Santiago.«

Er stieß sie von sich weg.

»Dich werde ich nicht töten. Deine Tage sind sowieso gezählt. Aber jetzt weiß ich, was in der Klinik Santa Cristina geschehen ist und was Onkel Amancio getan hat. Kannst du dir vorstellen, wer mir das erzählt hat? Es war ein Journalist, und er hat alles, was nötig ist, um die Wahrheit zu beweisen. Während der Krebs in deinen Eingeweiden dich langsam von innen auffrisst, wirst du mit ansehen müssen, wie die ganze dreckige Geschichte über die Presse an die Öffentlichkeit kommt: alles, was du getan hast, und alles, was Onkel Amancio getan hat. Die Kinder, die er gestohlen hat, die Leben, die er zerstört hat. Du wirst erleben müssen, wie die gesamte Familie Encona an den Pranger gestellt und von den Medien in der Luft zerfetzt wird. Und wenn sie mit dir fertig sind, wirst du vor Scham deinem Hausmädchen nicht mehr in die Augen blicken können.«

Zum ersten Mal in seinem Leben hatte Mutter keine Widerworte parat. Ihre faltigen Lippen zitterten, als sie nach einer Antwort suchte, doch der triumphierende Funke, der noch vor Kurzem in ihrem Blick aufgeblitzt hatte, war verschwunden.

Ramón beugte sich über sie und lachte ihr ins Gesicht. Eine so präzise und kalkulierte Grausamkeit war berauschend, aber das war es nicht, was ihn so amüsierte. Es war der Gedanke, dass er sich noch nie zuvor so sehr als ein vollwertiges Mitglied der Familie Encona gefühlt hatte.

4

Danny rannte, so weit er konnte, in den Olivenhain hinter dem Haus, die Handschellen von sich gestreckt. Als seine Lunge zu platzen drohte, fiel er auf die Knie und sah sich um. Niemand schien ihm gefolgt zu sein. Wieder zu Atem gekommen, versuchte er herauszufinden, wo er war. Zu seiner Rechten konnte er in der Ferne die Lichter einer Stadt erkennen. Wegen der Bergsilhouetten um ihn herum vermutete er, dass es El Cerrón war, aber sicher war er sich nicht. Es war noch zu dunkel. Er sah auf die Uhr. Eine Stunde bis Tagesanbruch. Es hatte keinen Sinn, in der Nacht umherzuirren, also lehnte sich Danny an den Stamm eines Olivenbaums und blickte zurück zu dem Haus mit der Garage, um sicherzugehen, dass Ramón Encona ihm nicht folgte.

Nach vierzig Minuten hörte er, wie jemand in ein Auto stieg. Die Scheinwerferlichter schnitten durch die Dunkelheit des anbrechenden Tages, der Wagen fuhr los.

In dem Moment fiel Danny die Kiste mit den Krankenakten ein. Sie könnte immer noch im Haus sein. Ohne sie wäre der ganze Albtraum umsonst gewesen.

Er kroch zum Haus zurück, während sich hinter den Berggipfeln das graue Licht des Morgens abzeichnete.

Santiago Encona lag auf dem Boden, sein Kopf war zu einer blutigen Masse geschlagen worden. Danny jaulte auf, als er sah, wie der Mann zugerichtet war, dann wandte er den Blick ab und konzentrierte sich darauf, nicht in die Blutlachen zu treten.

In der Garage stieß Danny auf die Kiste mit den Krankenakten. Seine Umhängetasche und sein Handy waren auch noch dort.

Er musste die Behörden anrufen, wusste aber, dass die örtliche Polizei wahrscheinlich als Erste am Tatort aufkreuzen würde. Ihr Chef war Enconas Schwager. Er konnte nicht riskieren, dass die Akten der Klinik Santa Cristina diesem Burschen in die Hände fielen. Danny schaffte es gerade so, die Kiste mit den Fingerspitzen anzuheben und auf einen Stuhl zu hieven. Dann schob er seine Vorderarme unter ihren Boden, trug so die Box nach draußen und folgte dem Einfassungszaun, bis er eine Stelle fand, an der er sie verstecken konnte.

Anschließend zog er das Handy aus der Tasche und wählte den Notruf. »Ich muss einen Mord melden«, sagte er. »Aber ich weiß nicht genau, wo ich bin.«

5

Am frühen Vormittag waren die spanischen Medien voll von Berichten über den Mord an Santiago Encona.

Fotos seiner auf dem Boden liegenden, grausam zugerichteten Leiche waren auf den Websites fast aller Zeitungen des Landes zu sehen, den regionalen wie den internationalen, zusammen mit Bildern von Ramón Encona und der Nachricht, er werde von der Polizei gesucht.

Zu diesem Zeitpunkt hatten auch die Geschehnisse in Herminia Enconas Haus die Runde gemacht, und es waren Fernsehteams vor Ort, die den Moment einfangen wollten, in dem das Notarztteam die alte Frau auf einer Trage aus ihrem Haus trug. Mit aschfahlem Gesicht starrte sie in den grauen leeren Himmel hinauf.

Für einen Zeitraum von etwa sechs Stunden wirkte El Cerrón voller Leben. Sirenen heulten, die Übertragungswagen ratterten über die Straße, und es wimmelte von ortsunkundigen Journalisten, die die Bewohner nach dem Weg zu Santiago Enconas Landhaus fragten.

Gegen Mittag verhaftete die Polizei Ramón Encona in Almería-Stadt, als er sich mit der Fähre nach Nordafrika absetzen wollte. Seine Mietwohnung in El Cerrón war bereits durchsucht worden. Die Beamten hatten dort blutgetränkte Kleider und eine hastig hingekritzelte Notiz gefunden, in der er im Detail erklärte, was mit Teresa del Hoyo geschehen war und was genau Santiago Enconas Rolle bei ihrem Mord gewesen war.

Am späten Abend machte Danny vor der nationalen Polizei seine Aussage. Als es dunkel war und die Polizei die Sicherung der Spuren den Mord an Santiago Encona betreffend beendet hatte, fuhr Danny mit Paco zum Haus zurück, um die Kiste mit den Krankenakten der Klinik Santa Cristina zu holen.

Die Story war pikant genug, um Exklusivrechte an verschiedene Publikationen zu verkaufen. Am Ende schrieb Danny drei Versionen.

Gente de Hoy druckte eine vierseitige Sonderreportage, die sich auf die Geschichte von María Topete, Ramón Encona und den Doppelmord konzentrierte. Sie erschien am Tag nach den zwei Morden auf der Website der Zeitschrift.

Sobald auch die anderen Pressekanäle über die Geschichte, wie Herminia Encona das Kind von María Topete gestohlen und es als ihr eigenes großgezogen hatte, berichteten, begannen die älteren Bewohner von El Cerrón zu reden. Sie erinnerten sich, dass Herminia Encona einmal mit einem Mann namens Gualterio Blanco verlobt gewesen war. »Sie hatte sich ein Kleid nähen lassen und alles«, erzählte ein alter Mann den Reportern. »Aber im Jahr 1959 zerstritt er sich mit ihrem Bruder Amancio und löste die Verlobung. Es heißt, das Kleid habe ein Vermögen gekostet, und nachdem der Schneider sich weigerte, es wieder zurückzunehmen, soll Herminias Bruder dessen Geschäft in den Ruin getrieben haben.«

Die zweite Story war auf Spanisch geschrieben und gab sämtliche Einzelheiten preis: zu Amancio Enconas Kinderhandel, dem Mord an Teresa del Hoyo und den aus dem Stadtarchiv gestohlenen Dokumenten. Sie wurde von *El País* gekauft und bekam eine Doppelseite.

In den Tagen nach den Veröffentlichungen drohte Leticia Encona, die schamlos für sich geltend machte, gerade ihren Sohn verloren zu haben, mit rechtlichen Schritten. Dann brach ihre Welt zusammen.

Die Enthüllungen der Verbrechen ihres Vaters rüttelten an den Grundfesten der Macht, die sie in der Stadt genoss. Eine ungenannte Informationsquelle aus dem Stadtrat wandte sich mit Beweisen an die Polizei, wie korrupt die Bürgermeisterin immer schon gewesen sei. Seit über zehn Jahren wurden dem Stadtrat immer wieder manipulierte Rechnungen vorgelegt, die niemand je ausgestellt hatte – zum Beispiel 3081 Euro für den Austausch eines kaputten Pflastersteins. Die Presse stürzte sich auf das Beispiel, um das Ausmaß der Korruption zu veranschaulichen – Zehntausende Millionen Euro aus den Kassen waren veruntreut worden. Bei einer riesigen Polizeirazzia in den Büroräumen des Stadtrats wurden dreizehn Personen festgenommen, darunter auch Leticia Encona und der Polizeichef.

Die dritte Story war gezielt auf den britischen Markt zugeschnitten, erzählte im Wesentlichen Ms Nasebys Geschichte und verwendete auch die besten Zeilen aus dem *El-País*-Artikel. Sie wurde von der *Sunday Times* gekauft und auf acht Seiten im *Sunday Times Magazine* gedruckt. Die Verfasserzeile lautete: »Von Leonard Wexby und Danny Sánchez.«

Leonard ließ sich am Sonntagmorgen als Erstes zwanzig Exemplare der Zeitung nach Hause liefern. Um zehn Uhr kutschierte Danny ihn zu einem Dutzend Kneipen, in denen meist im Ausland lebende Briten verkehrten, und Leonhard hinterlegte auf jeder Theke eine druckfrische Ausgabe. Dann ging es zum Mittagessen in den örtlichen Country Club, wo er die restlichen acht Zeitungen an verschiedenen strategischen Punkten deponierte.

»Die Orgie heute Nachmittag geht auf meine Rechnung«,

sagte Leonard, als Danny beim Anblick der Preise auf der Speisekarte erblasste.

Der Country Club zog reiche Auslandsbriten an, die hier nur ihren zweiten Wohnsitz hatten. Auf der Terrasse neben dem Pool wurde den gesamten Nachmittag über getrunken. Leonard, der mit der Zigarettenspitze in der Hand von Tisch zu Tisch schlenderte, war in seinem Element.

Gegen Abend gingen neben dem Pool die Lichter an. Danny unterhielt sich mit dem spanischen Barkeeper gerade angeregt über Gibraltar, als ihm ein Parfüm in die Nase stieg und er spürte, wie ihm weibliche Fingernägel über die Wange strichen. Er drehte sich um und sah seiner Mutter ins Gesicht.

»Hallo, du«, sagte sie.

»Ebenfalls hallo.«

Sie trug ihre hochhackigen Schuhe, ein Kostüm mit Rock und mehr Make-up als gewöhnlich. »Ich habe deinen Artikel gelesen«, sagte sie. »Faszinierend.«

»Danke.«

»Du hast doch nichts dagegen, dass ich hier bin, oder? Ich habe gehört, es gäbe da so eine Party von Journalisten, und da dachte ich mir, dass du vielleicht der Initiator bist.«

»Selbstverständlich habe ich nichts dagegen.«

»Ich bin aber immer noch sauer auf dich«, sagte sie und tippte ihm mit dem Finger auf die Brust.

»Aber du bist bereit, mir zu verzeihen, weil du jetzt mit all deinen coolen Freunden hier bist und mit mir angeben willst?«

»Danny, also wirklich!«, sagte sie, hakte sich bei ihm unter und führte ihn durch die Menge. »Was für eine zynische Art, die Welt zu sehen.«

Danny lachte. »Ich frage mich, von wem ich das wohl habe«, sagte er, aber sie hörte gar nicht hin – war zu sehr damit beschäftigt, ihre Freunde herbeizuwinken, die ihren lieben Danny kennenlernen sollten, den von der *Sunday Times* …

Am nächsten Tag stattete Danny Ms Naseby einen Besuch ab. Sie bereitete gerade ihre Rückreise nach Großbritannien vor. »Aber bevor ich fahre«, sagte sie, »möchte ich noch das Grab von Amancio Encona sehen. Es scheint, als wäre er die Wurzel allen Übels gewesen.«

Das Grab war nicht schwer zu finden, auf dem gesamten Friedhof von El Cerrón gab es nur eines dieser Art. Amancio Encona hatte offensichtlich jedes prächtige Detail seines Mausoleums mit derselben pingeligen Sorgfalt geplant, mit der er das Leben anderer Menschen zerstört hatte. Es war ein riesiges protziges Ding aus strahlend weißem Marmor, mit Engeln verziert und übersät mit frommen Inschriften. Im Zentrum von allem prangte Amancio Enconas Bild, die Lippen verzogen zu einem grausam verächtlichen Lächeln.

Unter seinen Namen hatte jemand drei Worte mit schwarzer Farbe gesprüht, jeder Buchstabe dreißig Zentimeter hoch: *Chorizo de mierda*.

Es gab noch weitere Anzeichen, dass sein Grab geschändet worden war: Einer der Engel trug eine mit Textmarker gemalte Brille, der Platz war zugemüllt mit Scherben von Bierflaschen und Zigarettenkippen. Außerdem sah es so aus, als hätte jemand gegen eine der Marmorwände uriniert. Anders als auf dem restlichen, peinlich sauber gehaltenen Areal, hatte man hier nichts unternommen, um die Schäden zu reparieren oder den Müll zu beseitigen.

Ms Naseby bat Danny, ihr das Graffiti zu übersetzen.

»*Scheißgauner*, das würde dem wohl am nächsten kommen.«

Sie betrachtete die Verwüstung und ließ sich die Worte im Munde zergehen. Dann nickte sie bedächtig zum Zeichen ihrer Zustimmung. »Sie haben in Ihrem Artikel geschrieben, Gordon habe eine Art Lager mit Krankenakten gefunden, aus denen hervorgeht, welches Baby wem gestohlen wurde.«

Die Frage hatte Danny befürchtet. »Ja.«

»Bin ich auch darunter? Ich meine, gibt es Angaben zu meinen wahren Eltern?«

»Nein, gibt es nicht.«

Ms Naseby wandte den Kopf ab, Tränen trübten ihren Blick. »Letztlich habe ich nicht damit gerechnet. Das ist auch der Grund, warum Gordon noch einmal zum Gebäude von Santa Cristina ging, nicht wahr? Er wollte im Keller nach meiner Akte suchen.«

»Ich nehme es an.«

»Dann ist er wegen mir gestorben.«

»Nein. Er starb, weil er etwas unglaublich Dummes getan hat – auch wenn er die besten Absichten hatte.«

Sie blickte mit feuchten geröteten Augen hinauf in den wolkenverhangenen Himmel. Dann sagte sie: »Ich denke, ich möchte jetzt nach Hause.«

Nachdem alle Artikel erschienen waren, übergab Danny die Kiste mit den medizinischen Dokumenten einem der Vereine, deren Anliegen es war, den Opfern illegaler Adoptionen zu ihrem Recht zu verhelfen. Ein spezielles Forum war gegründet worden, das den Kindern von Santa Cristina gewidmet war. Am Ende mussten zwei Mitarbeiter eingestellt werden, um der Anfragen Herr zu werden, die nach der Veröffentlichung der Informationen eingingen.

Aber eine Akte gab Danny nicht an den Verein weiter. In ihr stand, was mit Josefina Hernández' Sohn Manuel geschehen war.

Danny vereinbarte ein Treffen mit dem Sohn, José, und traf sich mit ihm in einem Café in der Nähe des Hauses.

Danny schob die Akte über den Tisch. »Ich habe Ihnen mein Wort gegeben, dass ich nichts veröffentlichen werde, was Ihrer Mutter schaden könnte. Ich bin hier, um diesem Versprechen nachzukommen. Aber vielleicht wollen Sie noch einmal darüber nachdenken, ob Sie die Suche nach Ihrem Bruder nicht einstellen möchten, denn alles, was Sie wissen müssen, um ihn zu finden, steht hier drin.«

Anschließend fuhr er weiter zu Carmen del Hoyo. Sie war in der Wohnung ihrer Eltern. Ihre Mutter war mittlerweile aus dem Krankenhaus entlassen worden, und die Familie versuchte, wieder ein normales Leben zu führen.

Carmen kochte Kaffee, und Danny setzte sich zu ihr und ihren Eltern ins Wohnzimmer. Als er gehen wollte, brachte Carmen ihn zur Tür.

»Ich habe Ihren Artikel in *El País* gelesen«, sagte sie.

»Und?«

»Sie haben genau das geschrieben, was Sie versprochen haben, Señor Sánchez: die Wahrheit. Ich denke, mehr kann man von einem Zeitungsartikel nicht erwarten.«

Danny kramte in seiner Tasche und zog eine Dose Pfefferspray heraus. »Die wollte ich Ihnen noch zurückgeben«, sagte er.

Sie lächelte. »Sie können sie behalten. Halb leer kann man sie kaum noch gebrauchen.«

Danny ließ ein dumpfes Lachen ertönen. »Sie haben ja keine Ahnung, wie sehr ich diese Dose gebraucht habe, Carmen. Nicht die geringste.«

~

Danny saß im Hof seines Hauses, trank Wein und spielte Gitarre. Heute würde er nicht arbeiten. Das machte er immer so nach einer großen Story: Nach dem Trubel der Veröffentlichung musste er erst einmal runterschalten. Er fühlte sich gleichzeitig nervös und müde.

Die Morgennachrichten berichteten, dass die Historiker des linken Flügels Zugang zu den Archiven von El Cerrón forderten, um nach den Dokumenten zu suchen, die ihnen, davon waren sie überzeugt, Aufschluss darüber geben würden, wo die Leichen der Republikaner vergraben waren.

Einige Dinge in Spanien würden sich nie ändern.

Gegen Mittag kam der Postbote. Er brachte einen einzigen Brief. Die Absenderadresse auf dem Rücken des Kuverts verriet, dass er von der Universität Málaga kam.

Danny öffnete den Brief und las ihn im Hof.

»Lieber Danny, zu deiner Frage bezüglich der Erfahrungen deiner Großeltern im Jahr 1937. Ich habe mich mit dem Fall beschäftigt, den du in deiner Mail erwähnst. Da dies eine höchst persönliche Angelegenheit ist, habe ich mich entschlossen, dir auf dem konventionellen Postweg zu antworten, damit ich dir von den Dokumenten, die ich gefunden habe, eine echte Kopie mitschicken kann.«

Danny saß lange still da, die gefalteten Fotokopien lagen vor ihm auf dem Plastiktisch. Er rauchte zwei Zigaretten, den Blick auf die ferne Sierra Nevada gerichtet. Wenn er sich Mühe gab, konnte er den ersten weißen Frost auf den Berggipfeln erkennen. Die Luft roch frisch und sauber, wie immer in Spanien, wenn der Wind die Eiseskälte von den Sierras wehte. Schließlich las er den Brief zu Ende.

»Wie du aus den Gefängnisakten ersehen kannst, wurde dein Großvater am zweiten August 1936 fest-

genommen und am dreizehnten November wieder freigelassen. Der zweite Teil der Dokumente bezieht sich auf das Komitee für Öffentliche Sicherheit, wie die ad hoc ins Leben gerufene Rechtsabteilung in Málaga genannt wurde. Dein Großvater wurde von ihm bei drei Gelegenheiten ›befragt‹. Das ist reine Spekulation meinerseits, aber weitere Unterlagen, in die ich Einsicht hatte und die seine Leiche betreffen, weisen darauf hin, dass diese ›Befragungsmethoden‹ äußerst brutal sein konnten. Du hast dich in deiner E-Mail sehr besorgt darüber geäußert, dein Großvater könnte die Namen anderer Personen verraten haben, aber ich denke, du darfst Folgendes nicht vergessen: Sollte dein Großvater dies tatsächlich getan haben, dann nur, weil man die Namen aus ihm herausgeprügelt hat. Und dazu waren drei Anläufe nötig. Ich hoffe, du kannst jetzt bis zu einem gewissen Grad damit abschließen.«

Danny betrachtete die Fotokopien der Dokumente. Dann nahm er sein Feuerzeug, hielt die gefalteten Blätter hoch und begann, sie an einer Ecke anzuzünden. Wenige Sekunden später züngelten die Flammen hoch und verschlangen die Papiere.

Danny ließ die Seiten fallen und beobachtete, wie sie auf dem nassen Beton zischend erloschen.

Vorläufig hatte er genug von der Vergangenheit.

Er ging ins Haus und wählte Marshas Nummer.